Prête à tout

Du même auteur

Baby Love, roman, Denoël, 1983 ; Philippe Rey, 2013 ; 10/18, 2015

Long week-end, roman, Philippe Rey, 2010 ; 10/18, 2011

Et devant moi le monde, récit, Philippe Rey, 2011 ; 10/18, 2012

Les Filles de l'ouragan, roman, Philippe Rey, 2012 ; 10/18, 2013

Une adolescence américaine. Chroniques des années 60, récit, Philippe Rey, 2013

L'homme de la montagne, roman, Philippe Rey, 2014

Joyce Maynard

Prête à tout

roman

Traduit de l'anglais (États-Unis)
par Jean Esch

Philippe Rey

Titre original : *To Die For*

Pour la traduction française
Première parution : Pocket, 1995

7, rue Rougemont – 75009 Paris

www.philippe-rey.fr

Pour Christiane Besse,
qui a présenté mes histoires
aux lecteurs français,
et qui ensuite ne m'a pas laissé
d'autre choix que de tomber
amoureuse de Paris.

Elle a grandi durement, elle a grandi vite
À l'époque de la télévision
Et elle s'est juré de tout avoir
C'est devenu sa nouvelle religion
Oh, au fond de son âme, c'était une trahison
Et maintenant, ils tombent tous sans raison.

Paroles de la chanson *All the Wrong Reasons*

I

CAROL STONE

Juste pour mieux vous faire comprendre Susie. La battante qu'elle était, depuis toujours. Je la revois encore quand nous habitions dans Sunrise Lane, debout devant la glace et récitant le bulletin météo. Oh, elle n'avait pas plus de trois ans à l'époque. Vous comprenez, cette enfant avait un but dans la vie, et la volonté d'y parvenir. Vous savez comment sont les petites filles, certaines disent qu'elles veulent devenir princesses ou ballerines plus tard. Ce n'était pas le cas de Susie. Toute petite déjà, elle avait les pieds sur terre, et elle savait ce qu'elle voulait. Je me souviens d'un jour, on regardait l'émission « Today » à la télévision. Je vous parle de ça à l'époque où il y avait encore Barbara Walters, et voilà ma Susie qui montre Barbara sur l'écran et qui me dit : « Moi, je serai comme ça un jour, maman. Je passerai à la télé. »

Et bien sûr, maintenant, elle passe à la télé. Chaque soir. Mais ce n'est pas exactement comme nous l'avions imaginé. Bon sang, regardez-moi ça. Il paraît que ce mascara est waterproof. Je vais leur écrire, moi !

Ah, on peut dire qu'elle était douée. Earl et moi, on pourrait vous montrer ses enregistrements. On avait acheté une des premières caméras vidéo amateur – quand il fallait encore transporter les batteries, vous vous souvenez ? – rien que pour enregistrer les émissions de télé de Susie. Elle avait inventé un journal télévisé, « Le monde de Suzanne », ça s'appelait. Vous n'avez jamais rien vu d'aussi adorable. Elle rapportait toutes les nouvelles du quartier : Untel a acheté un chien, les grands-parents d'Untel sont venus lui rendre visite. Mais elle racontait ça comme une vraie journaliste de la télé. « Je vous rends l'antenne, Faye », disait-elle à la fin de son reportage. Faye faisait la présentatrice. Earl tenait la caméra. Mais la star, c'était Susie.

Malgré tout, à cette époque, elle était déjà complexée à cause de son nez. Personnellement, je l'ai toujours trouvé très bien. Mais Suzanne, c'est typiquement elle, a commencé à prévoir l'opération de chirurgie esthétique dès… quand était-ce ? Au cours moyen ? Finalement, on s'en est occupé quand elle avait douze ans, mais entre-temps elle avait mis au point un tas de petits trucs pour atténuer son nez avec du maquillage et ainsi de suite. Chaque fois qu'on la prenait en photo, il fallait qu'elle penche la tête sur le côté d'une certaine façon. J'aimerais bien vous faire voir, mais après l'opération, elle a déchiré et jeté tous les vieux portraits, vous vous rendez compte ?

Si vous voulez savoir la vérité – évidemment, nous n'en avons jamais parlé à Suzanne –, Earl et moi étions plutôt dépités après que son nez eut désenflé à la suite de l'opération. Peut-être qu'il était un poil plus grand que la moyenne avant, mais son nouveau nez était carrément minuscule et comme retroussé. Earl voulait qu'on fasse un procès au chirurgien, mais vous imaginez la réaction de Suzanne ? Ce qui comptait, c'était qu'elle soit heureuse.

Vous me demandez si elle avait du succès ? Je vais vous dire, quand elle a eu treize ans, Earl a dû faire installer une seconde ligne de téléphone pour recevoir les appels destinés à Susie. Des garçons venaient frapper à la porte rien que pour la voir. Et des garçons beaucoup plus âgés – dix-sept, dix-huit ans – l'invitaient à sortir quand elle était encore au collège. Évidemment, Earl et moi, nous disions non. Nous avons toujours été très stricts. Remarquez, notre Susie n'aurait jamais rien fait de mal. C'était une jeune femme qui avait la tête sur les épaules, vous pouvez me croire. « Tu sais, maman, qu'elle me disait toujours. Je n'ai pas tellement le temps de sortir avec des garçons. Il faut que je pense à mon avenir. »

Non pas qu'elle soit sauvage. Je ne vous parle pas d'une ermite ; je vous dis simplement que cette fille avait des choses à faire chaque jour de la semaine. Le lundi : entraînement des majorettes. Le mardi : l'almanach du collège. Tous les mercredis soir, école de mannequin. Plus le groupe des jeunes du catéchisme, et si vous voulez savoir à quel point tout ça est ridicule, je vais vous le dire : elle se donnait toujours à fond. Elle avait même créé au collège une cellule des « jeunes qui disent non à la drogue ». à l'école, elle se levait pendant une réunion et elle faisait un discours. Parfaitement à l'aise, comme si elle avait fait ça toute sa vie. C'était le cas.

Earl et moi allions toujours la voir pendant les matchs. Lancaster High ne possédait pas une très bonne équipe, mais vous pouvez me croire, vous n'avez jamais vu de meilleures majorettes. Suzanne était capitaine. Les filles portaient des jupettes bordeaux – bordeaux et jaune, c'étaient ça les couleurs. Suzanne détestait cette tenue, mais que voulez-vous faire ? – et des pulls jaunes avec un grand L devant. Je me souviens du jour où elles ont reçu les uniformes. Suzanne trouvait que l'ourlet de sa jupe était mal fait, alors elle l'a recousu complètement. C'est Suzanne tout craché ça. Perfectionniste en tout. Exigeante. On ne peut pas dire que la gymnastique était sa spécialité, pourtant, vous n'avez jamais vu personne se donner autant de mal pour s'entraîner à faire le grand écart. Tous les soirs, pendant qu'elle était au téléphone, elle s'asseyait par terre, et elle s'exerçait. Inutile de vous dire qu'elle y est parvenue.

Ce n'était pas facile pour Faye. On en était conscients. D'un côté, vous aviez Susie avec sa superbe petite silhouette, blonde naturelle, les garçons qui débarquent à la maison à toute heure du jour et de la nuit. Et de l'autre, vous aviez Faye qui se laisse mourir de faim en suivant un nouveau régime liquide. Que voulez-vous ? La vie est parfois injuste. Notre Suzanne qui a toujours des A à l'école, et Faye qui se démène pour obtenir tout juste la moyenne. Suzanne qui est sélectionnée dans l'équipe de ski. Faye qui se casse la jambe le premier jour. Sans parler de ses problèmes de peau. Ah, la fortune qu'on a dépensée chez les dermatologues !

Mais Faye était toujours fière de Susie. Je les revois encore toutes les deux, Faye promenant Susie dans sa petite poussette sur Sunrise Lane, tout juste sortie des langes elle-même. Et disant à tous les passants : « C'est ma petite sœur. » Ah, elle adorait Suzanne. Tout le monde l'adorait.

Ce ne fut donc pas une surprise quand Larry Maretto commença à l'inviter à sortir. Je ne peux pas dire qu'il paraissait plus déterminé que certains autres. Mais peut-être était-ce parce qu'il n'allait déjà plus à l'école – il travaillait dans le restaurant de ses parents – et Suzanne, elle, après avoir décroché un diplôme de sciences de la communication à la fac, avait déniché un travail à temps partiel de mannequin chez Simpson, au centre commercial, pendant qu'elle recherchait une place dans le monde des médias. L'un et l'autre étaient prêts à envisager de s'installer, on pourrait dire. Non qu'elle se soit jetée sur lui ou je ne sais quoi. Simplement, elle ne l'a pas rembarré, comme elle le faisait avec les autres.

Il serait faux de penser qu'elle avait perdu la tête. Ce n'était pas le genre de Suzanne ; elle a toujours eu le sens pratique. Elle laissait Larry l'appeler et venir la voir. Petit à petit, les choses ont évolué. Je ne pourrais pas dire quand ça s'est passé, mais sans même qu'on s'en aperçoive, voilà Larry qui vient à la maison chaque soir après son travail, pour la sortir, et il lui envoie des fleurs, le grand jeu, quoi. Et un beau jour, elle m'annonce : « Maman, il faut qu'on aille acheter une robe de mariée. »

Earl et moi avions toujours imaginé Suzanne en ménage avec un garçon du genre intellectuel. Et je dois avouer qu'au début on avait des doutes sur Larry, et nous en avons parlé à Suzanne. Mais, pour la première fois de sa vie, elle semblait prête à faire une chose qui ne nous plaisait pas. Comme si elle s'offrait finalement sa petite crise d'adolescence ou je ne sais quoi avec ce batteur de rock aux cheveux longs. « Toute ma vie j'ai toujours fait ce que vous souhaitiez, papa et toi, me dit Susie. Cette fois, j'ai fait mon propre choix. »

Et pour finir, Larry a réussi à nous séduire, nous aussi. Tout le monde voyait bien qu'il était dingue de Suzanne ; il lui envoyait des fleurs, il lui écrivait des poèmes, et même des chansons qu'il lui jouait sur sa guitare. Un soir, il a fait livrer une pizza à la maison avec son nom écrit dessus. Sans oublier ce chiot qu'il lui a acheté. On sentait que c'était un garçon bosseur. Il travaillait avec ses parents depuis l'âge de douze ou treize ans, et Earl et moi étions persuadés qu'il avait maintenant jeté sa gourme et qu'il était prêt à se faire une situation.

Ce fut un très beau mariage. Susie portait sa robe crème en soie avec de toutes petites perles dans le dos. Son voile, elle l'avait copié sur une photo de Maria Shriver que nous avions à la maison. Suzanne collectionnait dans un album les photos de toutes les journalistes des grandes chaînes nationales de télé. Elle pouvait vous donner n'importe quel renseignement sur ces femmes : où elles avaient décroché leur premier poste de présentatrice, quelle était leur pointure, et ainsi de suite. Enfin bref, elle avait un voile à la Maria Shriver.

Au début où Larry la fréquentait, il avait encore ses cheveux longs. Attention, ne vous faites pas de fausses idées, il était toujours très propre, mais c'étaient des adolescents, vous comprenez. Ils aimaient écouter du rock, aller danser dans des boîtes de nuit, etc. Larry possédait une moto. Mais je dois préciser qu'il portait toujours un casque, et il veillait à ce que Susie en porte un elle aussi.

Mais à l'époque de leur mariage, tout cela appartenait au passé. Larry avait vendu sa moto et coupé ses cheveux longs. Son père l'avait nommé gérant du restaurant le week-end. Ah, vous n'avez jamais vu quelqu'un changer si radicalement en si peu de temps. Suzanne, quant à elle, envoyait des dossiers de candidature à toutes les chaînes de télévision et, finalement, juste après leur lune de miel, la chaîne par câble locale l'a engagée ; une vraie chance. Certes, elle n'apparaissait pas régulièrement devant la caméra, mais c'était un début, c'était bon pour son curriculum vitae. Et on sentait qu'il s'agissait seulement d'une question de temps avant qu'elle passe à quelque chose de plus important. Larry la soutenait à fond.

Au moment de se marier, Suzanne et Larry avaient économisé suffisamment pour payer le premier versement de l'achat d'un adorable petit appartement dans une résidence en copropriété. Ils ont acheté des meubles, des tapis, des ustensiles de cuisine, tout ce qu'il faut. Et si vous voulez savoir à quel point Larry était amoureux de Suzanne, sachez que son cadeau de mariage était une Datsun 280 ZX. Suzanne disait que c'était la voiture que conduisait cette journaliste de Channel 4. J'ai oublié son nom.

Pour leur lune de miel, ils sont partis aux Bahamas. Nous avons tous reçu des cartes postales ; ils racontaient que c'était beau, qu'ils étaient heureux. Ça, c'était en juin. Le 1er juillet, Suzanne a commencé son nouveau travail, et je crois qu'elle était un peu déçue. Son patron lui avait promis qu'elle aurait la possibilité de passer de temps en temps devant la caméra, mais en réalité elle faisait surtout un travail de secrétaire. Heureusement, Suzanne n'est pas du genre à se décourager facilement, comme vous pouvez l'imaginer. Donc, quand elle a compris qu'ils n'avaient pas l'intention de lui confier un travail de journaliste, Suzanne a pris la décision de tirer parti de sa position malgré tout. Elle a demandé au directeur de la station la permission de produire un documentaire, pendant ses heures de loisir, sur la vie d'un groupe d'adolescents de la ville : le genre de problèmes et de pressions auxquels sont confrontés les jeunes d'aujourd'hui. Elle voulait les suivre pendant un ou deux mois, apprendre à les connaître, et gagner leur confiance pour qu'ils se mettent à nu. Ce serait un exposé sur la vie des jeunes, le sexe, la drogue, tout le tremblement. Et c'est comme ça que tout a commencé. Ce gigantesque gâchis.

MARY EMMET

J'étais censée me faire avorter. À seize ans, Eddy ayant foutu le camp à Woodbury sans laisser d'adresse, deux jours après avoir appris la nouvelle, mon père et ma mère au chômage, me traitant de putain. Pas question que je puisse garder l'enfant. Le rendez-vous avait été pris. On m'avait même emmenée à la clinique en voiture ce matin-là. « Rentre pas à la maison sans traces de sang dans ta culotte », m'a dit ma mère. Toujours le cœur tendre, celle-là.

On est arrivées en avance, alors j'ai dit à Patty, la copine qui m'a amenée en voiture, de me déposer un peu avant la clinique. Je continuerais à pied. C'était le mois de mai. Une vraie belle journée de soleil, et les mouches noires n'avaient pas encore débarqué. Je me suis arrêtée dans un parc – enfin, même pas un parc, juste un terrain de jeu – où une équipe de la Ligue junior de base-ball s'entraînait. Une bande de petits morveux avec un coach qui semblait être le père d'un des gamins. Un peu plus loin dans les gradins, les mères étaient assises à côté d'une glacière, et elles distribuaient des sodas en encourageant leur gamin quand c'était à son tour de prendre la batte. Certaines avaient d'autres gosses, plus petits, qui jouaient dans la poussière. Y avait même une mère enceinte, mais pas pareil que moi. Elle, elle le faisait voir. Elle portait un T-shirt avec une grosse flèche pointée sur son ventre et cette inscription : futur champion. Elles riaient et elles bavardaient. Y en avait une qui tenait son bébé sur ses genoux et on aurait dit qu'elle lui donnait le sein. Je crois qu'elle était mariée avec le coach, parce que à un moment il est venu vers elle, pendant que les gamins faisaient une pause, et il l'a embrassée. Pas un baiser avec la langue comme faisait toujours Eddy. Non, un baiser entre mari et femme. Juste un petit bisou sur la joue, mais en voyant ça je me suis dit : il a pas juste envie de coucher avec elle. Il l'aime. Ils forment une famille.

Je savais qu'il y avait peu de chances pour que cette amibe ou ce machin que j'avais dans le ventre devienne un jour un grand joueur de base-ball, ou un savant qui découvre le moyen de guérir le cancer. Mais une chose était certaine : si quelqu'un devait m'aimer pour toujours, ce serait lui. Et il m'appartiendrait à moi seule.

Voilà le tableau. Je suis nulle à l'école. Mes parents me détestent et Eddy aimerait me voir sauter d'un pont. Je suis pas intelligente et je suis pas jolie, toute ma vie je ferai jamais rien d'autre que d'essuyer les taches de Ketchup sur les tables d'un fast-food. Ce bébé qui est en moi est la chose la plus précieuse que j'aie jamais eue, et je vais laisser un type m'enfoncer un tube dans le ventre pour l'aspirer et le balancer dans les chiottes ? Faut que je sois encore plus stupide que mon père le dit.

Je songe qu'il y a des gens qui possèdent des millions de dollars, mais ils peuvent pas avoir d'enfant. Ils traversent tout le pays en avion pour se faire opérer, trouver des donneurs de sperme, engager des bonnes femmes qui le font à leur place, trouver des médecins qui essayent de féconder leurs œufs dans une éprouvette. Et moi, j'abandonne sans même avoir essayé. C'est la chose la plus importante que j'aie jamais faite, ou que je ferai jamais, certainement.

Je me suis assise dans les gradins, derrière les mères. Je crois que je suis restée là un bon moment. En me posant les mêmes questions que je m'étais déjà posées des milliers de fois : comment je ferai pour acheter les couches et tout le reste ? Comment je ferai pour trouver un mec en ayant un gamin sur les bras ? Et si mon père me fout à la porte ? C'est pas comme si je conduisais un break et si je parlais de voyages à Disney World comme ces mères devant moi. J'aurais même pas de quoi offrir un gant de base-ball à mon gamin. À qui je mens en voulant faire croire que je pourrais être mère ?

Le petit gamin avec les lunettes épaisses comme des culs de bouteille s'approche pour frapper avec la batte. C'est un avorton. Son casque lui tombe devant les yeux, et il a l'air empoté avec la batte. Soudain, je m'aperçois qu'il a un problème avec son bras ; il est tout ratatiné et on dirait qu'il lui manque des doigts. On sent bien que les autres gamins de l'équipe ils l'aiment pas beaucoup. La mère qui note les scores murmure un truc comme quoi son père était ivre quand il a déposé le gamin. Une autre mère ajoute qu'il a toujours les mains fourrées dans son pantalon et elle parierait qu'il a même pas de slip. Heureusement que son fils a un gant pour tenir la batte. « Dire qu'on le supporte déjà dans l'équipe de foot », elle dit.

Il s'appelait Frankie. Un pauvre petit gamin qui avait aucun atout dans la vie.

OK, je me suis dit. C'est toi qui décides, Frankie. Si tu te fais éjecter, je fonce dans cette saloperie de clinique et je balance mes deux cents dollars sur la table. Si tu marques le point, je garde l'enfant.

Au premier lancer, Frankie prend son élan et frappe dans le vide. Deuxième lancer, même chose. Après ça, il manque peut-être une douzaine de balles faciles. Mais il reste planté là avec un grand sourire, et pendant ce temps on voit que le père qui fait le lanceur commence à s'énerver.

« Bon, allez, Frankie, il lui dit. Laisse frapper tes camarades. »

Frankie, on dirait qu'il entend rien. Il continue d'attendre, pendant que les balles passent devant lui l'une après l'autre. Des belles balles faciles. Dix, peut-être quinze lancers.

Les autres gamins commencent à lui hurler après. « Taré ! » ils lui crient. Les mères secouent la tête en regardant leur montre. Moi, je retiens mon souffle.

– OK, Frankie, dit le coach. C'est ton dernier essai.

Et il lance la balle. C'est même pas un bon lancer comme ceux d'avant. La balle est largement en dehors des limites ; le « taré » a aucune chance de la toucher, celle-ci. Mentalement, je me vois déjà grimper sur la table, glisser mes pieds dans les étriers.

Frankie fait sa petite danse, et vas-y qu'il prend son élan, vous avez jamais vu un swing pareil, la batte complètement baissée. Et il frappe la balle ! Ou plutôt, il la frôle. Évidemment, vous pensez que le lanceur n'a qu'à la rattraper, de la façon dont elle vole vers lui en tournoyant, mais manque de pot, la voilà qui rebondit sur son gant et il la laisse échapper. La balle tombe sur le sol et roule entre les jambes du joueur de base.

Alors j'ai laissé tomber mon rendez-vous à la clinique. À ce moment-là, j'ai décidé de garder mon enfant. Et c'est comme ça qu'est né mon fils Jimmy.

Mais la vie vous réserve toujours des sales coups. Vous mettez au monde votre gosse, d'accord. Vous l'aimez plus que tout. Et comme vous l'espériez, il vous aime aussi. Vous aviez raison de penser que cet enfant serait votre plus beau cadeau sur cette terre.

Mais vous vous êtes fait piéger. Parce que, une fois que vous avez cet enfant, qu'est-ce que vous pouvez faire à part vous réveiller chaque matin et attendre de voir quels rêves ne vont pas se réaliser aujourd'hui ? Rapidement, vous laissez tomber les rêves. Si vous avez un peu de cervelle, je veux dire.

Jimmy avait déjà trois semaines quand j'ai pu quitter l'hôpital et le ramener à la maison, tellement il était petit. Deux kilos il pesait quand il est né. Ils ont été obligés de le mettre en couveuse.

Moi, je restais avec lui à la nursery, je le tenais dans mes bras, vêtu de cette petite chemise que j'avais prise sur ma poupée Tiny Tears. Sa peau était presque transparente ; on voyait toutes les veines bleues à travers. Des jambes comme des ailes de poulet. Pas de cheveux, pas de sourcils. Les ongles à peine sortis. Il était si petit qu'il arrivait même pas à pleurer ; il poussait juste des sortes de petits couinements, plus comme un chiot que comme un enfant.

C'était pas une partie de plaisir. Mes parents ont pas voulu que je revienne vivre à la maison, alors je me suis installée chez Patty, j'ai mis Jimmy en nourrice quand il avait cinq semaines, j'ai repris mon boulot chez Wendy's, de quinze à vingt-trois heures.

On pense à tous les trucs qu'on fera quand on aura un gamin. L'emmener à la fête foraine pour lui offrir des promenades dans les petits bateaux. Le faire photographier avec le Père Noël, construire des châteaux de sable sur la plage. On s'imagine comme ces mères qui se promènent dans la rue avec un landau, on pousse son enfant sur la balançoire. On distribue les sodas durant les matchs de base-ball. Hélas, ça se passe jamais comme on l'a imaginé. Vous avez juste assez de tickets pour lui payer quatre tours de petit bateau, et ensuite vous devez le ramener à la maison parce qu'il pleure pour faire un tour de plus. Il a peur du Père Noël. Votre seul après-midi de congé de la semaine vous l'emmenez à la plage et ce jour-là il pleut. Ou bien vous êtes tellement claquée en rentrant chez vous que vous avez tout juste la force de fourrer la pizza surgelée dans le four à micro-ondes et d'allumer la télé.

Jimmy a toujours été un chouette gamin. Les soirs où je travaillais, il se préparait lui-même à dîner et il se couchait seul. Tout gosse il avait appris à pas réclamer, si bien que ça m'évitait de lui dire trop souvent non. Par exemple, il a toujours adoré les chiens, mais il savait qu'on pouvait pas en avoir.

Au cours moyen, il a voulu entrer dans la Ligue junior. Bien qu'il connaisse absolument rien au base-ball. C'était pas un gamin qu'avait l'habitude de frapper quelques balles avec son père tous les soirs après le dîner. Non, lui il regardait simplement les matchs à la télé, et il s'était mis dans la tête que c'était un sport fait pour lui. Qu'est-ce qu'il y a de compliqué à courir autour des bases, hein ?

Alors on s'est inscrit dans la Ligue. J'ai payé le droit d'inscription. On lui a acheté un gant et une batte, et je l'ai même emmené sur le terrain près de chez nous pour lui lancer quelques balles. Bien que je sois complètement nulle. Mais on fait toujours tout son possible, non ?

Arrive le dimanche matin, jour des sélections ; il prend un bain, il mouille ses cheveux pour les plaquer, il change trois fois de T-shirt, tellement il est excité. Une fois sur le terrain, au moment de remplir tous les papiers, ils me demandent dans quelle équipe il a joué l'année dernière, et moi je réponds : « Il a jamais joué dans une équipe. » Le responsable a l'air étonné. « La plupart des garçons de son âge possèdent déjà de l'expérience, il me dit.

– Eh bien, pas lui », je rétorque. Faut bien commencer un jour, non ?

Je vois plusieurs mères qui lèvent les yeux au ciel, comme pour dire « Mon Dieu, qui sont ces gens ? », et vous savez qu'elles vous jugent d'un seul coup d'œil : cette fille s'est fait engrosser quand elle était adolescente. Le gamin n'a pas de père. C'est un vaurien.

Quand c'est au tour de Jimmy de prendre la batte, ils lui lancent un tas de balles, mais il réussit pas à en frapper une seule. Ils le mettent hors jeu. Une des mères dans les gradins, qui sait pas que c'est mon fils, dit pour plaisanter : « Mon Dieu, espérons que les Orioles ne vont pas l'engager, celui-ci. »

Jimmy a tenu bon pendant toute cette saison, mais ensuite, il s'est plus jamais inscrit à aucun sport, et on n'en a plus jamais reparlé.

J'aurais dû m'en douter ce jour-là, sur le terrain de base-ball, en allant à la clinique pour me faire avorter. Frankie a marqué le point, d'accord. Mais la réalité a repris ses droits aussitôt après. Le batteur suivant l'a éjecté en deux minutes. Ce pauvre Frankie avait aucune chance de marquer des points au base-ball ou dans la vie.

Le jeu est truqué. Tout le monde le sait, non ?

EARL STONE

Je me souviens encore du jour où Carol et moi l'avons ramenée de la maternité, avec sa petite robe et ses petits chaussons roses, et Carol me disait : « Un jour, tu conduiras cette petite fille à l'autel.

– Personne ne sera jamais assez bien pour elle », répondis-je. Je suppose que tous les pères pensent la même chose.

À l'époque où les filles étaient encore au lycée et au collège, nous avons commencé à mettre de l'argent de côté en prévision de leur mariage. Pour Faye aussi, évidemment, bien qu'elle n'ait pas encore trouvé chaussure à son pied. Mais, avec Susie, on savait que ce n'était qu'une question de temps et sans doute pas très long. Et ce n'est pas le genre de fille que vous voudriez voir dans une robe de mariée au rabais. Suzanne a toujours aimé la qualité.

Ah, tout ce que vous vous dites quand ce fameux jour finit par arriver ! C'est vrai, vous n'avez pas cessé d'imaginer, de prévoir cet instant, et il se produit enfin. Vous entrez dans l'église, et c'est comme si hier encore votre fille était sur cette estrade pour chanter *High Hopes*. Vous repensez à la fois où elle a attrapé la scarlatine, et vous avez veillé toute la nuit pour essayer de faire baisser la fièvre en la plongeant dans un bain toutes les deux heures. Le voyage en famille à Washington. Suzanne défilant en majorette pour la parade du 4 juillet, et mon copain qui se penche vers moi et me glisse : « Fais bien attention à ta fille, Earl, elle va faire des ravages. »

Elle ne nous a jamais causé le moindre souci. Jamais d'histoires de drogue. Pas de nuits blanches passées à attendre qu'elle rentre après l'heure autorisée. Notre seule crainte, c'était de la voir se surmener. « Hé, prends un peu le temps de vivre, Susie, on lui disait. Ce n'est pas la fin du monde si tu as seulement un B. Personne ne va en mourir si tu n'es pas élue capitaine des majorettes. » Mais bien évidemment, elle réussissait toujours. Tous les objectifs qu'elle se fixait, elle les atteignait.

Ai-je besoin de vous préciser que sa mère pleurait comme une Madeleine en la regardant avancer vers l'autel ? Toute notre vie nous avions attendu ce jour. Jamais je ne me suis senti aussi fier. Et elle, avec ce sourire irrésistible. Nous n'avons même pas été obligés de lui poser un appareil dentaire.

En approchant de la rangée où se trouvait sa mère, elle s'est tournée vers Carol et lui a envoyé un baiser. « Merci, papa », elle m'a dit. Croyez-moi, c'était émouvant.

Et Larry qui l'attendait devant l'autel ; il semblait sur le point d'exploser. Et Faye, bien évidemment, en demoiselle d'honneur. Toujours si fière de sa petite sœur.

Quand le prêtre a demandé : « Qui offre cette femme en mariage à cet homme ? », Carol m'a serré la main de toutes ses forces, et ensemble nous avons répondu : « Nous. » Comme si nous n'étions qu'une seule et même personne, une seule voix. Voilà ce que nous ressentions.

Il y a eu ensuite un moment un peu comique quand le prêtre a dit à Larry : « Vous pouvez embrasser la mariée. » Elle avait encore le voile qui lui masquait une partie du visage, et il devait le soulever et le rejeter sur sa tête. Seulement, il avait du mal à trouver le bas. Vous savez, comme quand vous essayez d'ouvrir un sac-poubelle et vous n'arrivez pas à séparer les bords. Évidemment, il est parvenu au bout de quelques secondes, tout le monde a ri et il l'a embrassée.

« Mesdames et messieurs, a dit le prêtre, puis-je vous présenter M. et Mme Larry Maretto ? » Tout le monde a applaudi. Ils sont restés dans cette position pendant une minute ou deux pour que chacun puisse les prendre en photo.

Avez-vous déjà vu couple plus ravissant ? En les regardant tous les deux comment ne pas penser qu'une vie merveilleuse les attendait ?

JIMMY EMMET

C'est pas moi qu'ai eu l'idée. C'est Russell qui m'a entraîné. Ça a toujours été un fouteur de merde, ce Russell.

C'était au mois de… septembre, je dirais. Octobre peut-être. Ouais, octobre, c'est ça, parce que j'avais pas encore mon permis de conduire. Mon permis, je l'ai eu le 8 novembre, le jour de mes seize ans. Putain, je l'avais attendu, ce jour-là.

On était devant le bahut, en train de se fumer un petit joint, quand elle débarque avec sa Datsun. Elle descend de bagnole comme les gonzesses dans les pubs. D'abord vous voyez que ses cannes avec les godasses à talons hauts. J'ai même pas vu son visage tout de suite, rien que ses jambes. Putain, ça file la trique, il a dit Russell.

Son nez avait quelque chose de bizarre, mais moi, je la trouvais belle quand même. Et elle le savait. Elle se penche pour prendre sa putain de mallette ou je sais pas quoi, et elle nous colle son cul sous le nez. Puis elle reste plantée là pendant une minute, appuyée contre sa bagnole, en promenant sa langue sur ses lèvres, comme font les nanas parce qu'elles ont vu ça au cinoche et elles savent que ça excite les mecs.

Après, elle rentre dans le bahut en rejetant ses cheveux en arrière quand elle passe devant nous, et en agitant son cul, le grand jeu quoi. « Sacrée salope », me dit Russell, assez fort pour qu'elle l'entende, je parie. Mais elle a pas réagi. « Ah, je me la ferais bien. »

Moi, je reste là comme un con, en laissant ma clope se consumer. Elle est passée si près que je sentais même son parfum. Mais elle aurait pu aussi bien s'envoler pour la planète Mars, vu les chances que j'avais de me la taper. À cette époque-là, j'avais que quinze ans, et je savais bien que je pourrais jamais m'envoyer une gonzesse pareille. Ces filles-là, elles passent devant vous en frimant, genre je suis une super affaire, mais elles s'arrêtent pas. Comme si vous étiez une merde de chien.

Ce matin-là, elle se pointe pendant notre cours. On apprend qu'elle s'appelle Mme Maretto, elle est journaliste à la télé et elle tourne un reportage sur la vie des ados. Elle voudrait interviewer un groupe de jeunes, elle nous dit, pour savoir ce qu'ils pensent sur un tas de sujets : l'usage des préservatifs vous pose-t-il un problème ? Est-ce que vous vous entendez bien avec vos parents ?… Elle cherche des volontaires pour travailler avec elle pendant les six prochains mois. Moi, je dis à Russ : « Je parie que t'es pas cap' d'y aller. – OK, on verra bien », qu'il me répond. J'aurais jamais dû dire ça. Russell, c'est pas ce qu'on pourrait appeler un gentil garçon.

Le lendemain, on est en train de fumer un pétard dehors quand on voit rappliquer sa bagnole. « Hé, au fait, me dit Russell, j'ai l'impression que tu vas passer un bon petit moment avec Mme La Trique. » En fait, cet enfoiré de Russell, il m'a inscrit pour participer au reportage de la fille.

J'essaye de lui balancer un coup dans les couilles, mais évidemment, il s'y attendait, ce salaud. « Putain, pourquoi t'as fait ça, mec ?

– Il est temps que tu récoltes quelques bons points, il me répond. Peut-être même que t'auras ton nom au tableau d'honneur ou un truc comme ça. » Et il se marre, ce connard. Faut dire que depuis que Russell et moi on fréquente cette putain d'école, le seul endroit où on voit nos noms, c'est sur la liste des collés. Ils auraient plus vite fait de fabriquer des tampons avec marqué dessus Russell Hines et Jimmy Emmet, parce qu'on passe notre temps en retenue. Toujours fidèles au poste.

Moi, j'avais pas l'intention de participer à cette connerie de reportage. C'est pas parce qu'il y a mon nom sur une liste que je me transforme en élève modèle tout à coup. Seulement ce qui se passe, c'est que personne d'autre s'est inscrit, et la fille, elle déprime. À tous les coups, elle a dit à son boss qu'elle allait tourner ce reportage, elle a pris le matos et tout le bordel, manque de pot, y a personne. Rien que moi. Ce gros connard de boss dit qu'il faut laisser tomber le projet, mais la fille elle veut pas parce qu'elle mouille en se disant que ce putain de truc à la con va la rendre célèbre. En même temps, y a le conseiller d'orientation qui s'excite lui aussi en croyant que je m'intéresse enfin à des activités extrascolaires. Il se dit qu'il doit encourager ce petit branleur d'Emmet. La fille revient voir Russell et elle lui dit : « Écoute, tu ne veux pas participer à ce projet ? » Et ce connard de Russell, qui croit qu'on va s'éclater, répond : « Bien sûr, madame Maretto. Ça a l'air vachement intéressant. Je voudrais pas manquer ça. »

Elle nous donne rendez-vous au Pizza Hut après l'école, pour qu'on puisse mieux faire connaissance. Russell et moi, on décide un truc. On va en faire baver un max à cette fille dès le début, on va la faire chier pendant un moment, et ensuite on se barre. Puisqu'elle veut s'amuser avec nous, on va s'amuser avec elle.

Mais quand je me pointe le premier jour, c'est plus du tout pareil tout à coup. Elle est assise dans un box du resto avec un carnet tout neuf, et elle a fait un tas de photocopies, pour chacun de nous, même qu'elle a tapé toutes ces conneries sur son ordinateur, avec des chiffres romains. Un plan ou je ne sais quoi. Et à ce moment-là, je comprends, je me dis qu'elle s'est vraiment cassé le cul pour ce machin-là, c'est super important pour elle. Elle m'appelle James et me serre carrément la main ! Et moi, je sens que sa main tremble, comme si elle était nerveuse. J'aurais jamais cru ça d'une fille dans son genre.

Les autres fois qu'on s'est vus, elle était toujours aussi mignonne, impeccable. De près, je remarquais des trucs que j'avais pas fait gaffe ; par exemple, tellement qu'elle était maigre, elle avait une épingle à nourrice pour tenir sa jupe. C'est con, mais je me souviens aussi qu'elle avait un bouton. Oh, pas un truc affreux, juste une marque rouge sur le front, et on voyait bien qu'elle avait essayé de la cacher avec du maquillage, mais ça avait pas marché. Même si elle m'avait paru un peu moins jolie à ce moment-là, je me suis dit qu'elle ressemblait à une gamine qu'a du mal à marcher avec ses talons hauts. À vrai dire, elle me prenait pour un dur.

Elle avait une bague en diamant au doigt. Putain, je me dis, cette nana est mariée. Elle bosse à la télé et ainsi de suite, et elle continue à avoir des boutons.

« Bien, dit-elle, je crois que ce reportage va offrir une vision enrichissante des ramifications sociale et psychologique du rôle de l'adolescent dans les années 90… » et bla-bla-bla. Elle me raconte qu'elle est persuadée qu'on peut faire un documentaire explosif. Moi, je regarde Russell, qui nous a rejoints entre-temps, et lui, il mate directement les nichons de la fille ; elle s'en aperçoit, et quand elle commence à parler du sexe et tout ça, il sourit comme un abruti. Moi, super cool, je lui dis : « Arrête ton cinéma, mec. Fous-lui la paix. » Hé, jamais j'aurais cru que je pourrais dire un truc pareil. Un gars comme moi, je veux dire.

Mais cette Mme Maretto, elle avait quelque chose. J'avais pas juste envie de la baiser. Je la respectais. Elle me plaisait bien. Je voulais pas qu'elle croie que tout ce qui m'intéressait, c'était de culbuter une gonzesse. Avant tout, je voulais lui plaire moi aussi. Évidemment, j'en ai pas parlé à ce connard de Russell.

Ce que je lui ai dit, c'est : « Putain, je pourrais tuer n'importe qui pour une gonzesse comme ça. » Mais à ce moment-là, c'était rien qu'une façon de parler.

SUZANNE MARETTO

Mettez-vous à ma place un instant. Toute ma vie je me suis fixé certains buts, et j'ai tout fait pour les atteindre. J'ai travaillé très dur pour en arriver là. Je n'ai jamais touché à la drogue. J'ai toujours soigné mon apparence. J'ai toujours évité les ennuis. Regardez mes dossiers scolaires, au collège, à la fac. J'ai décroché mon diplôme avec une mention. J'ai toujours pensé que votre vie ressemblait à ce que vous en faisiez, que Dieu a accordé à chaque individu le droit de devenir tout ce qu'il peut être. En ce qui me concerne, je voulais faire un mariage heureux, avoir une maison et un métier passionnant. Il y a six mois tout juste, j'ai obtenu toutes ces choses, et j'essayais de me bâtir un avenir encore plus excitant. Aujourd'hui, j'ai perdu tout ce que j'avais. J'ai vingt-cinq ans, et je suis veuve.

Je sais bien ce que dirait Larry s'il était encore là. « Ne te laisse pas décourager. La vie est parfois injuste, Suzanne, mais nous devons faire contre mauvaise fortune bon cœur et continuer d'aller de l'avant. » Il dirait : « J'ai confiance en toi, Suzanne. Je sais que tout finira par s'arranger. » « Regarde les aspects positifs au lieu de te focaliser sur le négatif. » Alors c'est ce que j'essaye de faire. Larry a disparu pour toujours, et rien ne pourra nous le rendre. Mais je n'ai pas le droit de renoncer à ma vie uniquement parce qu'il n'est plus là. Je suis une battante.

C'est comme si je regardais un film à la télévision, sans pouvoir l'éteindre. Parfois, il m'arrive encore de me réveiller, en oubliant que ça s'est réellement passé. Je tourne la tête dans le lit, en m'attendant à voir Larry endormi à mes côtés. Et alors je me souviens. Ce n'est pas simplement un cauchemar.

Ce soir-là, je m'étais rendue à une audition pour un poste sur une chaîne de télé à Woodbury. J'étais journaliste chargée de la rubrique art et spectacle sur WNTK. J'avais obtenu une licence de sciences de la communication à Sanders College. Une des raisons pour lesquelles j'ai toujours essayé de coopérer avec la presse, comme je le fais maintenant, c'est que j'ai été moi aussi journaliste et présentatrice, et j'ai toujours voulu faire carrière à la télévision. Si un jour ce rêve devient réalité, je le devrai à Larry autant qu'à moi. Quand une personne que vous aimez meurt, ça ne veut pas dire que vous êtes morte vous aussi. Je suis encore bien en vie. Et j'ai toujours des rêves. J'ai encore un avenir.

Pour vous donner une idée des rapports que nous avions, Larry et moi, j'avais bavardé avec lui quelques heures à peine avant l'audition ; il était tellement excité, lui aussi ! Il savait ce que représentait ce job pour ma carrière et, comme c'était important pour moi, ça l'était pour lui aussi. Quand je repense à cette conversation, je m'aperçois que c'est la dernière fois où nous nous sommes parlé. Ses dernières paroles pour moi furent : « Vas-y, montre-leur ce que tu sais faire, Suzanne. Je sais que tu en es capable. »

C'était le grand soir pour moi. J'avais soigné mon exposé, qui se composait d'une rubrique cinématographique et d'un tour d'horizon des distractions familiales pour le week-end. Je savais que j'avais bien réussi l'entretien. Tout le monde avait été impressionné. Quand je leur ai passé la vidéo de mes bulletins météo, au poste que j'occupe actuellement, ils ont même applaudi à la fin. Évidemment, je savais que personne ne pendrait de décision sur-le-champ, mais en me serrant la main avant que je parte, le directeur de la chaîne m'a adressé un regard qui en disait long et j'ai compris qu'il avait hâte que je rejoigne son équipe. « Très bel échantillon, Suzanne, m'a-t-il dit. Parfait. » Je n'oublierai jamais la façon dont il m'a serré la main en disant cela. On voyait qu'il était sincère.

Je me sentais d'excellente humeur en rentrant à la maison ; je pensais à ce nouveau poste et ainsi de suite. Et surtout, j'étais impatiente d'annoncer la bonne nouvelle à Larry. Je savais qu'il serait fier de moi. Il avait toujours été mon plus grand fan.

Un autre rêve se réalisait. Et, pendant tout le trajet du retour, je n'arrêtais pas de me dire : Larry va être tellement heureux en apprenant la nouvelle. Lui aussi devait rentrer tard ce soir-là, à cause du restaurant, mais je pensais qu'il serait rentré avant moi, et en arrivant chez nous, j'ai vu que j'avais raison, car sa voiture était garée devant la résidence comme toujours. En revanche, Larry n'éteignait jamais les lumières avant que je sois rentrée. Or, il était à peine un peu plus de dix heures et l'appartement était plongé dans le noir.

Malgré tout, rien n'aurait pu me préparer à ce que je découvris en ouvrant la porte. Larry gisait dans une mare de sang, comme John Lennon ou je ne sais pas qui. Notre appartement avait été totalement mis à sac. Des éléments de la chaîne stéréo étaient éparpillés au milieu de la pièce, le contenu d'une boîte de bijoux était répandu sur la moquette, des meubles étaient renversés, comme s'il y avait eu une bagarre. J'en déduisis que Larry était entré au moment du cambriolage, et qu'il avait surpris les criminels. C'est ce qu'on appelle se trouver au mauvais endroit au mauvais moment, voilà.

Ils lui ont sauté dessus, et ils se sont battus. Larry était un garçon très costaud, athlétique, alors j'imagine qu'ils étaient au moins deux pour le maîtriser. Quoi qu'il en soit, il était couché là. La suite, vous la connaissez. Il gisait par terre, la tête en sang, et le sang coulait sur notre moquette toute neuve. J'ai tout de suite compris qu'il devait être mort. Et je me souviens de m'être dit : Il ne saura jamais si je décroche ce poste de journaliste culturelle. Il aurait été si content.

Ayant reçu une formation de journaliste criminelle, j'ai gardé mon sang-froid. Je savais que je devais quitter l'appartement immédiatement, au cas où les meurtriers seraient encore sur place. Je savais aussi qu'il ne fallait pas toucher le corps. À Sanders College, j'avais été reporter pour la radio de la fac, et je m'étais souvent rendue sur les lieux de crimes. Je sais qu'il est primordial de ne rien déranger. Même dans ce genre de situation dramatique vous ne cessez jamais d'être journaliste. C'est ma nature, que voulez-vous. Ça ne veut pas dire que je ne ressens pas les mêmes choses que tout le monde.

Simplement, mon expérience professionnelle prend le dessus dans ces moments-là.

Dès le départ, j'ai tenté de coopérer avec la police de toutes les façons, pour les aider à retrouver les meurtriers de Larry. Ce n'est pas ça qui fera revenir mon mari. Mais pour tous ceux qui, comme moi, l'ont aimé, il est important que justice soit faite. La police a accompli un boulot formidable. Incroyable.

Je n'en veux pas à la police de ce qui se passe maintenant. C'est leur métier d'explorer toutes les possibilités, d'envisager toutes les hypothèses, si ridicules puissent-elles paraître. Dans une enquête sur un meurtre, vous devez écouter tout le monde, même si certaines personnes ont la réputation de se fourrer dans de sales draps. Même si tout le monde sait bien que ces personnes sont mêlées à des histoires de drogue et de crime. Et cela est valable pour ces deux garçons, Dieu m'en soit témoin. Enfin quoi, nous n'avons pas affaire à une bande de boy-scouts, hein ?

JERRY CLEAVER

Un jour, à l'automne dernier, on arrive au premier cours du matin et notre prof nous dit : « Nous recevons une invitée de marque aujourd'hui, une journaliste de notre chaîne de télévision locale qui a demandé à s'entretenir avec vous quelques instants. » Juste au moment où je m'apprêtais à pioncer, la voilà qui se pointe. Ça m'a réveillé, vous pouvez me croire. Bon d'accord, c'était pas Kim Basinger, mais ça faisait quand même un sacré changement par rapport à Mme Finlaysson.

Elle portait une jupe courte à bretelles, et des pompes à lacets, vous voyez, avec des pieds minuscules. Des bas qui ressemblent à de la dentelle. Et une queue-de-cheval.

« Jeunes gens, je vous demande d'accorder toute votre attention à Mme Maretto », qu'elle nous dit, Mme Finlaysson. C'était pas la peine de demander.

Et voilà que la fille nous parle du reportage qu'elle veut faire pour la chaîne par câble. « Les adultes critiquent toujours les jeunes, elle nous dit. Je vous offre l'occasion de vous expliquer en toute franchise. » Il n'y a pas si longtemps, elle était encore au lycée elle aussi, qu'elle nous dit. Bien qu'elle ait l'air d'une vieille bonne femme mariée. Ce qui n'était pas le cas, évidemment.

L'émission s'appellerait « Les ados ont la parole ». Pendant plusieurs mois, elle viendrait régulièrement à l'école pour interviewer des élèves. Elle souhaitait faire connaissance avec certains d'entre nous, écouter ce qu'on avait à dire sur la drogue, le sexe, le rock, nos rapports avec les adultes. Quand elle a dit ça, on voyait tout le monde rouler des yeux, surtout les mecs. Comme s'ils allaient s'asseoir devant une caméra de télé pour dire sincèrement tout ce qu'ils pensaient du sexe.

Elle le savait bien, elle aussi, « Écoutez, elle a dit. Soyez tranquilles pour votre anonymat. On dispose d'un truc spécial au niveau de la prise de son qui permet de déformer votre voix. Vous pourrez tourner le dos à la caméra si vous le souhaitez. Vous pourrez même parler en privé, sans qu'on filme. Moi, je répéterai simplement ce que vous m'avez raconté. Dites-vous bien que c'est une occasion de faire comprendre aux adultes ce qui vous branche. »

Maintenant, c'étaient plus seulement les mecs qui faisaient des grimaces, c'était presque toute la classe. Ça ricanait dans tous les coins, les élèves se regardaient en douce, ou bien ils filaient des petits coups de pied à celui de devant sous la chaise. Un type super cool, Vic, le pivot de l'équipe de basket du bahut, a levé la main et il lui a demandé, en prenant un air innocent, s'il fallait des autorisations écrites des parents pour répondre à ses questions. « Non, ce n'est pas nécessaire », elle a répondu. On avait l'impression que c'était le genre de fille qui sait jamais quand quelqu'un se fout de sa gueule.

Quand après elle a dit : « Bon, je vais prendre les noms de ceux qui souhaitent participer à l'interview, afin de pouvoir établir un planning », personne n'a levé la main. Elle est restée là, en tenant sa planchette avec son nom inscrit devant en lettres dorées, son stylo ouvert, prête à inscrire des noms, seulement y en avait aucun. On la voyait qui regardait d'un bout à l'autre de la classe, pour essayer de croiser un regard. Un type a roté vachement fort. Une des filles a sorti son maillot de majorette pour continuer à coudre une lettre dessus.

« Vous savez, j'ai été majorette moi aussi dans le temps, elle a dit la nana, Suzanne. Il y a des siècles. » Et elle a rigolé, mais y avait qu'elle qui riait.

À ce moment-là, Mme Finlaysson a appelé deux ou trois élèves, le genre citoyen modèle, sur lesquels les profs comptent toujours pour coopérer quand ça se passe comme ça. Manque de bol.

« Ah, quel dommage, elle nous a dit. Mme Maretto a pris la peine de se déplacer malgré son emploi du temps très chargé. »

La nana, elle était toujours là avec sa planchette. Elle avait l'air si jeune. On aurait pu croire qu'elle allait se mettre à chialer.

C'est à ce moment-là que Lydia a levé la main. À mon avis, Mme Finlaysson est tellement habituée à ce qu'elle dise jamais rien, qu'elle a même pas pigé ce qui se passait. « Oui, Lydia ? Tu veux quelque chose ? elle a demandé.

– Je voudrais juste m'inscrire, a répondu Lydia. Pour passer dans l'émission à la télé.

– Ah, voilà qui est bien, a dit Mme Finlaysson. Je suis heureuse de voir que quelqu'un met un peu de bonne volonté. Quelqu'un qui n'a pas peur de dire ce qu'il pense. »

Évidemment, Lydia n'est pas vraiment du genre à lancer un mouvement de foule, avec ses cheveux orange crépus, et ses yeux qui louchent, si bien qu'on sait jamais où regarder quand on lui parle. Elle a été la seule de la classe à donner son nom. On a tout de suite pigé que ce projet, c'était un coup foireux. Plus tard, quand on a appris que Russell Hines avait inscrit Jimmy Emmet, pour lui faire une farce, j'ai presque eu de la peine pour cette nana. Mais ensuite, Russell s'est fait piéger à son tour. Finalement, je crois qu'il y avait qu'eux trois. Pas vraiment ce qu'on peut appeler un échantillon représentatif de la jeunesse américaine.

FAYE STONE

J'avais quatre ans quand maman est rentrée de la maternité avec Suzanne, mais je m'en souviens très bien. J'avais attrapé la varicelle ; mes mains et mon visage étaient couverts de croûtes, et bien évidemment, mes parents m'ont interdit de la toucher. Mais je me souviens de m'être penchée au-dessus du berceau pour la regarder, enveloppée comme un cadeau dans sa petite couverture rose. Mon père craignait que son nez soit trop gros, mais moi je la trouvais parfaite. À la minute même où je l'ai vue, j'ai su qu'elle deviendrait la chouchoute.

On s'y habitue. Ce n'est pas comme si pendant vingt ans j'avais vécu dans l'attente que les gens arrêtent ma mère dans la rue pour lui dire : « Oh, vous avez une ravissante petite fille », en parlant de moi et non pas de Suzanne. Ce n'est pas comme si je restais assise à ne rien faire en attendant qu'une agence de mannequins mette ma photo dans leurs dossiers. Quand vous savez que vous n'avez rien d'une majorette, vous n'essayez pas d'entrer dans la troupe. À moins d'être totalement stupide. Ce n'est pas mon cas. Je n'ai rien d'une majorette, d'accord. Mais je ne suis pas stupide.

Ce que vous faites, si vous êtes intelligente, vous rejoignez le fan club. Je promenais Susie dans sa poussette, alors les gens venaient vers moi en disant que j'avais une adorable petite sœur, et que j'étais une très gentille grande sœur. Quand elle a commencé ses numéros de claquettes, je faisais la présentatrice. En fait, si je suis devenue coiffeuse, c'est après avoir coiffé Suzanne pendant des années. Je restais assise près d'elle des heures entières, à tester différentes coiffures.

Bigoudis, crêpage, nattes, on a tout essayé. Soit dit en passant, elle n'est plus véritablement blonde. Ça fait des années que je lui teins les cheveux. Vous avez remarqué ses mèches ? C'est moi. Dans certains salons, ils utilisent un bonnet et ils tirent les mèches qu'ils veulent décolorer à travers les trous. Moi, je préfère la technique du papier d'aluminium, comme chez les grands coiffeurs de New York. Évidemment, ça demande beaucoup plus de temps pour décolorer les cheveux un par un. Mais ça donne un résultat beaucoup plus naturel.

Elle a toujours été si frêle, comme une petite poupée. Je me souviens d'avoir pris un bain avec elle un jour, et d'avoir vu ses côtes. Pourtant, on se baignait toujours ensemble, mais c'était la première fois que je remarquai ce détail. Et j'ai poussé un cri, parce que je ne savais pas ce que c'était, et j'ai cru qu'il lui arrivait une chose bizarre.

Vous auriez dû la voir dans son costume de majorette. Bâton, claquettes, Susie pouvait tout faire. Déjà à trois ou quatre ans, elle adorait avoir un public. Dans son école de danse, un tas de gamins se pétrifiaient au moment d'entrer en scène. Pas Susie. Si elle avait pu faire un spectacle chaque soir, elle aurait été heureuse. Je la revois encore debout devant le miroir, répétant ses révérences et envoyant des baisers au public. Elle se promenait dans toute la maison en tenant le fer à friser comme un micro, et en disant : « Merci, merci, merci beaucoup… Pour le prochain numéro, j'aimerais… etc. »

Quand elle avait… oh, six ans, disons, ou peut-être sept, elle a mis au point ce numéro de claquettes sur *High Hopes*. Vous savez, cette chanson qui parle de la fourmi qui essaye d'escalader la plante verte ? Eh bien, elle a remporté le premier prix du radiocrochet, et mes parents l'ont conduite en ville pour la finale. Ma mère l'a emmenée voir tous les imprésarios, elle l'a fait photographier par des professionnels dans des studios. Suzanne a même auditionné pour une publicité Stop & Shop. Elle était convaincue que c'était son nez qui l'avait empêchée de décrocher le rôle, mais pendant des mois ensuite on l'a entendue chanter la publicité dans toute la maison : « Stop and Shop, c'est la qualité meilleur marché. Ma maman dit qu'on ne peut pas trouver moins cher. Mais moi ce que j'aime, c'est les beignets tout frais. » Aujourd'hui encore, je me souviens des paroles.

Oh, il n'y avait pas que cette publicité. Elle nous chantait également les corn-flakes au miel et les collants qui glissent, la Barbie Golden Dream, le shampooing Johnson pour bébé. Elle possédait tout un répertoire. Chaque fois que mes parents invitaient des amis à la maison, je servais de présentatrice, et Susie chantait ses publicités.

Un peu plus tard, on a eu la caméra vidéo, une des premières sur le marché, et c'est à ce moment-là que Suzanne s'est lancée dans les infos. Elle me demandait de l'enregistrer pour pouvoir ensuite visionner ses prestations et rectifier certains détails, comme par exemple passer sa langue sur ses lèvres et dire « euh ». La compétition est très serrée dans le monde du journalisme audiovisuel. Et Suzanne pensait qu'on ne commence jamais trop tôt. Elle savait déjà ce qu'elle voulait faire plus tard, alors pourquoi attendre pour développer son talent, voilà ce qu'elle disait. Nous étions tous très fiers d'elle.

À cette époque-là, un tas de garçons lui tournaient autour, évidemment. Même dans ma classe, des garçons plus âgés me posaient des questions sur ma sœur. Parfois, elle sortait avec eux, mais je ne crois pas qu'aucun soit arrivé à ses fins. Déjà en ce temps-là, Susie s'intéressait avant tout à sa carrière.

Je crois d'ailleurs que c'est, en partie, la raison pour laquelle Larry a réussi à la séduire. Il était son plus grand fan. Il était le premier garçon qui la vénérait encore plus que notre père. Et croyez-moi, il fallait se lever de bonne heure. L'autre truc, c'est que Larry fut le premier à convaincre Susie de se laisser aller, de prendre du bon temps. Lui-même adorait s'amuser. Il a su mettre au jour un aspect de la personnalité de Suzanne que personne n'aurait pu imaginer. Une sorte de côté extravagant.

J'ai été sa demoiselle d'honneur. Ce fut un très beau mariage, vous imaginez. Je lui avais fait des tresses, avec des petits rubans qui tombaient sur la nuque, et une pluie de perles tissées sur du voile. Tout le monde était hypnotisé. Moi, je pleurais comme une Madeleine, de même que maman et papa. Je revois encore Larry devant l'autel, il n'arrivait pas à croire que c'était sa femme. Je pourrais vous montrer la cassette.

Après un tel événement, on éprouve toujours une sorte de déception, bien sûr. Tous ces mois de préparation, d'organisation, et voilà que tout est terminé en quelques heures; vous retombez dans la monotonie de la vie quotidienne. Je me souviens d'être passée les voir à leur appartement quelques semaines plus tard. Ils revenaient des Bahamas; elle était assise devant le comptoir de la cuisine, occupée à écrire des lettres de remerciement. « Tout s'est déroulé si vite, me dit-elle. C'est un peu comme si on attendait qu'il se passe autre chose. »

Elle avait fait imprimer son curriculum vitæ, en mentionnant son expérience de mannequin chez Simpson, tous les ateliers qu'elle avait suivis, sans oublier son diplôme de sciences de la communication. Nous tous, on trouvait cela très impressionnant; elle était remontée jusqu'à son prix du radiocrochet et au championnat de majorettes. Ce qui en dit long sur quelqu'un, finalement. Sa capacité à garder son sang-froid sous la pression et ainsi de suite. Elle s'était fait photographier par des professionnels et tout le tintouin. On a même ajouté un enregistrement vidéo dans l'enveloppe qu'elle a expédiée à quelques-unes des plus grandes chaînes de télé. Channel 56 et Channel 38, entre autres. Mais elle n'a jamais obtenu de réponse, à l'exception d'une lettre type disant qu'ils ne cherchaient pas de journaliste pour le moment, mais qu'ils conservaient son nom dans leur fichier.

Il faut reconnaître une chose, elle ne s'est jamais découragée. Elle est allée dans les agences de publicité pour savoir s'ils ne cherchaient pas quelqu'un pour des spots. Elle a également contacté des agences de mannequins, et c'est vrai qu'elle était jolie, mais je ne sais pas, peut-être qu'elle était trop petite. Pour finir, elle s'est adressée à des écoles. Une ou deux lui ont proposé des emplois de bureau, vous voyez. Et puis un jour, la chaîne WGSL lui a promis un poste de journaliste. Finalement, quand elle a commencé, elle s'est aperçue qu'ils l'avaient engagée pour taper à la machine et répondre au téléphone, comme les autres, mais elle disait toujours : « Toute expérience est profitable. » Avec son argent, Larry lui avait fait faire une plaque sur laquelle était marqué : SUZANNE MARETTO, JOURNALISTE VEDETTE, et aussi une planchette avec son nom gravé en lettres dorées. Je me souviens qu'il m'avait raconté qu'il était allé les déposer en douce sur son bureau avant qu'elle arrive pour son premier jour de travail. Voilà comment était Larry.

Évidemment, j'étais au courant de son projet de reportage sur la vie des adolescents. Nous étions tous au courant. « Je travaille avec des gamins défavorisés, m'avait-elle dit. Je crois sincèrement que je peux apporter un changement dans leur vie. Après tout, n'est-ce pas ça le but ? »

De plus, si elle parvenait à faire diffuser son reportage, ce serait un atout supplémentaire dans sa manche. On sentait que, d'une manière ou d'une autre, Susie finirait par percer un jour. Et on se disait que le moment était peut-être venu.

Ma sœur avec un voyou de seize ans ? Ne me faites pas rire. Si vous voulez savoir la vérité, Suzie ne s'est jamais beaucoup intéressée aux garçons, point final. Bon d'accord, elle aimerait sans doute rencontrer un Tom Brokaw ou un Dan Rather, mais elle n'est pas du genre à s'exciter pour… la gaudriole, vous voyez. Ça me fait bizarre de vous raconter ça, mais si je le fais, c'est qu'on a porté certaines accusations, et je pense que, si les gens connaissaient réellement ma sœur, cela permettrait de prouver son innocence. Pour Susie, se jeter au lit avec un gamin était à peu près aussi excitant que de vider des bassins dans une maison de retraite. Ce n'est pas son truc, tout simplement. Même pour ce qui était de faire la chose avec Larry, elle m'a dit un jour qu'elle aurait bien voulu qu'il existe une pilule qui s'occupe de tout. Une autre fois, elle m'a même dit que ça la dégoûtait de le voir s'agiter au-dessus d'elle, excité et en sueur. Pourtant, Larry n'était pas un vilain garçon, il était plutôt bien fait, même s'il avait pris quelques kilos après le mariage. Alors vous l'imaginez couchant avec un gamin maigrichon qui sent la palourde ou je ne sais quoi.

Attention, je ne dis pas que ma sœur n'a aucun défaut. Mais elle adorait son mari. Ils faisaient des projets. Ils menaient une vie idéale. Elle n'est pas du genre à faire assassiner quelqu'un simplement parce qu'elle est amoureuse de quelqu'un d'autre. Elle tenait trop à sa carrière et ce qui s'ensuit. Elle avait trop de choses à perdre pour tout gâcher à cause d'un type.

JIMMY EMMET

Voilà comment ça s'est passé. C'était un jour d'école, mais nous on était partis traîner vers les marécages. C'est un endroit où on va des fois, pour fumer un joint, pour tirer un coup. C'est complètement mort comme coin. Vous voyez le genre. Vous avez juste envie que ça bouge, quoi. Pour voir ce qui se passe.

On en est venus à parler de cette histoire de reportage. Russell faisait des commentaires sur Mme Maretto. « Miss Coincé du Cul », qu'il l'appelait. Même Russell, dans ses rêves les plus dingues, je pense pas qu'il espérait avoir la moindre chance d'arriver à quelque chose avec elle. Nous, on préférait nous contenter de Lydia.

Cette nana, elle a une vraie tête de cul et un corps qui vaut pas mieux. « Mais entre les cuisses, c'est toujours pareil », comme dit Russell. On sentait bien qu'elle s'était jamais fait baiser, et on se disait qu'il était temps que quelqu'un essaye. En fait, on lui rendrait service.

Alors, vers la fin des cours, on passe devant le bahut en bagnole, en se disant qu'on va choper Lydia quand elle sort et lui dire qu'on a envie de parler du reportage de Mme Maretto et tout ça. Après, on l'emmène à la plage. On fume quelques pétards. Et on se la tape.

Manque de pot, voilà qu'elle s'en va avec Mme Maretto justement. Nous, on allait laisser tomber, ça serait pour une prochaine fois, mais Mme Maretto, elle nous aperçoit. Elle fait aucune réflexion comme quoi on s'est pas pointés au bahut aujourd'hui. Elle nous raconte qu'elle a commencé le script du reportage, et elle a besoin de nous pour des plans de coupe ou je sais pas quoi. Me demandez pas ce que ça veut dire.

Moi, à ce moment-là, je pense que je vais lui dire d'arrêter les frais, c'est vraiment pas mon truc, vous voyez. « James, qu'elle me sort, je trouve que tu as une voix qui passe très bien. » Et là-dessus, elle me parle d'un type de Channel 4 à qui je ressemble, il paraît.

« Écoutez, elle nous dit, puisque vous êtes libres, si on allait chez moi pour chercher le script et nous mettre au travail dès maintenant, hein ? Je m'apprêtais justement à ramener Lydia de toute façon.

– Je ne sais pas, je réponds. Je crois qu'on a justement un truc à faire. » Y avait quelque chose qui me foutait mal à l'aise chez Mme Maretto. Elle était trop mignonne, je crois. Mais ce con de Russell, il fait un grand sourire et il répond : « Oui, ça me paraît une excellente idée » ou une connerie dans ce genre, et moi je manque de pisser dans mon froc.

« Russell, elle dit en lui filant du fric, va donc faire un saut chez Domino avec Lydia pour nous acheter une pizza, pendant ce temps, James et moi on part devant, et on se retrouve chez moi. Lydia connaît le chemin. »

On voyait bien que Lydia, ça lui plaisait pas trop, et Russell non plus. C'est vrai quoi, il a une sale réputation ce mec-là. Au moment où ils sortent du parking, je la vois qui boucle sa ceinture à l'avant de la Pontiac de Russ. Elle est morte de trouille. Remarquez, moi c'est la première fois que je monte dans la bagnole d'une journaliste.

Elle avale une poignée de Tic-Tac, elle me demande si je veux du chewing-gum. Non merci, je réponds. Elle met une cassette dans le truc. Un truc de hard à la con. Sacrée surprise.

On dit rien, on roule. Elle frappe sur le volant, en regardant droit devant elle. Vue de profil, c'est comme s'ils l'avaient oubliée le jour de la distribution des nez, mais par contre elle a une super-paire de nichons, et je me dis, putain heureusement qu'elle peut pas lire dans mes pensées à cet instant.

« Tu aimes Aerosmith ? » elle me demande.

Chez moi, j'ai pas de chaîne ni rien, mais je réponds quand même « Ouais ». On voit bien qu'elle essaye de montrer que c'est une nana cool. Genre, elle nous ressemble et tout.

« Tu as une petite amie ? » Je réponds que j'ai personne en particulier.

« Comment ça se fait ? Un beau garçon comme toi ? »

Je sais pas quoi dire, alors je reste assis comme un débile, mais j'arrête pas de bander.

« Tu vas danser des fois ? » elle demande.

Je lui dis que je sais pas danser.

« Je pourrais t'apprendre. »

À ce moment-là, on arrive à son appart.

Elle ouvre la porte. J'ai jamais vu une baraque pareille. Tous les meubles sont assortis. Avec des photos de la mer et d'autres conneries sur les murs. Ça sent comme chez le fleuriste, là-dedans. Un petit clébard s'approche et commence à sauter autour de moi pour essayer de me bouffer les couilles. Manquait plus que ça.

Elle enlève ses chaussures. Y a de la moquette par terre. Tellement épaisse qu'y aurait même pas besoin de plumard pour baiser dessus. On pourrait faire ça n'importe où. C'est d'ailleurs ce qu'on a fait par la suite.

Elle branche la chaîne. Encore Aerosmith, ou peut-être que c'est Motley Crüe. D'habitude, j'écoute jamais ce que disent les chansons, mais j'avais comme l'impression que toutes les paroles à ce moment-là, c'était un message pour moi. Et là, la chanson c'était : *Dix secondes pour s'aimer*. Bon Dieu, je me dis. C'est moi qui me fais des idées ou bien cette nana a envie que je la saute ?

Mais elle fait que danser. En douceur. Elle se balance d'avant en arrière. « Allez viens, elle me dit. Essaye. Si tu ne sais pas danser, tu ne trouveras jamais de petite amie. »

Je fais un pas vers elle, et puis je recule. Je prie pour que ce con de Russell se grouille d'arriver, mais je pense aussi à s'il arrive pas. Ce qui va se passer. C'est dingue.

« Mon mari n'aime pas danser, elle me dit. Dans le temps, on dansait, mais maintenant que nous sommes un vieux couple marié, il n'est plus le même. Il se dit sans doute qu'il n'a plus besoin de ça. »

« C'est bizarre, elle ajoute ensuite. Je me souviens de m'être dit un jour qu'avoir une vingtaine d'années, c'était comme en avoir un million. Et voilà que je suis arrivée à cet âge-là moi aussi. Pourtant, j'ai l'impression que c'était encore hier que j'enfilais mon uniforme de majorette. J'ai été majorette, tu le savais ?

– Sans déconner ?

– Parfaitement », elle répond, et la voilà qui se met à faire son numéro. Là, en plein milieu du living. Le grand écart et tout le reste.

« Nous étions championnes de division, elle dit. Troisièmes dans les finales de l'État. Mais nos uniformes étaient vraiment dégueus. »

Soudain, j'entends Russell s'arrêter devant la maison. C'est pas difficile de le repérer, car sa bagnole a sacrément besoin d'un silencieux.

« Hé, d'où vient ce tatouage ? » elle me demande. Elle parle de la tête de mort que j'ai sur le bras. Russ et moi on était complètement bourrés un soir et on s'est fait tatouer. Si quelqu'un vous dit que ça fait pas mal, le croyez pas.

« Little Paradise Beach, je lui dis.

– J'ai toujours eu envie d'un tatouage », elle dit, et elle ricane bêtement, comme une gamine de quinze ans. C'est à ce moment que Russ et Lydia rappliquent avec leur putain de pizza.

SUZANNE MARETTO

Voilà ce qui arrive, j'imagine, quand vous essayez d'offrir à quelques jeunes défavorisés la possibilité de faire pour une fois quelque chose de constructif. C'est vrai, j'ai toujours été une idéaliste. Je vois toujours ce qu'on peut tirer d'une situation. Je vois toujours le bon côté d'une personne. Je fais partie de ces gens qui pensent que le verre est à moitié plein, pas à moitié vide.

De la façon dont je voyais les choses, ce reportage sur la vie des adolescents était pour moi une formidable occasion, non seulement de faire mes preuves dans un domaine donné, mais également de fournir à ces jeunes une véritable approche instructive des médias. Plus encore, je me voyais leur apporter également ce qu'on pourrait appeler une expérience positive de la vie, en leur montrant un modèle qui s'intéressait véritablement à eux et à leur vie. J'étais enthousiasmée à l'idée qu'un de ces jeunes puisse utiliser cette expérience comme une rampe de lancement vers une nouvelle façon de vivre, qui lui permettrait d'atteindre quelque chose de meilleur. Larry et moi nous disions souvent qu'il suffit parfois de la considération d'une seule personne pour transformer la vie d'une autre personne. Je pensais que je pourrais peut-être devenir cette personne.

C'est une des raisons pour lesquelles j'ai amené ces jeunes à la maison. Je voulais leur montrer comment vivent d'autres gens. Leur donner l'envie d'aspirer à une vie différente, au lieu de passer toute leur existence à ramasser des palourdes ou à coucher avec leur cousine de cent vingt kilos. Si vous voyez ce que je veux dire.

C'est vrai, j'ai fait monter Jimmy dans ma voiture. Le lendemain, je suis allée acheter un désodorisant, pour essayer de faire disparaître l'odeur à l'intérieur de ma Datsun, soit dit en passant.

Dès qu'il est monté, il a commencé à évoquer des choses que je qualifierais de suggestives, en me parlant de ses petites amies et ainsi de suite. « Putain » par-ci, « Putain » par-là. Voilà le genre d'individu auquel nous avons affaire. Simplement parce que j'écoute de la musique d'aujourd'hui, il a dû se dire qu'il avait ses chances. Mais j'ai vite remis les pendules à l'heure, du moins j'ai essayé. Puis quand nous sommes arrivés à la maison – chez Larry et moi – il s'est dirigé directement vers la chaîne et il l'a allumée, sans même demander la permission. J'avais un CD d'Aerosmith, je m'en souviens, pour qu'il puisse trouver ses repères, vous comprenez. Mais pour être franche, la musique que je préfère c'est plutôt le genre Billy Joel. Au fait, j'ai croisé Christie Brinkley un jour. Quand j'étais à New York, pour participer à un atelier « Les femmes dans les médias », et elle est passée juste devant moi dans la rue, alors que je rentrais à mon hôtel. Elle est aussi magnifique en vrai.

Enfin bref. Il a ôté ses chaussures, là en plein milieu de mon living-room, et il a commencé à danser, si on peut appeler ça danser. Avec des déhanchements suggestifs. « Jimmy, je lui ai dit, n'oublie pas que nous sommes ici pour travailler sur notre projet. » Il m'a demandé si Larry et moi nous allions danser parfois. Je lui ai bien fait comprendre que j'étais mariée à un homme formidable, et que nous faisions un tas d'activités tous les deux le week-end. Entre autres danser.

Il a suggéré que je pourrais peut-être l'aider à progresser dans ce domaine. Il avait vu dans l'entrée la photo de moi en uniforme de majorette ; il en a déduit que je devais être une bonne danseuse. Je lui ai expliqué que c'est davantage une question de précision. Les gens n'imaginent pas tout le travail, la chorégraphie, qu'il y a derrière un simple numéro de majorette. Alors que pour danser, on est plus libre de faire ce qu'on veut. L'année où j'étais capitaine, nous avons été championnes de division. Troisièmes dans les finales d'État, malgré nos uniformes horribles. Bordeaux et jaune, vous imaginez un peu ?

J'avoue lui avoir promis quelques conseils un jour. Il faut savoir se mettre sur la même longueur d'ondes qu'eux, vous comprenez.

Nous, les journalistes, nous devons montrer à nos sujets que nous sommes des êtres humains nous aussi, si nous voulons qu'ils se livrent totalement. Si je paraissais trop différente de lui, le contact risquait de ne pas s'établir. C'est très subtil.

Il avait un tatouage sur le bras. Une tête de mort ou un diable, je crois. Je me souviens de m'être dit qu'il faudrait veiller à ce qu'il porte un truc à manches longues si jamais il apparaissait devant la caméra. Ce genre de détail peut donner une fausse impression à certains spectateurs. Je voulais que les gens comprennent ces adolescents, pas qu'ils les cataloguent d'emblée comme une bande de voyous, même s'ils ne sont pas autre chose, on l'a bien vu.

Si je vous parle du tatouage, c'est à cause de la façon dont je l'ai découvert. Après avoir dansé dans mon salon, Jimmy a dit qu'il transpirait, et il a ôté sa chemise. Voilà comment j'ai vu le tatouage.

D'abord, il a ôté sa chemise. Puis il s'est approché dans mon dos, pendant que je mettais quelque chose dans le four à micro-ondes. Il m'a prise par le bras et m'a obligée à me retourner, violemment. Et il m'a embrassée. C'est à ce moment-là que Lydia et Russell sont arrivés avec la pizza.

LYDIA MERTZ

La première fois que j'ai vu Mme Maretto, j'ai cru tout d'abord que c'était une nouvelle élève. Dans ce cas, elle serait élue reine de la fête annuelle à coup sûr. Elle deviendrait la fille la plus populaire du lycée.

Et sa façon de s'habiller aussi. Tout était toujours parfait chez elle, pas uniquement dans les grandes occasions, tous les jours. Par la suite, quand je l'ai mieux connue, elle m'a appris que c'était un truc que connaissaient bien toutes les femmes journalistes. Il faut s'habiller chaque jour comme si vous deviez aller à la Maison Blanche. Car vous savez jamais qui vous pouvez rencontrer, vous savez jamais à quel moment peut se présenter la chance de votre vie, alors il faut toujours se tenir prête.

Supposons qu'elle porte une robe couleur pêche, avec des pois violets. Vous pouviez être sûr qu'elle avait des boucles d'oreilles violettes. Ses chaussures pouvaient être beiges, mais elle avait ajouté des petits nœuds couleur pêche sur le dessus, ou bien ses collants avaient une légère teinte pêche. Et si vous regardiez de plus près, vous vous aperceviez qu'au lieu d'être noir tout bêtement, son eye-liner était violet.

Oh, j'aurais jamais osé lui adresser la parole. Mais elle est venue dans notre classe pendant le cours, et elle nous a expliqué qu'elle cherchait à interviewer des adolescents pour un reportage à la télé, et qu'elle avait besoin de volontaires pour travailler avec elle. J'aurais jamais eu l'idée de lever la main, si elle avait dit qu'ils cherchaient des gens intelligents, beaux, ou je ne sais quoi ; mais ils voulaient juste des adolescents normaux. Peu importe qui vous étiez. Alors moi, je me suis dit que ce serait chouette de passer un petit moment avec cette fille. Jamais j'aurais pu imaginer qu'on deviendrait amies à ce point. Je croyais que quelqu'un comme elle avait des milliards d'amis.

Vous voulez savoir à qui elle me faisait penser ? À la princesse Diana. Ou à cette fille dans *Wilson Phillips*, la maigre. Elle avait une façon de tirer sur ses boucles d'oreilles quand elle réfléchissait à quelque chose. Ou bien, quand elle s'asseyait, au lieu de croiser les jambes comme la plupart des gens, ou de rester assise comme une parfaite idiote, sans penser qu'on pouvait voir sa culotte, comme moi par exemple, elle croisait toujours les chevilles.

Vous pouvez pas imaginer tous les trucs qu'elle connaissait. Tiens, par exemple, vous saviez que, quand vous vous maquillez sous les yeux, pour cacher les cernes, il faut toujours se maquiller du bas vers le haut ? « Ce n'est pas parce qu'on est encore jeunes qu'il est trop tôt pour commencer à combattre la pesanteur », elle m'a dit une fois.

Encore un autre truc. Il faut jamais se couper les petites peaux autour des ongles, elles repoussent deux fois plus épaisses après. Et il paraît qu'on boit jamais trop d'eau. Il faut toujours avoir un paquet de Tic-Tac dans son sac, où qu'on aille. Si vous avez des doutes sur votre haleine, hop, vous en croquez un. C'est elle qui m'a conseillé de décolorer mes taches de rousseur. J'y aurais jamais pensé. Elle m'a même fait faire des exercices avec mes yeux, pour m'empêcher de loucher.

« C'est super », elle a dit quand je me suis inscrite pour son reportage. Elle a dit qu'elle allait travailler très intimement avec notre groupe pendant les prochains mois, et ce serait chouette d'avoir une fille avec qui parler.

Je lui ai avoué que j'avais jamais fait ce genre de trucs avant. Elle était si gentille. C'est très bien, qu'elle m'a répondu, au moins tu n'auras pas de mauvaises habitudes. Elle m'a dit qu'elle m'apprendrait tout ce qu'elle savait, comme une grande sœur. Elle mettait toujours ce parfum, et à la fin, elle m'en a offert un flacon. Pavlova, ça s'appelle. C'est le nom d'une célèbre danseuse.

Évidemment, elle m'a tout de suite parlé de Larry. Déjà, on était obligé de remarquer son alliance. Un diamant pareil ! En plus, elle avait mis la photo de son mariage sur son bureau.

Au début, elle racontait que tout était formidable. Quelle chance elle avait, elle avait épousé un gars romantique, il lui offrait sans cesse des fleurs, des cadeaux, des machins. Un jour, il lui a fait une surprise en changeant toute la chambre en un week-end. Une autre fois, c'était une housse en peau de mouton pour le siège de sa voiture. Ou bien alors ils partaient à Atlantic City pour le week-end. Ou dans un hôtel romantique à la montagne, avec une baignoire en forme de cœur. Ils formaient le couple parfait, on aurait dit.

Les deux seuls autres élèves à faire partie du reportage, c'étaient Jimmy et Russell. Mais ils arrêtaient pas de foutre le bordel. Ils arrivaient complètement défoncés, ou bien un des deux débarquait en racontant un truc vraiment dégeu au sujet d'une fille avec laquelle il avait passé la nuit à Little Paradise Beach. Ils s'affalaient dans un fauteuil avec la main posée sur leur… enfin, entre leurs cuisses, quoi. Et pendant ce temps-là, Mme Maretto elle faisait comme si elle déjeunait avec deux sénateurs, à part qu'elle était assise en face de Russell Hines et Jimmy Emmet qui se grattaient les machins. Mais elle suivait toujours ses propres conseils : elle se comportait en pensant que n'importe qui pouvait entrer, n'importe qui pouvait l'observer.

Pour ce qui est du reportage. L'idée au départ c'était de prendre des adolescents, c'est-à-dire nous, et d'apprendre à mieux nous connaître, savoir ce qu'on pense vraiment au fond de nous et ainsi de suite. Voilà pourquoi, la plupart du temps elle ne filmait pas, ni rien, on devait d'abord apprendre à faire connaissance, elle avait dit, à devenir amis. Et un jour, elle m'a invitée à venir avec elle à son cours d'aérobic, rien que toutes les deux, Mme Maretto et moi. Elle m'a prêté un survêt qu'elle avait en trop et qui était trop grand pour elle, elle m'a emmenée dans le vestiaire de son club et tout et tout. On a pris notre douche côte à côte, et moi je me sentais un peu gênée parce qu'elle était si maigre, et moi je suis mal foutue. J'ai rentré mon ventre, mais quand même.

Après la douche, on est allées au sauna toutes les deux, et après, elle m'a emmenée dans cette baignoire d'eau chaude, le jacuzzi qu'on appelle ça, où vous vous asseyez à poil et vous laissez l'eau vous masser. J'avais jamais mis les pieds dans un endroit pareil.

Tout à coup, je me retourne et je vois Mme Maretto qui pleure. « Larry ne comprend pas combien mon travail est important pour moi, elle me dit. Je ne pourrai jamais lui expliquer. Je rentre à la maison après une journée comme aujourd'hui où on n'a pas arrêté de discuter, où j'ai filmé des trucs sensass, et lui il ne me demande même pas comme ça s'est passé. »

Je ne savais pas quoi dire, moi. En plein milieu du jacuzzi, voir Mme Maretto pleurer comme ça. Elle était même pas furieuse ni rien. Non, elle s'est aspergée le visage d'eau et immédiatement, c'était terminé. Mais après, dans la voiture, quand elle m'a raccompagnée, on aurait dit que c'était plus la même. Elle a commencé à me raconter un tas de trucs. Comme quoi son mari voulait plus jamais aller dans des soirées ou en boîte. Ce qu'il voulait, c'était rester à la maison et regarder la télé. Il voulait avoir des enfants, mais elle, elle osait pas lui dire qu'elle prenait encore la pilule parce qu'il disait qu'il était temps de fonder une famille ; Joan Lunden, elle avait eu des enfants, d'accord, mais fallait voir comment elle avait été grosse pendant un moment, et d'ailleurs, elle était déjà célèbre avant de se retrouver enceinte, comme Jane Pauley et Deborah Norville. Personne ne commençait par les enfants.

Je savais pas quoi dire, mais j'avais pas besoin de répondre heureusement, elle continuait à parler. Elle disait que c'était une grosse erreur, de se marier. Elle ne pensait pas que ce serait comme ça. Dans le temps, ils s'amusaient bien tous les deux, mais maintenant elle avait l'impression qu'ils étaient comme un vieux couple, que leur vie était déjà derrière eux. Larry voulait qu'elle reste à la maison. Mais si elle voulait faire carrière, c'était maintenant qu'elle devait se démener pour de bon. La compétition est dure dans ce métier et quand à vingt-cinq ans vous travaillez encore sur une chaîne du câble, vous n'avez plus de temps à perdre. Ce reportage était justement sa grande chance, elle disait, mais les deux garçons étaient tellement nuls qu'elle ne pourrait rien en tirer, et de toute façon, même si elle faisait du bon travail, à quoi ça servirait, Larry ne voudrait jamais quitter le resto de ses parents ; même si NBC l'appelait pour lui proposer une émission de grande écoute. Tu ne le sais pas, Lydia, elle m'a dit, mais ce sont les plus belles années de ta vie. Ça ne sera jamais mieux que maintenant, car tu as encore la vie devant toi. À vrai dire, ça m'a rendue un peu triste moi aussi d'entendre ça, parce que, ma vie, je la trouvais déjà pas terrible pour l'instant. Mais en même temps, je me sentais… comment dire… fière, vous voyez. Qu'elle me raconte tout ça à moi. Qu'elle se confie comme ça. Comme deux vieilles amies, quoi. Après ce jour-là, j'aurais fait n'importe quoi pour elle.

CHUCK HASKELL

Larry et moi on est devenus potes à l'école primaire. Il habitait en face de chez moi. On traînait ensemble, on faisait du vélo, on jouait au ballon, comme tous les mômes, quoi. Ce mec était bon dans tous les sports, n'importe lesquels.

Au lycée, j'ai commencé à jouer de la basse, et Larry s'est mis à la batterie. À mon avis, il pensait que c'était avant tout un bon plan pour draguer les filles. Il n'a jamais été très doué. Malgré tout, on se marrait bien quand on répétait dans le sous-sol de ses parents. Nous deux et deux autres types, un à la guitare solo et l'autre à la rythmique ; y avait toujours deux ou trois nanas qui traînaient dans le coin, pour jouer du tambourin ou même chanter. On s'était baptisés Les Crétins.

À part le groupe, je peux pas dire qu'il s'intéressait à beaucoup de trucs. C'est vrai, il aimait surtout faire la fête. Il lui arrivait d'allumer un pétard des fois, mais rien de bien méchant. C'était ce qu'on pourrait appeler un type cool. Pas emmerdant. Toujours prêt à s'amuser. Il adorait ses parents. Et il adorait les chiens.

Naturellement, il sortait avec des filles. C'était pas un pédé. Mais il n'a jamais eu d'aventure sérieuse au lycée. Il prenait du bon temps, rien de plus.

Après avoir eu son diplôme, il a commencé à bosser à temps plein dans le resto de ses parents, et moi, je me suis consacré plus sérieusement au groupe. On jouait dans des clubs à Little Paradise Beach, et même en ville des fois. Oh, on était un groupe de hard rock comme y en a plein. Vous voulez un tuyau pour vous sortir des gonzesses ? Payez-vous une guitare.

Un jour, il a vu Suzanne au centre commercial, elle distribuait des échantillons de parfum, et il m'a dit que cette fois ça y était, c'était le coup de foudre. Il portait encore les cheveux longs à l'époque. Elle, elle était très mignonne, avec ses cheveux blonds et le reste, mais moi ce qui me faisait toujours flipper, quand je lui parlais, c'était de voir le fond de ses narines. Très vite, ils sont sortis ensemble régulièrement.

Je me souviens de cette fête du nouvel an où ils étaient eux aussi, quelques semaines seulement après leur rencontre. Elle avait apporté sa caméra vidéo, et elle se promenait au milieu des gens en les interrogeant sur leurs résolutions pour la nouvelle année, comme si c'était un reportage pour les infos. Tout le monde était plus ou moins défoncé. Les gars répondaient des trucs du genre : « Emballer un maximum de nanas » ou bien « Baiser dans une décapotable ». Vous voyez le style. Mais Larry, sa résolution à lui, c'était : « Trouver une fille vraiment pas comme les autres et vivre avec elle. » Je me souviens que tout le monde s'est marré quand il a dit ça. C'était bizarre de dire un truc pareil, surtout pour un mec comme Larry qui avait une réputation de joyeux fêtard. Mais il a continué sur le même registre : le jour où il trouverait la fille parfaite, il lui offrirait le plus gros diamant, plus une voiture de sport et il l'emmènerait danser tous les vendredis soir. « Je veux que Mme Larry Maretto soit la femme la plus heureuse d'Amérique, il disait. Peut-être même de l'univers. » Et il le pensait sincèrement, ce con.

Comme je vous l'ai dit, un tas de gens ont rigolé en l'entendant parler comme ça devant la caméra. Peut-être que Suzanne aussi elle s'est marrée, je sais pas. Toujours est-il qu'il a dû l'impressionner avec ses conneries, car qui je vois le week-end suivant au Shooters ? Suzanne et Larry. Lui, il la regarde comme s'il était hypnotisé. D'ailleurs, c'était certainement le cas.

Au bout d'un mois environ, elle lui a dit, je crois, que ça devenait trop sérieux entre eux ; elle avait encore envie de sortir avec d'autres garçons. J'ai croisé Larry à la salle de sport, il se morfondait tout seul dans son coin. Voilà un gars qui était toujours partant pour faire la bringue sept jours sur sept, et maintenant il parlait d'économiser pour payer la première traite d'un appart. Ce jour-là, il m'a dit : « Tôt ou tard, Chuck, il faut devenir adulte et penser à l'avenir. » Et apparemment, il a ajouté, son avenir à lui s'appelait Suzanne.

Il lui a acheté un chien, un jeune chiot, me demandez pas quelle race. Tout ce que je sais, c'est que ce cabot n'arrêtait pas de gueuler. Elle l'a baptisé Walter, comme Walter Cronkite. Elle m'a expliqué qu'elle était fascinée par les présentateurs télé. Vous voyez le tableau : les présentateurs télé et les stars du hard rock. Un jour, Larry m'a dit : « Un truc est sûr, Chuck, si un mec comme Peter Jennings ou David Lee Roth appelait Suzanne pour lui demander de venir le voir à son hôtel ou ailleurs, elle ficherait le camp tout de suite. » Moi, ma copine est dingue d'Axl Rose, mais quand même. On aime penser qu'on peut avoir confiance en quelqu'un.

Enfin bref. Arrive le mois d'avril ou dans ces eaux-là, Jeannie et moi on avait prévu de descendre jusqu'en Floride en bagnole. Ne riez pas, elle avait envie de visiter Disney World. En entendant parler de ce projet, Larry propose que Suzanne et lui nous accompagnent, ils sont bientôt en vacances tous les deux. Et tous les quatre, nous voilà partis pour Orlando, on roule toute la nuit, on fait le trajet en deux jours, pour vous montrer comme on était dingues.

Mais pour moi, la plus grande partie du trajet jusqu'en Floride reste floue. Faut dire qu'on carburait à coups de canettes de bière. Tous sauf Larry. Ça n'a jamais été un gros buveur.

Pas comme Suzanne. Elle était complètement givrée pendant ce voyage. C'était la première fois, et aussi la dernière, que je la voyais dans cet état. Dès l'instant où on a quitté la ville pour prendre l'autoroute, on aurait cru qu'elle sortait de taule. Elle voulait sans cesse écouter cette cassette d'Aerosmith, à fond. Et elle ne pouvait pas prononcer une phrase sans dire le mot « putain ». Putains de conducteurs, putains d'embouteillages, putain de tunnel… À un moment, en pleine nuit, quelque part en Pennsylvanie, elle a même montré son cul à un type au péage. À croire qu'elle était défoncée, mais c'était pas le cas. Larry détestait la drogue. Même le hasch.

Il était tellement amoureux de Suzanne qu'il s'en foutait de la voir faire son cirque, je crois. Il passait son temps à essayer de l'embrasser, à la peloter. On conduisait chacun notre tour, mais ils étaient plus souvent assis à l'avant étant donné que Larry était en meilleure forme pour prendre le volant. À un moment, elle a carrément sa tête posée sur ses cuisses, si vous voyez ce que je veux dire, pendant qu'on était coincé dans un énorme embouteillage. On sentait bien qu'il était gêné. « Non, pas maintenant, Susie, il lui disait. Attends qu'on soit arrivés au motel. » Et elle, ça la faisait rire. Quand j'y pense, ce voyage est quasiment la seule fois où je l'ai entendue rire.

Arrivés à Disney World, on a tout fait : la balade dans les petits bateaux où ils vous chantent *Le monde est petit*, les tasses de thé qui tournent, le navire des pirates, le film de Michael Jackson en 3D. Suzanne s'est fait prendre en photo avec Mickey Mouse. Larry s'est acheté une casquette de Dingo, vous savez, avec les grandes oreilles qui pendent. Suzanne se moquait de lui à cause de cette casquette, mais on voyait bien que ça ne lui plaisait pas ; elle essayait de l'obliger à l'enlever. Lui, il voulait pas. « Tu as l'air ridicule, elle disait. On dirait un abruti. » Il a fini par enlever la casquette. À ce moment-là, je me souviens d'avoir pensé : c'est comme quand on était à l'école primaire, c'est redevenu un gamin.

On logeait dans un super hôtel, tous les quatre. Larry gagnait pas mal de fric dans le resto de ses parents, et il nous a dit : « C'est moi qui vous invite. » Room service, jacuzzi, télé par câble dans la chambre. Le grand jeu, quoi. Entrecôtes au dîner. Daïquiris à la banane comme on n'en fait plus. Bref, le super luxe.

Lors de notre dernier soir à Orlando, Larry a offert à Suzanne deux chiens en peluche enlacés. Genre, y en a un c'était lui, l'autre c'était elle. Après, on est allés voir le feu d'artifice à Epcot Center ; Larry et Suzanne se pelotaient méchamment pendant que ça pétait dans tous les coins. Je suppose que l'ambiance avait quelque chose de romantique, parce que après, au moment où on repartait avec le monorail, y a Larry qui lève la main de Suzanne, et on découvre qu'elle a un énorme diamant au doigt. « Alors, qu'est-ce que vous dites de ça, hein ? » il nous demande. Moi, j'étais un peu mal à l'aise, à cause de Jeannie, car je sentais qu'elle se demandait : « Et moi, où elle est ma bague ? »

On les a pris en photo, tous les deux, avec les chiens en peluche. J'ai encore la photo, si vous voulez la voir. C'est cette image que j'ai gardée de Larry, avant qu'il devienne sérieux et se coupe les cheveux. Avec un grand sourire, comme dans le temps.

Mais le truc qui m'a choqué – en fait, rétrospectivement, ça me paraît plus important maintenant –, c'est que Suzanne lui a tenu la main seulement pendant que Jeannie prenait la photo. Dès que le flash s'est déclenché, elle l'a lâchée.

JOE MARETTO

Je ne comprends pas. J'essaye de m'expliquer ce qui s'est passé. Pourtant, tout semblait absolument parfait, sur tous les plans. Et voilà que…

Angela et moi, on s'est connus au lycée. Je n'ai jamais regardé une autre fille. Je vous le jure. Elle m'apportait tout ce que je désirais.

Mon ambition n'était pas de révolutionner le monde. Elle, de son côté, n'avait pas besoin de se chercher, ou je ne sais quoi. Nous, ce qu'on voulait, c'était reprendre le snack-bar de mon oncle, acheter une jolie maison, avoir des enfants bien portants et les élever comme il faut. Nous asseoir un jour dans le salon et regarder nos petits-enfants ouvrir leurs cadeaux de Noël, avec la conviction d'avoir fait du bon travail. Vous trouvez que c'est trop demander ?

On a tout fait selon les règles. Pas de bêtises avant d'être mariés. Les deux premières années de notre mariage, on a vécu chez ses parents afin de pouvoir économiser et payer le premier versement de notre maison. On a emménagé le jour de l'assassinat de Kennedy. Notre fille Janice est venue au monde neuf mois plus tard jour pour jour. Et Larry deux ans après. On avait notre garçon et notre fille. Angela restait à la maison pour s'occuper des enfants, comme toutes les mères en ce temps-là, et moi je travaillais dur au restaurant. Le soir, le week-end, mais je ne me plaignais pas. J'avais deux gamins en bonne santé et une épouse adorable. Ça en valait la peine.

Angela était formidable avec les enfants, vous pouvez interroger n'importe qui. Elle préparait un vrai repas tous les soirs et on aurait pu manger par terre tellement c'était propre. Janice voulait prendre des leçons de patin à glace, Angela la conduisait en voiture jusqu'à la patinoire, une heure pour y aller, une heure pour revenir. Même chose quand Larry jouait au base-ball dans la Ligue junior, et ensuite de la batterie. À cette époque-là, le restaurant marchait très fort, on a obtenu le droit de vendre de l'alcool et installé le bar. Tenir un restaurant dans ce quartier, avec une grosse clientèle italienne, je ne dis pas qu'on n'avait pas parmi nos clients des types qui avaient peut-être enfreint la loi à l'occasion, mais nous, on restait en dehors de tout ça. On a toujours dirigé un établissement honnête, familial. Très souvent, j'étais retenu par mon travail, mais Angie ne manquait jamais les manifestations scolaires. Et elle savait toujours trouver les mots justes quand Janice n'était pas invitée à une fête ou quand Larry avait manqué une balle facile pendant un match. Larry n'était peut-être pas un véritable athlète, mais vous n'avez jamais vu un joueur avec un tel cœur, ou un gamin qui se donne autant de mal.

Attention, je ne dis pas que les années d'adolescence ont été une partie de plaisir. Janice avait le patinage pour l'occuper et lui éviter de faire des bêtises, mais Larry a toujours été un garçon ouvert qui aimait beaucoup sortir, et il avait certains amis qu'Angela et moi on n'aurait sans doute pas appréciés. Les cheveux longs, les guitares, la batterie, tout le tintouin. Le seul problème de Larry, c'était de croire que tout le monde était aussi honnête que lui. Mais je lui faisais confiance, moi aussi. Je savais qu'il avait la tête solidement vissée sur les épaules ; tôt ou tard, il se calmerait et il ferait sa place. J'avais raison.

Angela et moi, on avait toujours espéré l'envoyer à l'université, mais après le lycée, il a déclaré que c'était fini. Qu'est-ce que vous voulez dire dans ces cas-là ? Alors, il a commencé par s'occuper du bar au restaurant. On se disait que le moment n'était pas encore venu. Il finirait par trouver sa place.

C'est alors qu'il a rencontré Suzanne, et on a senti que c'était le déclic. Cette blondinette avait suffisamment d'ambition pour tous les deux. « Tu sais, papa, m'a-t-il dit un jour, peu de temps après l'avoir rencontrée, Suzanne ira loin dans la vie. Attends un peu de voir ça. Un de ces soirs en rentrant, tu vas allumer la télé et tu vas tomber sur Suzanne sur Channel 7. Et ensuite, elle viendra me retrouver à la maison. »

Il disait qu'être avec elle, ça lui donnait envie de réussir, lui aussi. Il nous répétait sans cesse les choses que lui disait Suzanne, comme quoi il faut se fixer un but dans la vie. Quel que soit votre objectif, vous pouvez l'atteindre si vous vous donnez suffisamment de mal et si vous croyez en vous. Il faut voir les choses de manière positive. Ne jamais douter de soi, et ne pas se laisser distraire en regardant par-dessus son épaule celui qui est derrière. Il faut juste faire tout son possible, être soi-même à cent pour cent. Il faut en vouloir. Bon, peut-être que je mélange avec une publicité quelconque. Mais vous avez compris. Et je vais vous dire, ça nous plaisait à Angela et moi d'entendre ça. On avait le sentiment que Suzanne donnait à notre Larry le coup de pied aux fesses dont il avait toujours eu besoin pour arriver à quelque chose.

Et c'est comme ça que six mois, peut-être huit, après l'avoir rencontrée, Larry vient me voir un soir, l'air sérieux, pour me dire qu'il a besoin de me parler, d'homme à homme. Il a réfléchi à son avenir et établi des priorités. Un individu ne va nulle part s'il passe son temps à s'amuser. Il avait envie de faire quelque chose de sa vie, et pas simplement la fête. Toutes ces choses que je lui répétais, c'était lui qui me les disait maintenant.

Bref, il avait coupé ses cheveux et s'était inscrit à des cours du soir de comptabilité. Il voulait apprendre à gérer un restaurant, m'a-t-il dit, afin de pouvoir reprendre l'affaire un jour et me rendre fier de lui. « Je crois que j'ai de l'avenir dans ce métier, papa. » Ah, j'aurais pu le lui dire. Les clients entraient au bar uniquement pour bavarder avec lui ; il inspirait confiance. Il écoutait ce que vous racontiez ; il vous donnait l'impression de s'intéresser à vous, et c'était vrai.

« Très bien, fiston, je lui ai dit. Fais tes preuves et à l'automne je te nommerai gérant pour le week-end. Mais attention, je te traiterai comme si tu étais le fils de n'importe qui. Pas de favoritisme. Business is business. »

Vous auriez dû voir comment il prenait tout ça très au sérieux, du jour au lendemain. Il a vendu sa batterie. Il est allé s'acheter un attaché-case, et un diamant pour Suzanne. Chaque fois qu'il entrait quelque part, il distribuait des pochettes d'allumettes du restaurant. Des gens me disaient qu'ils avaient croisé Larry quelque part, et avant qu'ils aient le temps de dire : « Alors, qu'est-ce que tu penses des Red Sox ? », il leur demandait : « Vous avez réfléchi à l'endroit où vous organisez votre repas de Noël de la société cette année ? Vous avez goûté les lasagnes de ma mère dernièrement ? » Il engageait des musiciens, il avait instauré une soirée comique une fois par mois, des soirées pour les dames au bar. Et ainsi de suite.

En deux coups de cuillère à pot, voilà que mon fils avait doublé notre chiffre d'affaires, le samedi et le dimanche soir. Ce garçon n'avait pas de diplôme universitaire, mais il valait de l'or. Avec la prime que je lui ai versée, il a payé le premier versement d'un appartement. Celui de Butternut Drive.

Pendant tout ce temps-là, Suzanne et Larry étaient fiancés, mais, avec lui qui travaillait la nuit et elle avec son boulot au centre commercial, ils passaient parfois plusieurs jours sans se voir. Angela disait qu'elle ne comprenait pas comment deux jeunes gens amoureux pouvaient rester ainsi éloignés l'un de l'autre. Mon épouse est plutôt du genre romantique, vous voyez. Mais pour moi, ces deux gamins avaient du plomb dans la tête. Avant de commencer à vivre ensemble, un homme et une femme doivent mettre de l'ordre dans leurs affaires…

Pour Noël, il lui a offert la Datsun. Aux yeux de mon fils, rien n'était trop beau pour cette fille.

Ils se sont mariés en juillet, et elle a décroché ce boulot sur la chaîne de télévision par câble. Larry, lui, continuait à bosser dur. Ils habitaient tout près de chez nous mais, à vrai dire, on ne se voyait pas très souvent. Il faisait des longues journées, et elle était toujours en vadrouille avec des copines, ou bien elle suivait des cours pour apprendre à mieux s'exprimer, faire son chemin dans le monde du travail, ce genre de choses. Un jour, je me souviens qu'Angela lui a téléphoné, mais Suzanne ne pouvait pas lui parler parce que sa conseillère vestimentaire était là, en train d'examiner sa garde-robe, pour lui dire ce qu'elle devait porter. « Je viens de découvrir que je suis une femme d'été, et je n'ai que des vêtements d'hiver, elle a dit à Angela. – Comment ? » a répondu Angela. Elle appelait ça harmoniser ses couleurs. Elle disait que ça l'aiderait dans sa carrière. Tout ce que je sais, moi, c'est que cette « découverte » a coûté à mon fils quelques centaines de dollars, avant même qu'elle aille acheter un tas de nouvelles tenues. À la télévision, nous expliquait-elle, tout doit être absolument parfait. « La caméra ne ment jamais », disait-elle. Franchement, je n'en suis pas si sûr.

CAROL STONE

En temps normal, je ne regarde pas la télévision dans la journée, mais j'avoue que j'étais branchée sur « La roue de la fortune » quand Suzanne a appelé pour nous annoncer qu'elle avait décroché le poste. Je le reconnais, je trouve que Vanna White est vraiment adorable. Certes, elle n'est peut-être pas très intelligente, pas comme notre Suzanne, mais elle a une sorte de présence qui traverse quasiment l'écran pour entrer dans votre salon. Comme dit toujours Suzanne en parlant de Vanna : « Cette fille comprend la caméra. C'est comme si elle était née sur un plateau de télé. »

« Tu ferais bien de te brancher sur Channel 37, maman, m'a dit ma petite fille. Car à partir de maintenant, c'est ma chaîne !

– Tu as été engagée ! » j'ai dit, et je me suis mise à pousser des cris comme si c'était moi qui venais de gagner à « La roue de la fortune ». Earl qui était en haut dans son bureau a dû croire qu'on avait assassiné quelqu'un en m'entendant hurler comme ça.

« Je savais que tu l'aurais, j'ai dit à ma Susie. J'ai émis des pensées positives. » C'était la vérité. Toute la matinée, je l'avais imaginée derrière un bureau, devant un micro, lisant les nouvelles, interviewant des gens connus, et ainsi de suite. Depuis qu'elle est toute petite, quasiment, j'imagine cette scène. Et le rêve se réalisait enfin.

Je lui dis qu'elle aurait besoin de nouveaux vêtements ; on devrait aller faire un saut au centre commercial. Ensuite, son père a décroché le deuxième poste en haut. Nous étions si fiers d'elle tous les deux. Qui ne l'aurait pas été ?

Nous lui avons demandé quand elle commençait. Pas question de manquer ses débuts, vous pensez bien. Elle nous a expliqué qu'elle ne passerait pas tout de suite à l'antenne. Dans ce métier, il fallait d'abord trouver ses marques, se préparer. Ils projetaient de remplacer progressivement le type qui lisait les nouvelles, mais il était plus ancien. Ils ne pouvaient quand même pas tout chambouler pour elle, pas vrai ? Mais ce n'était qu'une question de temps avant que notre Susie devienne la vedette de la chaîne. Pour son père et moi, elle avait toujours été la vedette. Le reste du monde mettait un peu plus de temps à s'en apercevoir, voilà tout.

« Au début, je serai peut-être obligée de faire un peu de classement et de dactylographie, a-t-elle dit. Mais ce n'est que temporaire. Une fois que le directeur de la chaîne aura vu de quoi je suis capable, je sais qu'il me donnera ma chance.

– Oh, c'est certain, ma chérie », lui a dit Earl. Suzanne s'y entendait pour mettre les hommes dans sa poche. Personne n'était mieux placé que son papa pour le savoir. Quand Suzanne voulait quelque chose, elle l'obtenait toujours.

ED GRANT

Il faut que vous compreniez bien une chose : je ne dirige pas une chaîne de télé affiliée à un important network comme NBC ou autre. Il s'agit d'une télé locale par câble, avec une zone d'émission qui couvre un périmètre de soixante-dix, quatre-vingts kilomètres au maximum. La paroisse de votre bled organise une vente de charité ? La classe de terminale du lycée monte une laverie de voitures pour se payer un voyage à Washington ? OK, on en parle à l'antenne. C'est la chaîne que vous regardez si ça vous intéresse d'apprendre à faire la respiration artificielle, ou bien si vous voulez savoir si l'école va ouvrir malgré la neige.

Ce qu'on produit ici, on ne peut pas vraiment dire que ce soit un journal télévisé. Mais trois fois par jour, on diffuse ce qu'on appelle la liste des événements d'intérêt local. Telle ou telle association organise des leçons d'initiation à la danse de salon. Telle ou telle personne a perdu son chaton. Ce genre de trucs.

L'annonce que j'avais passée, c'était pour trouver une secrétaire, rien de plus. Une fille que je peux envoyer chercher un café au McDo du coin, qui peut me taper une note pour la compagnie du fuel en lui expliquant qu'ils se sont trompés sur leur dernière facture. Des machins comme ça, quoi. Un petit salaire. Aucun avantage. Le genre de boulot pour une fille qui sort du lycée, et qui attend que son petit copain se décide enfin à l'épouser.

Et voilà que je vois débarquer Suzanne Maretto pour l'entretien d'embauche. Elle a mis un tailleur, avec un nœud autour du cou, et elle a un attaché-case. Des chaussures à talons hauts, l'air de sortir de chez le coiffeur et un nez comme un personnage de dessin animé. Je vais vous dire, George et moi – George, c'est le cameraman, le preneur de son, l'homme à tout faire de l'équipe technique – on s'est regardés quand elle est entrée. Genre, je crois que vous faites erreur, mademoiselle.

D'ailleurs, je lui ai dit. La première chose qu'elle fait en entrant dans mon bureau, elle me serre la main avec force en me regardant droit dans les yeux. À croire qu'elle a suivi des cours où on lui a dit que ça faisait bonne impression, seulement elle n'a pas tout compris. Ensuite, elle me tend son curriculum vitae avec la liste de ses expériences audiovisuelles à la fac, ses réalisations, les ateliers qu'elle a suivis, la totale. Elle avait l'air complètement survoltée, comme si elle s'était motivée depuis l'aube. « Voici la liste de mes références dans le domaine des médias, qu'elle me sort. Je vous encourage à contacter n'importe laquelle de ces personnes, ou bien toutes, pour avoir confirmation de mes bonnes références. » Etc.

J'avais envie de l'arrêter et de lui expliquer qu'elle se trompait de boulot. Elle était trop qualifiée. Moi, je cherchais une petite employée. Mais ce n'était pas facile de placer un mot. On avait l'impression qu'elle avait appris son discours par cœur, et que si jamais on l'interrompait en plein milieu, elle serait obligée de reprendre dès le début.

Alors je suis resté assis à l'écouter parler, sans rien dire. On ne pouvait que l'admirer finalement, elle se donnait du mal. Elle croyait sincèrement que j'étais une sorte de grand manitou des médias, et que ce petit boulot sans intérêt lui ouvrirait les portes d'une grande carrière. Je me souviens encore de la conclusion de son discours ; en gros ça donnait ça : « À l'époque de l'ordinateur où tout va si vite, c'est le médium de la télé qui peut réunir la communauté, et le journaliste de télévision est le messager qui fait entrer le monde dans nos foyers, et nous emmène à notre tour dans le monde. » Et là, elle ajoutait un truc sur Paul Revere, comme quoi le journaliste de télévision transporte ses informations à travers le pays pour nous rassembler tous. « Mon rêve a toujours été de devenir ce messager, a-t-elle ajouté, en me regardant droit dans les yeux encore une fois. Je compte sur vous maintenant pour faire de ce rêve une réalité. » Fin du discours. Vous aviez l'impression qu'il fallait applaudir.

« Écoutez, Suzanne, je lui ai dit. Apparemment, vous êtes une fille intelligente. Vous êtes ambitieuse, jolie, et vous avez beaucoup de grâce. Je dirais que vous avez peut-être une chance de vous faire une place à la télé. Mais cette chance, vous ne la trouverez pas ici. Cette chaîne serait une impasse pour vous. Pas un tremplin. »

À son tour de rester là sans rien dire. Elle a croisé les chevilles. Les mains sur les genoux. Son attaché-case appuyé contre le pied de la chaise. De près, je m'aperçois que c'est du skaï. Il y a autre chose que je n'oublierai jamais : son maquillage. Vous savez, ce fond de teint liquide que les femmes utilisent ? De près, on voyait qu'elle en avait mis seulement jusqu'au menton, si bien que son cou n'avait pas le même teint que son visage, comme si elle portait un masque couleur pêche. Je ne sais pas pourquoi, ça m'a rendu triste de voir ça. J'avais presque de la peine pour elle. Tout à coup, elle ne paraissait plus aussi sûre d'elle. On se demandait même si elle n'allait pas se mettre à pleurer.

« Suivez mon conseil, lui ai-je dit. Allez voir Mansfield. Allez voir Troy. Trouvez une place dans une chaîne affiliée à un network. » Plus tard, j'ai appris qu'elle avait déjà tenté sa chance dans tous ces endroits avant de venir me trouver. Ils n'avaient pas voulu d'elle.

« J'ai juste besoin de mettre un pied dans ce milieu, m'a-t-elle répondu. Il faut bien commencer quelque part. Toute ma vie j'ai fait ce rêve, il faut que j'y arrive.

– Ce n'est pas en travaillant ici que vous réaliserez votre rêve, croyez-moi. Je cherche une fille pour taper des lettres à la machine et faire des commissions. Salaire minimum.

– Au moins, je travaillerai dans mon domaine. Donnez-moi une chance. Vous ne le regretterez pas. »

C'est ce que j'ai fait. Et je dois avouer que nous n'avions jamais eu une aussi bonne secrétaire, pendant quelque temps du moins. Jusqu'à ce qu'elle attrape la grosse tête et passe toutes ses journées à essayer de décrocher une meilleure place ailleurs. Je vais vous dire une chose : c'est la seule secrétaire que je connaisse qui venait au boulot avec un attaché-case.

BABE HINES

OK, j'vais vous expliquer, ça vous évitera de poser la question. Ma grand-mère, elle a épousé son cousin germain. Elle a eu deux fils qu'ont jamais eu de dents et trois filles, toutes avec une jambe plus courte que l'autre de douze centimètres. La plus jeune, c'était ma mère. Elle a épousé son grand-oncle, du côté de mon grand-père. Elle a eu deux fils qu'ont jamais eu de dents non plus et une fille avec une jambe plus courte que l'autre de douze centimètres, et moi. Moi, mon seul problème, c'est que j'ai pas de fric, et que j'ai pas de whisky. Mais la marée arrive. J'me dis que je vais aller ramasser quelques palourdes, et dès que j'aurai touché mon fric, vous devinez où que j'vais filer. Vous voulez que j'vous parle de mon fils Russell, d'accord, j'vais vous dire.

Le premier jour où qu'il a été à cette école là-bas, il était vachement heureux. Prendre le bus et tout ça. En revenant à la maison, il me dit qu'il lui faut une boîte pour son casse-croûte. « Tous les autres élèves de la classe, ils ont des boîtes à casse-croûte, il me dit. – Et tous les élèves de la classe ils ont pas un père qui ramasse des palourdes pour gagner sa vie, lui répond sa mère. T'iras à l'école avec ton foutu sac en papier et estime-toi heureux qu'y ait quelque chose à manger dedans. » Et voilà qu'un jour, il se pointe avec une lettre dans sa poche. L'institutrice, elle veut nous parler à sa mère et à moi. Votre fils connaît pas son alphabet, qu'elle dit. Est-ce qu'il regarde pas « 1, rue Sésame » ?

Le problème pour commencer, je lui dis, c'est qu'on a pas la télé. Deuxième problème, on a même pas l'électricité. Est-ce qu'elle commence à piger maintenant ?

Russell, il lui faut plus longtemps pour comprendre. Il veut aller jouer avec les autres, là-bas à Lancaster. Il veut faire partie d'une équipe de je sais pas quoi. Il veut un dollar pour une excursion, un dollar cinquante pour se faire prendre en photo. À Noël, il veut me vendre une bougie du Père Noël. Il réclame une saloperie de chemise avec un personnage de dessin animé sur le devant, me demandez pas pourquoi. Il nous dit que les élèves de sa classe ils vont chanter des chansons dans le gymnase, est-ce qu'on peut aller les écouter ? Et qu'est-ce que je vais mettre pour aller à ton concert ? elle lui répond sa mère. T'as pensé à ça ?

Bon, mon gamin c'est peut-être pas un génie, mais il finit par piger. Dans cette école là-bas, y a rien de bien pour lui. Tout ce qu'ils lui apprennent, j'peux lui résumer en deux phrases. Y a toujours des emmerdes. La vie c'est une saloperie.

À l'époque du cours élémentaire, peut-être, on reçoit une lettre à la maison. Ça m'intéresse pas de savoir que mon fils sèche les cours ? Je peux pas dire que ça m'a empêché de dormir. La grande marée, ça c'est un problème. Pendant deux mois, des palourdes plein les marécages, mais qui c'est qui va les bouffer, hein ?

Au cours moyen, y a une fille qui se retrouve enceinte ; ils disent que c'est Russell qu'a fait le coup. Le gamin tient de son paternel. Au moins, c'est pas sa sœur. Même pas sa cousine. Le bébé naît, il a les deux jambes pareilles. « Pas mal, elle lui dit sa mère. Continue sur ta lancée. »

Russell, il attend juste que le temps passe, jusqu'à ce qu'il ait l'âge de quitter l'école et d'avoir son permis pour ramasser les palourdes. Et ce jour-là, c'est pas sa mère ou moi qu'on lui fera des reproches. Mon gamin, tout ce qu'il a gagné à l'école, c'est un paquet de lettres du proviseur. Plus cette nana de la télé qui croyait qu'elle pouvait se trouver deux jeunes gars pour faire le sale boulot à sa place, buter le mari sans se salir les mains et toucher le pognon de l'assurance après.

Je dirai qu'un seul truc au sujet de Russell. C'est pas un menteur. Le mec de la nana journaliste se fait buter vers février, je crois. Dix jours, ou peut-être deux semaines plus tard, les flics viennent renifler par ici, en posant des questions. Le meurtre a eu lieu dans un beau quartier, bien sûr, il leur faut pas longtemps pour rappliquer dans le coin, à cause de notre réputation, et évidemment, mon fils fait partie des suspects numéro un parce qu'il a déjà un casier, et qu'en plus il connaissait la bonne femme du type.

Je demande à Russ c'est quoi cette histoire. Peut-être qu'on a pas l'habitude d'avoir des discussions entre père et fils, mais ça nous arrive des fois, et lui, il me répond direct : « Ernie, ça se pourrait que j'sois mêlé à cette putain d'histoire de meurtre.

– Crache le morceau », je lui dis. Alors il me raconte. C'est peut-être mon gamin qu'a cloué ce pauvre connard par terre, mais c'est pas lui qu'a appuyé le flingue contre son crâne. Lui, tout ce qu'il a fait, c'est bousculer un peu le type et conduire la bagnole après, exactement comme elle lui a dit de faire.

Si vous voulez mon avis, y a quelqu'un qui va se mettre à table. Et celui qu'ira voir les flics le premier, ils vont lui foutre la paix, avant de faire chier les autres. « Dans la vie, c'est chacun pour soi, je lui dis. Sois pas plus sympa avec ton pote qu'il le sera avec toi, parce que si tu le caftes pas, tu peux être sûr que lui il va te cafter. »

Je l'ai emmené moi-même chez les flics. Ça me semblait être le truc à faire pour un père. En entrant dans le commissariat, je savais bien ce qu'ils se disaient tous. Voilà un Hines. Qu'est-ce qu'ils ont encore fait ?

Et Russ, il leur a tout raconté. Il leur a parlé de l'autre fille, c'est elle qu'a piqué le flingue de sa mère, mais c'est Jimmy qu'a tiré. Et comment la nana de la télé, elle a tout combiné avec eux pour toucher le fric de l'assurance. Pour Russ, c'était une question de fric. Jimmy, lui, il était payé au plumard. Il en pinçait pour cette nana, vous imaginez un peu ? Une gonzesse qui sortait de la fac et ainsi de suite, mais quand la lumière est éteinte, elle est pas différente des autres. Une folle du cul.

Ils ont émis un mandat d'arrêt contre Jimmy, et ils ont collé mon gamin en prison. Bah, on s'en doutait. De toute façon, c'est là qu'il aurait fini tôt ou tard, vu ce qu'il devenait. Mais peut-être qu'ils seront pas trop durs avec lui, vu qu'il a avoué de son plein gré, et qu'ils le laisseront sortir plus vite. Remarquez, dehors c'est pas une partie de plaisir non plus.

EARL STONE

C'était ma petite princesse. Tout le monde le disait. Même quand elle n'était qu'un bébé, à l'âge où la plupart des enfants réclament leur mère, notre Susie était la petite fille à son papa. Le samedi matin, Faye restait à la maison pour regarder des dessins animés à la télé ou jouer avec des copines, mais Susie, elle, montait sur mes genoux et demandait : « Où qu'on va aujourd'hui, papa ? » Et peu importe si je devais aller faire quelques trous au golf ou chez le coiffeur ; pour elle, il était convenu qu'elle m'accompagnerait. Au golf, elle s'asseyait à l'arrière de la petite voiture. Après, je l'emmenais toujours boire un soda. « Rien que toi et moi, papa », elle disait. Avec ses yeux bleus. Comment pouviez-vous lui refuser quelque chose ?

Et jamais elle ne nous causait d'ennuis. Certains de nos amis nous parlaient de leurs enfants ; ils se droguaient, ou ils avaient de mauvaises fréquentations, ils faisaient l'école buissonnière, que sais-je encore ? Notre Susie, elle, c'était une perle. Elle ne rentrait jamais plus tard que l'heure autorisée ; en fait, elle rentrait souvent de bonne heure. « Détends-toi un peu, on lui disait. Personne n'en mourra si tu as un B pour une fois. » Jamais elle ne nous a donné la moindre cause d'insomnie.

Tout le monde adore ses enfants. Là n'est pas la question. Il y a toujours eu un lien particulier entre Susie et moi, je ne peux pas le nier. Quand elle était petite, elle disait que, quand elle serait grande, elle se marierait avec moi. Plus tard, quand elle a mieux compris les choses, elle disait : « Jamais je ne pourrai trouver un garçon aussi bien que toi, papa. » La plupart des garçons du lycée manquaient de maturité, disait-elle. Enfant déjà, elle avait des objectifs et de l'ambition. Et elle n'avait pas beaucoup de respect pour ceux qui en manquaient. Ce que je veux dire, c'est que cette fille savait ce qu'elle voulait.

Quand je pense que maintenant elle est enfermée dans une prison de femmes. C'est trop dur à supporter pour sa mère et moi. Surtout en connaissant Susie, elle qui a toujours été si fragile, si sensible. Elle n'est pas habituée à fréquenter ce genre d'individus. Elle est incapable de se défendre.

JANICE MARETTO

Je travaillais comme serveuse dans le restaurant de mes parents un après-midi, je faisais juste le service. C'était il y a deux ans environ, avant que je parte en tournée. Je vivais à la maison, j'économisais pour aller étudier à Lake Placid. Larry jouait de la batterie dans un groupe, et entre deux petits boulots, il faisait des heures sup dans le resto des parents. Ils n'ont jamais été très généreux avec lui, si vous voulez tout savoir. Cet après-midi-là, il avait traîné au centre commercial, je crois, avec deux potes à lui. Il regardait les disques, des trucs comme ça. Soudain, le voilà qui rentre dans le resto, et il lance à voix haute, devant tout le monde : « Ça y est, je suis amoureux ! »

Ça s'est passé comme ça : elle était devant l'entrée d'un grand magasin, elle distribuait des échantillons de parfum, et ils ont commencé à bavarder. C'était un parfum pour femme, soit dit en passant, mais Larry s'est approché d'elle et a dit : « Je peux sentir ? » Et ensuite, il a fait semblant d'aimer tellement ce parfum qu'il est revenu deux minutes plus tard : « Fais-moi sentir encore une fois. » Il était à ce point subjugué, je crois qu'il a fini par acheter la plus grosse bouteille qu'elle avait. « Je ne sais pas pour qui tu achètes ça, mais tu dois être sacrément fou d'elle, elle lui a dit. – Oui, tu as raison », il a répondu, et il lui a offert la bouteille. Là, devant le magasin. C'était mon frère tout craché. Un romantique incorrigible.

« Il faut que je te présente cette fille, il me dit ce jour-là. Tu n'as jamais vu une fille aussi parfaite. Et intelligente par-dessus le marché.

Ce boulot, c'est du provisoire, le temps de faire sa place dans le monde des médias. Elle va devenir la prochaine Barbara Walters.

– D'accord », dis-je. Mon frère avait toujours un million de filles qui lui tournaient autour. Une nouvelle chaque semaine. Elles tombaient folles amoureuses de Larry, et cela l'embêtait réellement, car il disait qu'il détestait faire souffrir les gens. Malgré toutes ses aventures, il n'y avait jamais rien de sérieux.

Bien entendu, j'étais curieuse de connaître cette fille. Mais pour être franche, je n'ai pas été particulièrement impressionnée quand je l'ai vue pour la première fois, c'est-à-dire deux jours plus tard quand Larry m'a traînée au centre commercial pour me la montrer.

« C'est cette petite chose ? » j'ai dit, pendant qu'on attendait qu'elle ait terminé avec une cliente. « Blonde suicide », je l'ai surnommée. Décolorée par ses soins.

« Elle est tellement fragile, il m'a dit. Tellement délicate. Quand tu la vois, tu as envie de la protéger. Toute ta vie.

– Écoute-moi, Larry. Je connais ce genre de filles. Je les repère de loin. Sous cette petite voix douce et cet air tendre, se cache une nana sacrément coriace, tu peux me croire. Toute sa vie elle a été entourée de types prêts à tout pour l'approcher.

– Elle a l'air si pure. On dirait une poupée de porcelaine.

– Oui, c'est ça, j'ai rétorqué. Tu as déjà essayé de baiser avec une poupée ? Elles ne sont pas très actives. »

Bien entendu, il ne m'a pas écoutée. En tout cas, mon frère, trop timide pour signaler à un client qu'il a oublié de payer son verre, a relevé le numéro d'un fleuriste dans les pages jaunes et il a fait livrer à cette fille une douzaine de superbes roses. Sur le mot, il a demandé qu'on écrive : « Pour ma future épouse. Je mourrais d'amour pour toi. »

SUZANNE MARETTO

Larry et moi, on s'aimait tellement. Vous connaissez cette chanson de Bette Midler où elle dit que quelqu'un est comme le vent sous vos ailes ? J'ai demandé qu'on la passe à l'enterrement de Larry. Parce qu'on était comme ça, lui et moi.

Il y avait en lui quelque chose de tellement innocent et vulnérable. D'une certaine façon, il ressemblait à un petit garçon, il voyait toujours le bon côté des gens, il avait toujours l'air heureux. « Tu es trop anxieuse, Susie », il me répétait. Disons, si vous voulez, que j'étais quelqu'un de plus entier. Toujours prête à me donner à deux cents pour cent. Toujours à essayer de reculer mes limites, alors que Larry se contentait de suivre le courant.

« Prends le temps de respirer pour une fois dans ta vie, il me disait. Tu n'es pas obligée de travailler si dur en permanence. » Il essayait toujours de me faire manger un cornet de glace, de me faire porter malade au travail, ou sécher mon cours d'aérobic. Je me souviens de la première fois où on a couché ensemble ; je me suis levée avant lui pour me maquiller et me brosser les dents, vous voyez. Quand il s'est réveillé, il m'a dit : « Tu n'étais pas obligée de faire tout ça, tu sais. Tu me plais telle que tu es.

– Tu ne me connais pas vraiment, je lui ai répondu. Si tu savais la tête que j'ai au réveil, tu ferais des cauchemars.

– Un de ces jours, je le découvrirai, il a dit. Un de ces jours, je découvrirai ton vrai visage, et je sais que je t'aimerai tout autant. Peut-être même plus. » Voilà comment était Larry. Un vrai garçon romantique.

CHARISSE LA FLEURE

Certes, on ne peut pas se souvenir de chacune. C'est impossible, avec toutes ces filles que j'ai, qui montent et descendent les escaliers avec leurs claquettes aux pieds année après année. Ça fait dix-huit ans que je fais ce métier maintenant, et croyez-moi, au bout d'un moment, tous les visages se mélangent. Les visages des gamines, les visages des mères. En quelle année vous avez fait tel numéro pour le spectacle de printemps, et en quelle année ceci, en quelle année cela ? La seule chose dont vous pouvez être sûre, c'est qu'une gamine allait rester pétrifiée de trac sur scène le soir du spectacle. Une autre allait se mettre à pouffer. Et il y en avait forcément une qui faisait coucou à sa mère.

Mais Suzanne, je m'en souviens. Et je m'en serais souvenue même sans cette histoire. On n'en voit pas souvent des comme elle.

Non pas que c'était une grande danseuse. Elle avait un joli petit corps, c'est vrai. Mais elle ne « sentait » pas la musique. Certaines personnes peuvent peser cent cinquante kilos et n'avoir jamais pris de cours de danse de toute leur vie, dès que vous mettez un disque, elles ne tiennent plus en place. Il faut qu'elles se remuent. Elles ont ça dans le sang.

Suzanne était davantage ce qu'on pourrait appeler une technicienne. Elle savait toujours ses enchaînements. Et vous n'aviez pas à craindre de la voir paniquer devant le public le soir du spectacle. Au contraire. Suzanne adorait le contact du public. De la seconde où elle montait sur scène à la seconde où elle en redescendait, son sourire semblait collé sur son visage.

Elle a suivi mes cours de claquettes pendant trois ou quatre ans, mais quand elles atteignent les treize ans, ça ne les intéresse plus. Suzanne est passée dans ma classe de mannequins au lycée. Elle n'aurait jamais pu aller très loin dans cette branche, à cause de sa petite taille. Mais comme elle me le disait, peu importe ce que vous faites dans la vie, l'important c'est d'offrir une belle image de soi. D'ailleurs, tout le monde savait que son ambition, c'était de faire de la télé. Dans un monde où la compétition est aussi serrée, il faut mettre le maximum d'atouts de son côté, et Suzanne semblait l'avoir compris. Enfin quoi, voilà une fille qui expliquait qu'elle ne riait jamais car ça vous donne des rides. Une fille qui s'enveloppait les cuisses de film alimentaire avant de dormir pour transpirer et éliminer l'eau superflue. Un jour, elle m'a raconté qu'elle se mettait de la vaseline sur les dents pour les faire briller dans la lumière des projecteurs.

Il y a une chose que je n'oublierai jamais chez Suzanne. Je ne connaissais personne qui possède si peu le sens du rythme. Au milieu d'une foule de gens tapant des mains en mesure avec la musique, vous pouviez être sûre qu'elle était à contretemps, sans la moindre hésitation. Cette fille n'avait pas la musique dans la peau.

Par contre, pour les applaudissements, c'était différent. Je me souviens d'être entrée dans le studio un jour et de l'avoir trouvée là, seule, avant le cours. Debout devant la glace, elle souriait avec son sourire à cinquante mille watts, en envoyant des baisers à un public imaginaire. Elle ne m'a même pas vue.

ED GRANT

À la minute même où elle a commencé à travailler pour la chaîne, Suzanne a mijoté des plans pour passer à l'antenne. Elle me demandait pourquoi nous n'avions pas de fille pour présenter la météo. Qui lisait les nouvelles quand Stan partait en vacances ? Et si on effectuait des reportages sur les rencontres sportives du lycée, avec un commentateur en direct ? Seulement, au lieu que ce soit un sportif, notre truc à nous, ce serait d'envoyer cette jolie fille, ancienne majorette, dans les vestiaires. Les spectateurs en redemanderaient.

« Il y a une chose qui s'appelle le budget, je lui disais. – Pour gagner de l'argent, il faut commencer par en dépenser », elle me répondait. Est-ce qu'on voulait développer cette chaîne ou bien rester éternellement à la même place, sans jamais rien changer ? Je n'avais donc aucun rêve, aucune ambition ?

Voilà comment sont les jeunes. Ils croient encore qu'ils vont révolutionner le monde. « Pour être franc, Sue, je lui ai dit, rester à la même place, ça me semble pas mal. »

Elle arrivait toujours avant moi au travail. Le temps que je m'installe à mon bureau, j'avais déjà un mémo de Suzanne, tapé sur l'ordinateur, imprimé en double exemplaire, avec une copie pour le type du marketing. Un jour, elle me proposait un tour d'horizon des événements artistiques à venir. Présenté par elle évidemment. Critiques de pièces de théâtre, de films, et ainsi de suite. Un autre jour, elle avait une idée de programme matinal pour les enfants, enregistré en direct devant des gosses, avec des jeux, des chansons et des histoires que puissent suivre les autres gamins chez eux à la maison. Et devinez qui était l'animatrice ?

Étant jeune mariée, on aurait pu penser qu'elle se la coulerait douce pendant quelque temps, sans se fatiguer. Histoire de garder son énergie pour le soir, vous voyez ce que je veux dire ? Eh bien non, pas Suzanne. Je me souviens du week-end où Larry l'a emmenée dans une petite auberge dans la montagne, avec baignoire en forme de cœur et tout le tintouin. Le lundi matin quand j'arrive, elle est déjà à sa place comme d'habitude, et elle m'avait préparé une pile de propositions, des idées qui lui sont venues pendant le week-end, m'explique-t-elle. Bon sang, c'est pas le genre d'idées qui me viendraient à l'esprit dans une baignoire en forme de cœur.

Deux mois après son arrivée environ, je l'ai laissée lire le bulletin météo, deux fois par jour, juste histoire d'être tranquille. Mais une fois qu'elle a eu goûté au truc, elle n'en avait jamais assez. Au lieu de me foutre la paix, elle s'est montrée encore plus pressante.

Si bien que, quand elle est venue me trouver avec son idée de documentaire sur la vie des jeunes, en suivant pendant un mois ou deux un groupe d'adolescents pour écouter ce qu'ils avaient à dire, j'ai pensé que le mieux à faire, c'était de l'occuper. On avait justement une caméra vidéo de disponible. Elle m'a dit qu'elle ferait tout toute seule, la réalisation et le montage. Qu'est-ce que j'avais à perdre ? Je me disais qu'au moins elle se tiendrait tranquille.

LYDIA MERTZ

Au début, je dois l'avouer, je croyais que Jimmy était un crétin. Comme Russell. Ils traînaient toujours ensemble, ces deux-là, et connaissant Russell, je me disais que Jimmy valait pas mieux. Mais quand j'ai appris à le connaître, je me suis aperçue que c'était un type complètement différent.

Par exemple, Russell, lui, il s'était inscrit au truc de Suzanne rien que pour foutre le bordel. Ça se sentait. Suzanne, elle le savait bien elle aussi, seulement elle avait pas le choix vu qu'y avait personne d'autre d'inscrit à part Jimmy et moi. Et peut-être que Jimmy il était comme Russell au début. Mais il a changé après, on sentait bien qu'il avait envie de faire du bon boulot. En partie parce que ça l'intéressait. Mais surtout parce qu'il suffisait de le regarder pour comprendre qu'il était dingue de Suzanne. Comme tout le monde, non ?

Alors, on est devenus copains, lui et moi. Sans doute qu'il aurait jamais dit à son pote Russell qu'il prenait ce truc au sérieux, mais de toute façon, Russ, il venait quasiment plus. Et un jour qu'il était pas là, Jimmy il a proposé des idées pour le reportage, il a réfléchi sérieusement aux sujets qu'on devait parler, au lieu de se foutre de Suzanne comme Russell. Il a dit que s'il pouvait faire un truc dans la vie, ce serait vétérinaire. Je m'en souviens. Il a dit qu'avant de connaître Suzanne, jamais il aurait pensé qu'il pouvait faire un truc comme ça. Il faisait que des conneries. Mais elle lui avait montré que c'était pas un bon à rien en fin de compte. Elle lui avait fait apprendre des listes de vocabulaire pour qu'il sache mieux parler. Un jour, je l'ai même vu lire un de ces petits bouquins qu'on trouve au supermarché, *Les Plus Beaux Poèmes d'amour*, ou un truc comme ça. Il voulait pas que ça se sache, mais il avait un côté sensible. On pouvait discuter avec lui. Je dis pas qu'on aurait pu sortir ensemble ou je ne sais quoi, non, mais on était copains.

C'est comme un jour, on avait bossé tard sur le reportage, et Jimmy m'a demandé si je voulais qu'il me raccompagne en voiture. J'y croyais pas. C'est vrai, aucun garçon m'avait jamais fait monter dans sa voiture, à part la fois où Russell m'a emmenée chez Suzanne. Et encore, c'est parce qu'elle lui avait demandé. De toute façon, c'est un porc, ce type.

Là, l'idée venait de Jimmy. Bon, je savais bien que je lui plaisais pas ni rien, j'étais qu'une copine. Mais quand même.

Il avait envie de parler d'elle. De Suzanne. Mme Maretto comme il l'appelait. Il voulait savoir un tas de trucs, du genre à quoi ressemblait son mari, est-ce qu'elle parlait de lui des fois, je veux dire de Jimmy. À cette époque, Suzanne et moi on était déjà de vraies amies. Des vraies sœurs. Elle me confiait ses pensées les plus intimes. Comme cette fois où je l'ai vue pleurer dans le jacuzzi.

La vérité, c'est qu'elle m'avait jamais parlé de lui, mais on sentait que Jimmy, il n'espérait que ça, et moi, je voulais pas lui faire de la peine, alors j'ai dit oui. Je lui ai dit qu'elle l'aimait bien et qu'elle m'avait même dit qu'il était doué.

« J'ai jamais vu une fille aussi mignonne, il m'a dit. On dirait un ange. À côté d'elle, toutes les autres, elles valent rien. »

Je savais que je faisais partie du lot, mais j'ai l'habitude. J'étais tellement fière d'être l'amie de Suzanne ; vous imaginez, une fille comme elle, qui allait devenir une vedette de la télé un de ces jours, et qui fréquentait une nana comme moi ? On aurait dit un rêve.

JOE MARETTO

Ça vous rend dingue de regarder en arrière. Vous vous dites : bon Dieu, pourquoi je n'ai pas vu qu'un truc clochait ? Vous restez couché dans votre lit, à ressasser les mêmes choses, au lieu de dormir. Angela et moi, on prend des cachets maintenant. On n'arrive plus à s'endormir. Alors on avale ces comprimés pour s'assommer pendant quelques heures, afin d'avoir la force de nous lever le lendemain matin pour vivre une nouvelle journée d'enfer.

C'est sûr que je repense à Larry et à Suzanne. C'est comme si je zappais d'une chaîne à l'autre, en essayant de trouver celle où passent mon fils et sa femme, pour pouvoir les regarder un petit moment. En sachant ce que je sais maintenant. Pour voir s'il y avait déjà des indices.

À ce moment-là, il avait commencé à nous remplacer au bar le week-end. Un soir, je l'avais emmené au champ de courses. Un truc entre père et fils, vous voyez, juste lui et moi. C'est ça la vie, non ? On était assis dans le coin salon. Et il me dit : « C'est la fille dont rêvent tous les hommes, papa. » Et il m'explique que le simple fait de savoir qu'elle l'attendra à la maison à la fin de la journée lui donne envie de faire n'importe quoi. Vendre des Yo-Yo. Se présenter à l'élection présidentielle. N'importe quoi. Il voulait réussir dans la vie.

« Moi, tout ce qui m'intéresse, fiston, c'est de savoir si elle t'aime et si elle peut te soutenir, je lui ai demandé. Parce que la beauté, c'est pas éternel. Une jolie fille, c'est chouette le samedi soir, mais qu'est-ce qu'il reste le dimanche matin ? Est-ce qu'elle sera une épouse fidèle ? Une bonne mère pour tes enfants ? Voilà les questions importantes.

– Oh, tu devrais la voir avec le chiot que je lui ai acheté, papa, il m'a répondu. C'est comme un bébé. Elle lui a fait un petit lit ; elle lui prépare même des petits plats. »

Je lui ai demandé s'il pensait qu'il pouvait lui faire confiance ; est-ce qu'elle ne s'intéresserait pas à d'autres hommes ? Avec une fille comme ça, vous êtes obligé de vous poser la question, parce que vous savez bien que les autres hommes, eux, vont s'intéresser à elle. Les occasions ne manqueront pas. La question est donc : comment réagira-t-elle ? Surtout avec son métier. Elle rencontrera un tas de gens, peut-être même que le monde entier pourra la voir sur cette foutue télévision. « Ta mère, elle, elle est toujours restée à la maison, je lui ai dit. Tu peux penser que je suis vieux jeu, mais j'estime que c'est la place d'une femme mariée. »

Ça l'a fait rire. « Hé, nous sommes presque en l'an 2000, papa ! Les femmes n'ont plus envie de rester cloîtrées. Elles veulent vivre leur vie ! Elles ne se contentent plus de nettoyer la salle de bains et de préparer des lasagnes.

– Ta mère faisait bien plus que ça, je lui ai rétorqué. Et je te conseille de surveiller tes paroles, mon petit gars ! » Aujourd'hui, je regrette d'avoir réagi comme ça, mais il m'avait un peu énervé.

« Comprends-moi bien, papa, il a dit. Maman et toi, vous êtes un couple formidable, et j'espère que Suzanne et moi on sera aussi heureux que vous. Mais ce n'est plus pareil de nos jours. Le fait est que l'autre soir, on regardait la télé, tranquillement, et Suzanne a voulu me faire des brownies. Je ne sais pas comment quelqu'un peut rater des brownies avec un sachet de Duncan Hines, alors qu'il suffit d'ajouter un œuf et un peu d'eau, toujours est-il qu'elle y est parvenue. Ce qui est sorti du four ressemblait à des morceaux de carton au chocolat.

– Elle apprendra, je lui ai dit.

– Oui, elle apprendra à mettre une pizza surgelée dans le four à micro-ondes et à sortir la pizza de la boîte. Encore heureux qu'on possède un restaurant. »

Évidemment, on plaisantait.

Puis il est devenu sérieux tout à coup, et j'ai même cru voir des larmes dans ses yeux. « Tu ne peux pas savoir comme elle est formidable, il m'a dit. Et de penser qu'une fille comme elle a choisi un gars comme moi me donne le sentiment que je dois me montrer à la hauteur. Tu comprends ? Il faut que je me colle au boulot et que je me fasse une place au resto. Je veux passer toute ma vie à la rendre heureuse parce qu'elle m'a choisi. Jamais je ne l'abandonnerai. »

JANICE MARETTO

Bien entendu, quand il parlait de Suzanne devant nos parents, il disait toujours que c'était une fille formidable, et combien ils étaient amoureux l'un de l'autre. Mais à moi, il m'avouait – c'était au début où ils sortaient ensemble – qu'elle était sacrément chaude aussi. Ce que je veux dire, c'est qu'ils ne faisaient pas ça uniquement à l'arrière de la voiture. Larry m'a raconté qu'ils faisaient l'amour dans la remise du resto des fois, ou sur la plage la nuit ; une fois elle l'a même fait monter dans sa chambre chez ses parents, pendant qu'ils regardaient la télé en bas dans le salon. « Elle a l'air bien sage et convenable en apparence, il me disait. Mais tu devrais la voir, des fois ; elle se déchaîne, elle devient dingue. » À vrai dire, il craignait de ne pas la satisfaire. C'est pour ça qu'il était venu m'en parler. C'était la première fois que nous avions ce genre de conversation, lui et moi, mais il avait envie d'être à la hauteur. Alors il voulait connaître mon opinion sur la meilleure façon de rendre une femme heureuse, que je lui donne des conseils… « Contente-toi d'être toi-même, je lui ai répondu. Si ça ne lui suffit pas, c'est *son* problème. »

À l'époque où ils sortaient simplement ensemble, ils allaient souvent dans cet endroit à Woodbury où vous pouvez louer une chambre avec jacuzzi pendant une heure, avec lecteur de CD, télé et magnétoscope, le grand jeu. Toutes les chambres sont décorées selon un thème, je crois : hawaïen, conquête de l'Ouest ou New York. Un matin, il m'appelle. « Hé, si tu nous avais vus Suzanne et moi dans la piaule Vieille Angleterre », il dit. Elle avait amené la cassette de son film préféré, *Au fil de la vie*, ils avaient commandé du champagne et des fraises : « Si je te racontais les trucs qu'on a faits, tu me croirais pas, Jan. Je pensais qu'on voyait ça que dans les films. »

Une autre fois, je crois qu'il l'a emmenée à Boston voir un match des Red Sox. Non pas qu'elle soit une grande fan de sport, contrairement à mon frère, comme vous le savez, mais vous aviez l'impression qu'elle trouvait ça chouette quand même parce que ensuite elle aimait le glisser dans la conversation : « Quand je suis allée à Fenway Park la semaine dernière… »

Il faisait très froid ce jour-là, c'était la fin de la saison, et je crois que Larry avait emporté une grande couverture, et voilà qu'elle commence à lui ouvrir sa braguette sous la couverture, pour le caresser. Tous ceux qui connaissaient Larry savent que, quand il regardait un match, il n'y avait que ça qui l'intéressait. De plus, je crois qu'il se sentait gêné. Ils étaient dans les gradins, au milieu des spectateurs. Malgré la couverture, tout le monde pouvait deviner ce qu'ils faisaient. Gentiment, il a essayé de la repousser, mais elle n'a pas voulu. Elle lui a raconté une histoire qu'elle avait entendue, c'était pendant un match au Skydome à Toronto. C'est là, je crois, où il y a un hôtel dont quelques chambres donnent directement sur le terrain. Ce jour-là, les Blue Jays jouaient en nocturne. Et tout à coup, on sent que l'attention de tout le public se détourne du terrain pour se reporter sur une baie vitrée de l'hôtel Skydome. Un couple est en train de faire l'amour dans une chambre, avec la lumière allumée. Et en quelques secondes, vous avez… combien ? cinquante mille personnes peut-être, qui ont les yeux braqués sur ce couple en train de baiser comme des dingues, et plus personne quasiment ne s'intéresse à la partie.

Larry m'a raconté qu'en écoutant cette histoire, il songeait à la gêne de ce couple en s'apercevant de ce qui se passait. Quelle honte. Mais dans l'esprit de Suzanne, la morale de l'histoire, c'était qu'elle voulait se rendre à Toronto un jour pendant un match, et elle voulait louer une des chambres qui donnent sur le stade. « Imagine un peu, lui dit-elle. On serait plus célèbres que tous les joueurs. »

CHUCK HASKELL

Après son mariage, je voyais moins souvent Larry. Je l'appelais pour aller faire une balade en 4×4 ou simplement pour traîner, mais il était toujours occupé, il allait acheter des meubles. « La vie de couple, mon vieux. Qu'est-ce que tu veux faire ? »

Il ne parlait pas souvent d'elle, et apparemment, elle n'était pas souvent à la maison non plus. Quand je passais chez eux, il était en train de regarder un match à la télé, ou bien il bricolait sur sa bagnole, mais elle était jamais là. Elle était partie faire les magasins avec des copines ou bien chez sa mère. Il avait l'impression qu'elle se sentait plus chez elle au centre commercial que dans leur chambre à coucher. Bien sûr, il disait ça en riant, mais quand même, il y avait de quoi se poser la question. Surtout quand elle a commencé à travailler sur son reportage ou je ne sais quoi, on aurait dit qu'elle était toujours en vadrouille avec ses élèves.

Comment savoir ce qui se passe derrière les portes fermées ? Mais si je devais prendre les paris, je dirais que ce n'était plus la folie comme autrefois au plumard. Les filles dans son genre, elles s'imaginent qu'elles peuvent jouer de leur beauté toute leur vie. Ce sont les autres, celles qui sont moins gâtées par la nature, qui vous en donnent un maximum. Elle, je suis sûr qu'elle avait toujours peur de se décoiffer.

Mais comment savoir, hein ? Larry me disait que dalle. Je connaissais ce gars depuis dix-huit ans, et pourtant, on ne parlait jamais de trucs intimes. Les conversations, c'était toujours du genre : Alors, qu'est-ce que tu penses des Sox cette année ? Comment tu trouves les Celtics ? Vous l'auriez découvert en train de se vider de son sang, il vous aurait dit : « Moi ça roule. Et toi ? » Voilà comment il était.

Tout paraissait absolument parfait chez eux. Ils avaient tout : l'appart, le chien et les petits voyages ; elle, toujours habillée à la dernière mode, la maison toujours bien propre, lui qui se débrouillait plutôt pas mal au restaurant. Ils ne manquaient pas de fric. Ils avaient un joli intérieur. L'image du bonheur, quoi. Un jour, je me souviens de leur avoir dit – une des rares fois où je les ai vus ensemble – qu'ils pourraient jouer dans une pub à la télé. Elle ressemblait à une de ces femmes qui utilisent le savon Ivory, vous savez, celle dont le mari écrit au fabricant pour dire combien sa femme a les mains douces. Une semaine plus tard, Larry me dit qu'elle l'a fait. Elle l'a obligé à écrire à cette fabrique de shampooing pour leur dire que ses cheveux sentaient bon. « Qui sait, lui a-t-elle dit, peut-être qu'ils nous prendront pour leur pub ? »

Un peu plus tard, j'ai demandé à Suzanne si elle avait reçu une réponse. Ouais, elle m'a dit, mais ils lui avaient simplement envoyé une bouteille de baume démêlant.

ANGELA MARETTO

Je vais vous dire quel genre de garçon c'était. C'était un garçon qui, un jour, quand il avait onze ans, a pris tout l'argent gagné en distribuant des journaux pour l'envoyer aux enfants qui meurent de faim en Afrique. C'était un garçon qui, le soir de la fête de fin d'année au lycée, fait un saut à la maison de retraite avec sa cavalière pour aller voir sa grand-mère. Vous voulez que je vous parle de la fête des mères ? Je vais vous raconter. Ce gamin, le jour de la fête des mères, il m'envoyait toujours un bouquet de roses, autant de roses qu'il y avait d'années depuis sa naissance. L'année dernière, ça en faisait vingt-trois. Il n'y en aura jamais plus… Comment voulez-vous qu'une mère se remette d'une chose pareille ?

Même bébé, il était adorable. Il faisait toutes ses nuits, dès le jour où on l'a ramené de la maternité. Avant qu'on lui apprenne à être propre, il s'excusait toujours quand j'étais obligée de changer ses couches. Non, je ne plaisante pas. « Pardon, m'man », il disait. Sa grande sœur lui avait appris à dire : « Ça ira mieux la prochaine fois. » « Mieux prochaine fois », il me disait. Comment voulez-vous être en colère après un trésor pareil ?

Il était enfant de chœur. Mais il n'a jamais voulu devenir prêtre, comme tant d'autres enfants de chœur. Quand il avait cinq ou six ans et que les gens lui demandaient : « Qu'est-ce que tu veux faire quand tu seras grand ? », il répondait toujours la même chose. « Je veux faire des spaghettis et servir de la bière dans le restaurant de mon papa. » Jamais il ne répondait pompier. Ou policier. Mon fils, lui, ferait le meilleur gratin d'aubergine de toute la ville.

Larry ne nous a jamais causé de soucis avec les filles. Il se comportait toujours en gentleman. Les filles l'adoraient, évidemment. Et lui, il aimait bien sortir avec elles. Mais comme il me disait toujours : « Papa et toi, vous passez avant. Pour qu'une fille me plaise, il faudra qu'elle vous plaise à vous aussi. »

Attention, je ne dis pas qu'il n'y avait jamais de disputes. Comme chez tout le monde, non ? Un jour, on a reçu un mot du lycée, parce que Larry ne faisait pas ses devoirs. Pas besoin des maths pour travailler dans un restaurant, il nous a répondu. Son père et moi, on a eu une discussion avec lui. « Tu es sûr que tu ne veux pas aller à l'université, Lawrence ? je lui ai demandé. Si tu veux y aller, tu n'as qu'un mot à dire, ton père et moi on trouvera l'argent, comme on l'a fait pour les leçons de patinage de Janice. » Nous ne sommes peut-être pas très riches, mais nos enfants n'ont jamais manqué de rien. Nous avons toujours essayé de leur offrir ce qu'ils réclamaient. D'un autre côté, ils n'ont jamais abusé de notre gentillesse.

Mais non, il ne voulait pas aller à l'université, alors nous nous sommes fait une raison. Nous savions que notre Larry gagnerait correctement sa vie dans notre restaurant, et un jour celui-ci lui appartiendrait. Les clients l'adoraient. Pas uniquement les filles, tout le monde. « Comment va Larry ? » nous demandaient-ils quand ils ne le voyaient pas pendant plusieurs semaines. « Il faudrait que je vous présente ma petite-fille qui vient nous voir pendant les vacances, elle est à la fac, ils me disaient. Ce serait une épouse formidable pour Larry. »

Il était toujours poli avec les filles. Il ne donnait jamais l'impression qu'elles n'étaient pas assez bien pour lui. Seulement, il gardait ses distances. Ce n'était jamais du sérieux, jusqu'à ce qu'elle débarque. La petite blonde. Une mannequin, qu'il disait ; en réalité elle distribuait des échantillons de parfum dans un grand magasin. Une chose est sûre, ce n'était pas une Italienne.

« Je vais te confier un truc, maman, il me dit un jour, pendant qu'on tenait le bar tous les deux, une semaine ou deux peut-être après qu'il avait fait sa connaissance. C'est cette fille que je vais épouser. » Il lui avait envoyé des fleurs, il l'emmenait dîner, mais on ne voulait pas croire que c'était du sérieux. Je veux dire, ils n'avaient aucun point commun. D'ailleurs, elle était plus âgée. Deux ans. Mais elle aimait pas que ça se sache.

« C'est vrai, elle est mignonne, Larry, je lui dis. Elle me fait penser à Nanette Fabray. » Pas besoin de s'appeler Sigmund Freud pour comprendre qu'il ne sert à rien d'essayer de leur faire changer d'avis. Ça ne fait qu'attiser les flammes. « Et je parie qu'elle est allée à la fac. » En plus, son père, il vendait des voitures.

« Oh oui, il me répond. Elle est allée à la fac à Somerset. Elle était parmi les meilleures, membre du club des étudiantes et tout le reste. Elle ira loin, cette fille. On entendra parler d'elle, tu peux en être certaine. »

« Laisse-moi te dire une bonne chose, fiston, lui dit son père un jour. Les filles mignonnes, les plus jolies, ce ne sont jamais les meilleures à long terme. Trouve-toi plutôt une femme auprès de laquelle tu pourras vieillir.

– Qu'est-ce que tu racontes, Joe ? je lui réponds. Veux-tu insinuer que je n'ai jamais fait battre ton cœur, vers 1962, par exemple ? Tu veux me faire croire que je n'ai jamais été qu'une future mère de famille à tes yeux ? » Je peux dire ce genre de choses à mon mari parce qu'on s'entend bien. Je sais qu'il est fou de moi. Et il sait que je le sais. Mais j'aime bien le taquiner de temps en temps.

« Tu es l'exception, Angela, il me répond. Tout le monde le sait. Mais combien de garçons dans un siècle ont la chance de tomber sur une belle fille qui soit aussi une bonne mère ? Et étant donné que j'en ai déjà trouvé une, combien en reste-t-il ? La foudre ne frappe jamais deux fois au même endroit.

– Tout ce que je sais, répond Larry, c'est que cette fille est faite pour moi, papa, et je te conseille de faire nettoyer ton plus beau costume avant l'été, car il va y avoir un mariage. »

Deux semaines plus tard, il l'a amenée au restaurant. On voyait qu'il était nerveux. Il lui montre les trophées de l'équipe de baseball qu'on sponsorisait, il lui montre la machine à glaçons. Il l'emmène même dans la chambre froide. « Là, ce sont les toilettes pour dames, je l'entends dire. Et ça, c'est une photo de ma sœur, l'année où elle a terminé deuxième de la compétition de patinage junior de la division est, dans la catégorie des figures imposées… Un jour, Tony Conigliaro s'est assis ici au bar, sur ce tabouret. Et tu connais le gars qui fait les pubs pour les pots d'échappement ? celui qui dit : "Si vous trouvez moins cher ailleurs, nous vous installons votre pot gratuitement" ? Il a mangé à la table là-bas, dans le coin. »

On sentait qu'elle s'efforçait de ne pas rire en l'écoutant raconter tout ça. C'était une fille trop matérialiste. Elle n'avait certainement jamais rencontré un garçon comme Larry, incapable de dire un mensonge, même pour sauver sa vie. Elle devait le prendre pour un fou.

Ce que je ne comprends toujours pas, c'est pourquoi elle l'a épousé. Elle aurait pu se trouver un tas d'autres garçons, sans aucun doute. Attention, je ne dis pas que Larry n'était pas une affaire formidable. Une fille ne pouvait rêver d'un meilleur mari. Et c'est vrai, il l'idolâtrait.

Mais elle, qu'est-ce qui l'intéressait chez lui ? Je passe des nuits entières à me poser cette question. Pourquoi a-t-il fallu qu'elle épouse mon fils ?

SUZANNE MARETTO

La première personne à laquelle j'ai pensé en faisant la connaissance de Larry, c'est à Tommy Lee. Vous savez, le batteur de Motley Crüe, le groupe de hard ? Bien entendu, Larry ne portait pas de boucles d'oreilles, ni des tatouages de serpents, mais il avait le même regard sombre, ténébreux, et il avait les cheveux très longs à l'époque. Avant qu'il ne prenne très au sérieux cette histoire de restaurant et tout le reste. Il jouait même de la batterie lui aussi, mais finalement il l'a vendue quand nous nous sommes fiancés, pour m'acheter une bague.

En fait, les gens disaient que, moi-même, je ressemblais un peu à Heather Locker. L'actrice qui jouait dans *Dynasty*, vous savez ? C'est l'épouse de Tommy. Bien sûr, je prenais ça comme un compliment. Elle a les yeux marron, et les miens sont bleus, mais je comprends ce qu'ils voulaient dire. Elle est blonde et toute menue comme moi. Et comme Heather et Tommy, Larry et moi nous appartenions à deux mondes totalement différents : elle, une vedette de la télé, qui fréquentait des gens comme Linda Evans et John Forsythe ; et Tommy Lee, lui, avec son anneau dans le nez, faisant des vidéo-clips tellement dingues qu'ils n'osent même pas les passer sur MTV. Mais derrière les apparences, on sent qu'en réalité, c'est un bon gros nounours amoureux fou de Heather. Quand vous lisez des interviews de lui, on voit bien qu'il la met sur un piédestal.

Larry se comportait de la même façon avec moi. Dès le jour où nous nous sommes connus, il m'a idolâtrée, et il le montrait. Par de nombreux côtés, c'était un garçon très vieux jeu : il m'envoyait des fleurs, il m'ouvrait les portières de voiture. Ce genre de choses. Peu importe combien de temps nous restions ensemble, il disait, il voulait que chacune de nos soirées ressemble à une fête. Je vous l'ai dit, c'était un vrai romantique.

La première fois où j'ai présenté Larry à mes parents, je sais que mon père a été un peu choqué. Pas uniquement à cause des cheveux longs – et je comprends que c'était dur à admettre pour lui, un ancien de l'Air Force – mais aussi du comportement insouciant de Larry. Il était du genre à dire : « Hé, si on prenait la bagnole pour aller faire une virée en Floride ? » Et il parlait sérieusement.

Ayant toujours été moi-même quelqu'un de totalement différent depuis mon enfance, je trouvais ce côté de Larry très rafraîchissant. D'une certaine façon, on peut dire que j'avais toujours été tellement obsédée par ma carrière et le reste, que je n'avais pas souvent pris le temps de m'arrêter pour respirer le parfum des roses. À l'époque, Larry s'y entendait pour faire la fête. Nous étions comme deux gamins. À vrai dire, je me sentais plus jeune quand nous avons commencé à sortir ensemble – et j'avais déjà plus de vingt ans – que durant mon adolescence. Larry était jeune dans l'âme, je crois qu'on pourrait dire ça. Il faisait partie de ces gens qui savent profiter au maximum de la vie.

Certes, j'aurais pu épouser un homme possédant une meilleure situation. D'ailleurs, c'est ce que me conseillaient mes parents. Après tout, j'avais un diplôme universitaire et ainsi de suite, alors que Larry venait d'un milieu que l'on pourrait qualifier de plus ethnique. « Tu ne sais pas dans quoi tu t'embarques, Suzanne, m'a dit un jour mon père quand Larry et moi avons commencé à nous voir plus régulièrement. Si ça se trouve, sa famille est liée à la Mafia ou on ne sait quoi. » C'est mon père tout craché. Peu importe mon âge, je reste sa petite fille. À ses yeux, personne ne serait jamais assez bien pour moi.

Quand on y pense, c'est ironique ce qui s'est passé à la fin. Je parle de la manière dont Larry est devenu un type hyper-responsable, rangé et obsédé par la réussite professionnelle, adepte de la famille et du foyer comme mes parents, travailleur et ambitieux. Il s'était même mis au golf. Ce n'était plus le Larry que j'avais connu. Évidemment, j'étais quand même fière de lui, de le voir si motivé.

Dans le temps, on allait souvent danser. Le vendredi soir, quand il ne travaillait pas, on sortait dans cette boîte qu'on aimait bien, le Pissenlit, où il y avait un bon DJ et des gens bien. Dans certains endroits, à Little Paradise Beach, par exemple, la musique est peut-être bonne, mais il y a quelque chose qui cloche dans l'ambiance. Comment dire ? Ce sont peut-être des gens très gentils, mas ils n'ont pas beaucoup d'éducation, ils n'ont aucun but dans la vie. La seule chose qui les intéresse, c'est de boire et s'amuser. Alors que Larry et moi, et les couples que nous fréquentions, nous avions les yeux tournés vers l'avenir. Nous attendions un peu plus de la vie que de nous soûler tous les week-ends et de retourner travailler le lundi matin avec pour seul sujet de conversation le nombre de bières que nous avions bues le samedi soir. Vous voyez le genre.

Au Pissenlit, vous saviez que vous côtoyiez une clientèle différente. C'étaient des gens qui faisaient du ski, jouaient au tennis, allaient se faire couper les cheveux à Boston. Pendant la tournée de Phil Collins, avec quelques amis nous avons loué une limousine pour nous conduire au concert à Worcester. On était peut-être jeunes, mais on savait apprécier les belles choses. Un couple tenait un magasin de vêtements. Une autre fille qu'on voyait souvent était rédactrice adjointe au magazine *Vogue* à New York. Un jour, elle a même pris l'ascenseur avec Paulina. Vous savez, le mannequin ? Celle qui est mariée (en parlant d'histoires d'amour insolites) avec Ric Ocasek, le chanteur des Cars. Vous avez déjà vu la tête de ce type ? Hé, ce n'est pas Rob Lowe ! Quand vous pensez qu'ils auront peut-être des enfants tous les deux un jour, vous vous demandez à quoi ils vont ressembler. Mais bon, ils s'aiment tellement.

Larry et moi, on appartenait à deux mondes différents nous aussi. Lui, il venait d'une sorte de famille italienne traditionnelle à l'ancienne mode. Vous avez rencontré sa mère, n'est-ce pas ? C'est une femme adorable, mais vous me comprenez. Chaque fois qu'un de ses cousins attrape un rhume, elle adresse une lettre à saint Jude dans le journal. Un jour, elle m'a servi une soupe, une recette spéciale de chez eux là-bas, j'imagine. Et en arrivant au fond du bol, qu'est-ce que j'ai découvert à votre avis ? Une patte de poulet ! Avec les griffes et le reste.

Alors que chez moi, on est plutôt du genre « à la page », pourrait-on dire. Ma mère est une femme exigeante, elle s'entretient. Tous les hivers, mes parents vont à Las Vegas en avion, et ils vont voir un spectacle à Broadway au moins deux fois par an. Liza Minelli, *Les Misérables*.

Un jour, Larry et moi nous avons invité à dîner nos quatre parents chez nous à la maison. Un repas très raffiné. Avec vins chers et amuse-bouche, et je ne parle pas de chips ou de dips. On voyait bien que les Maretto n'étaient pas dans leur élément. En fait, j'avoue que l'ambiance était assez tendue pendant toute la soirée. Nos deux familles respectives avaient si peu de points communs. Mais Larry et moi, nous étions réunis par notre amour. Ce n'était pas seulement mon mari. C'était aussi mon meilleur ami.

Il était plus du genre décontracté que moi. Si vous lui laissiez le choix entre aller à un concert ou rester à la maison pour regarder un match des Celtics à la télé, il préférait le match. Mais une fois que vous aviez réussi à le faire sortir, vous saviez qu'il était capable de n'importe quoi. Voilà pourquoi on formait un couple parfait. Je possédais la motivation qui agissait sur lui comme une sorte de catalyseur. Il disait que le fait d'être marié avec moi lui donnait envie d'accomplir plus de choses, pour lui et pour moi. Il s'est mis à écouter des trucs comme le canon de Pachelbel. Il n'achetait plus uniquement des chaussettes blanches. Il a suivi des cours de comptabilité et des séminaires de management de restaurant. Il a fait installer un lecteur dans sa Firebird pour écouter ses cassettes de motivation. Dire que dans le temps ce garçon passait d'une fête à une autre, et maintenant, son seul objectif était d'améliorer son chiffre d'affaires, d'acheter une maison, de souscrire une assurance vie, et même d'apprendre à jouer au golf. C'est curieux, la vie. J'avais épousé un batteur de rock et je me retrouvais avec une version rajeunie de mon père.

CAROL STONE

Suzanne m'a appelée un matin. La vie avait repris son cours à cette époque. Elle travaillait dur là-bas à la télé, Larry s'occupait du restaurant le week-end, et le soir il suivait des cours de comptabilité par-dessus le marché. Et comme de bien entendu, ils étaient accaparés par le chien, toujours le chien. Ils venaient d'acheter cet adorable canapé modulable, avec des chauffeuses. Blanc, bien entendu. Essayez de dissuader un couple de jeunes mariés de choisir un canapé blanc ; ils n'ont pas encore d'enfants. Ils n'imaginent pas ce qui les attend.

« J'ai eu une super idée cette nuit pendant que j'étais couchée, me dit-elle. Je vais organiser un dîner à la maison. Pour les deux couples de parents. Papa et toi, et les parents de Larry. »

Ma fille n'a jamais été un cordon bleu, il faut le dire. Je n'oublierai pas le jour où elle a fait une quiche, à l'époque où elle était encore au lycée. Elle a simplement versé un gros tas de fromage râpé sur la pâte précuite, elle a ajouté un peu de crème avec des œufs par-dessus. Elle pensait que tout fondrait et se mélangerait une fois dans le four.

Mais Suzanne a une qualité : dès qu'elle décide de faire quelque chose, elle le fait. Et pas à moitié. Je savais donc qu'elle n'allait pas nous servir une simple pizza livrée à domicile, ni même des spaghettis ou des hamburgers. Nous aurions droit à un repas de gourmet.

« Écoute, je ne sais pas si c'est une bonne idée, Susie, je lui ai répondu. Joe et Angela ont l'air de gens charmants, mais ils n'ont pas beaucoup de points communs avec ton père et moi. » C'est vrai quoi,

Joe Maretto n'était pas le genre de personne avec laquelle vous pouviez vous asseoir et dire : « Avez-vous lu cet article dans le *Wall Street Journal*, hier ? » Je doute que cet homme ait jamais tenu un club de golf de sa vie, à moins qu'il en cache un sous son bar au restaurant à l'intention des ivrognes trop turbulents. L'autre problème, dont je ne voulais pas parler à Suzanne, c'est que ces gens sont italiens. La cuisine, ça les connaît ; il suffit de regarder la mère de Larry pour comprendre. Je ne voulais pas voir ma Suzanne dans tous ses états. Je ne voulais pas qu'elle prête le flanc aux critiques, alors que la cuisine n'était pas spécialité.

« Ne t'inquiète pas, maman, me dit-elle. J'ai acheté un livre de recettes. Il est fait par cette femme, Martha Stewart, une vraie spécialiste des réceptions. Il y a un tas de photos. »

Voilà comment tout fut décidé. Nous étions invités tous les quatre chez Larry et Suzanne pour le Columbus Day· L'invitation fut lancée plus de deux semaines à l'avance, mais vous connaissez Suzanne. Toujours aussi perfectionniste. Pas un jour ne passa, je crois, sans qu'elle ne me téléphone pour me demander une chose ou une autre. Pouvait-elle m'emprunter mes verres à vin en cristal ? Et la nappe en dentelle de la grand-mère Miller ? Et si elle faisait des crêpes aux poires et des barquettes de chiffonnade de poireaux en amuse-gueule ? Je vous épargne les discussions concernant le plat principal : fallait-il faire un plat italien, connaissant les Maretto, d'autant plus que c'était Columbus Day ? Ou bien était-il préférable, au contraire, d'éviter la cuisine italienne ? Finalement, elle a opté pour des lasagnes au pesto, fromage de chèvre et tomates séchées, une recette de Martha Stewart, et pour le hors-d'œuvre une soupe d'orange et de framboises. Elle allait également servir des petites cailles fumées, sauce aux groseilles et coriandre.

Et le vin ? Elle est allée acheter un livre pour se renseigner. J'ai oublié ce qu'elle nous a servi pour finir, du rouge ou du blanc. Mais peu importe, vous pouviez être sûr que c'était le bon choix.

Le jour du dîner, ma pauvre Suzanne était paniquée. Nous n'étions que tous les six pourtant, rien que la famille. Mais pour notre petite Susie, c'était comme si elle recevait à dîner le Président Bush. Il fallait que tout soit parfait. Et ça l'était.

Larry était très fier d'elle. Ça se voyait.

« Elle est incroyable, ma femme, non ? dit-il en nous prenant nos manteaux à l'arrivée. Une chose est sûre, Julia Child a intérêt à faire gaffe ou elle pourrait se retrouver au chômage.

– Voilà une bonne idée, Susie, dit Earl. Tu n'as jamais pensé à présenter une émission culinaire sur ta chaîne ? »

Suzanne avait l'air un peu fatigué. Elle n'a pas répondu. Il fallait qu'elle aille surveiller des tartes ou je ne sais quoi dans le four.

Nous nous sommes donc installés nous-mêmes sur leur nouveau canapé modulable. La mère de Larry était choquée par la couleur blanche. « En tout cas, dès la naissance de votre premier enfant, la première chose que je vous achèterai, ce sont des housses en plastique, déclara Angela.

– Ça ne se fait plus, ça, maman, a répondu Larry. On ne met pas des housses sur des chauffeuses.

– Peut-être que les modes changent, dit-elle. Mais il y a une chose qui ne change jamais, c'est ce que les bébés font dans leur couche. Et ça ne reste pas toujours dans leurs couches, crois-moi. »

Larry a servi l'apéritif. Ils avaient des baguettes à cocktail, et même des serviettes en papier avec leurs noms inscrits dans le coin. Je vais vous dire, ils avaient pensé à tout, ces gamins.

« Alors, p'pa, quoi de neuf au restaurant ? demande Larry.

– Pas grand-chose depuis que tu es passé hier », répond son père. Et on reste assis là sans savoir quoi dire.

« Auriez-vous perdu du poids, Angela ? » je demande. Non pas qu'elle soit devenue svelte, mais c'est pour alimenter la conversation.

« Je ne sais pas, répond la mère de Larry. Je ne monte jamais sur la balance, c'est la meilleure façon de ne pas s'en faire.

– En parlant de poids, dit Earl, avez-vous vu Delta Burke, dans *Designing Woman* ? Elle commence par se marier, et ensuite voilà qu'elle déborde de partout dans ses vêtements. Chaque semaine vous regardez l'émission, elle est un peu plus grosse. Mais ça reste quand même une belle femme.

– Tu crois que ça pourrait t'arriver, ma chérie ? » dit Larry en donnant une petite tape sur les fesses de Suzanne.

Personnellement, je sais que Suzanne a toujours détesté ce genre de choses. Il y a certains gestes qu'il faut garder pour la chambre à coucher, vous ne croyez pas ?

Suzanne ne dit rien. Elle est en train de servir la soupe, je crois.

« Je veux juste dire, et vous pouvez le noter, que si Suzanne prenait quelques kilos comme cette Delta Burke, je l'aimerais toujours autant. J'aurais encore plus à aimer, voilà tout.

– Dans mon métier, il faut faire très attention à sa ligne, répond Suzanne. Les caméras de télévision vous font grossir de cinq bons kilos. Vous devez rester vigilante en permanence.

– En ce qui me concerne, j'ai l'intention d'abandonner toute vigilance ce soir », déclare Larry. Si vous voulez savoir la vérité, il donnait l'impression d'avoir pris quelques kilos depuis son mariage. « Hé, vous vous rendez compte du mal que s'est donné ma petite femme pour vous recevoir ? »

Nous sommes passés à table. Je vais vous dire, c'était un sacré repas. Mais je ne suis pas certaine que les Maretto aient vraiment apprécié.

« Plutôt maigrelettes, ces petites bestioles, a dit Joe en parlant des cailles. Je suppose qu'ils n'avaient plus de poulets, hein ? »

LYDIA MERTZ

On se promenait au centre commercial ce jour-là. On traînait, quoi. On regardait les disques, des trucs comme ça. Et voilà qu'on passe devant cette boutique qui vend de la lingerie fine, « Victoria's Secret », ça s'appelle, et Suzanne me dit : « Viens, on entre. »

C'était juste pour s'amuser, vous voyez. J'étais pas pressée de rentrer chez moi pour me faire engueuler par ma mère parce que j'étais pas restée avec elle pour regarder la télé ou je sais pas quoi. Suzanne m'avait expliqué que Larry était parti faire du 4×4 avec des copains. Alors, pourquoi pas ?

C'était la première fois que j'entrais dans un magasin comme ça. Ce qu'on remarque d'abord, c'est l'odeur, avec tous ces paniers de fleurs séchées qu'il y a partout, les parfums et les savons aussi. Partout où vous regardez, y a de la dentelle, du satin et des fleurs. C'est très féminin. Y a des déshabillés et des robes d'intérieur en soie, des pantoufles avec des plumes partout sur le dessus. Si vous voulez vous regarder, c'est pas une glace normale, ils ont un miroir tout doré autour.

Je vais vous donner un exemple. Imaginons que vous voulez acheter un soutien-gorge. Vous cherchez pas simplement votre taille et vous passez à la caisse. Non, ils en ont des milliers, de tous les genres, toutes les couleurs, avec de la dentelle et des perles cousues à différents endroits, suspendus sur des cintres dorés, et si vous trouvez pas votre bonheur sur les cintres, ils ont des tiroirs exprès avec des sachets à l'intérieur et encore d'autres soutiens-gorge. Ils ont même des trucs à l'ancienne, comme Madonna en porte parfois, y a pas de bretelles, mais ça s'attache sur le devant et ça descend jusqu'à la taille. Moi, je sais que je mettrais jamais un machin pareil, mais à elle ça lui va rudement bien.

« Allez, Lydia, me dit Suzanne. On va te choisir une culotte. Tu prends ce que tu veux, c'est moi qui te l'offre. »

Je lui réponds que j'ai besoin de rien. Hé, ces culottes, elles coûtent au moins neuf ou dix dollars. Chacune. « J'ai assez de dessous, je lui dis.

– Oui, mais pas des comme ça, elle dit. Tu verras, tu ne te sens plus la même quand tu portes ce genre de lingerie. Tu te trouves belle.

– D'accord, mais personne la verra, je réponds. Sauf ma mère, et si jamais je porte un truc comme ça, elle va s'imaginer que j'ai fait ce qu'il faut pas avec un type, et ça va être ma fête !

– Tu n'as qu'à la cacher, répond Suzanne. Ce sera ton secret. Tout le monde a besoin d'avoir des petits secrets dans son tiroir. » Et là, elle me montre le porte-jarretelles. « Moi, je prends ça », elle dit.

Je savais pas exactement ce que c'était, sauf qu'on en voit sur des photos parfois. Mais moi, je regarde pas ce genre de magazines.

Elle m'explique que c'est comme ça que les femmes faisaient tenir leurs bas dans le temps. Avant l'invention des collants.

Ça me faisait tout drôle de savoir qu'elle allait acheter ce truc-là. Je l'imaginais pas comme ça, Suzanne.

« Un jour, tu comprendras, Liddy, qu'elle me dit. Quand tu rencontreras quelqu'un. »

C'était mignon. Y avait des petites roses cousues à l'endroit où on accroche les bas, et des petits rubans en soie. La vendeuse, elle l'a emballé dans du papier de soie rose et elle l'a mis dans une petite boîte avec des fleurs dessus, comme si c'était un cadeau pour quelqu'un. À part que c'était pour elle.

Y avait un homme et une femme dans la boutique. À peu près du même âge que Suzanne et Larry. La fille, elle était pas aussi mignonne que Suzanne, mais on voyait bien que lui, il était fou d'elle. Il arrêtait pas de lui tendre des soutiens-gorge et des trucs pour qu'elle les essaye. Il tâtait la matière, comme s'il voulait tester la qualité ou je sais pas quoi. On était presque gêné de le voir faire, c'est un truc tellement intime, je trouve. Mais vous pouviez pas vous empêcher d'envier la fille. En pensant que quelqu'un l'aimait à ce point. Même si elle était un peu rondelette.

Ils étaient devant nous à la caisse au moment de payer. Je parie qu'elle en avait au moins pour deux cents dollars en tout, vu le nombre de culottes et de machins qu'elle avait achetés. La vendeuse a fait le total et, le type, il a tendu sa carte de crédit à la fille. Elle l'a embrassée – avec la langue – en plein milieu de la boutique.

« Voilà un homme qui sait se comporter avec une femme, m'a dit Suzanne. Mais je te parie qu'ils ne sont même pas mariés. »

CHUCK HASKELL

Le jeudi après-midi, Larry et moi on avait l'habitude d'aller au YMCA pour faire une partie de basket, prendre une douche ensuite et aller boire quelques bières. On n'était pas vraiment une équipe, juste une bande de gars qui veulent transpirer un peu.

Je me souviens d'un jour en particulier. On était dans le sauna après le match, Larry et moi, et deux autres types avec lesquels on jouait des fois. Des célibataires comme moi.

« Putain, les gars, j'ai décroché le gros lot hier soir », dit l'un des gars. Vous savez bien comment les types parlent entre eux. « Insatiable, la fille. On aurait dit qu'elle avait pas baisé depuis un an au moins. »

Alors moi, je fais une remarque sur la fille avec qui je sortais à ce moment-là, vous voyez le genre… La moitié des trucs que vous racontez, c'est du bidon, et tout le monde le sait. Mais c'est marrant d'en rajouter. Ça fait partie du jeu, c'est comme dribbler avec le ballon ou tirer des lancers francs. Juste une bande de types qui débitent des conneries, rien de bien méchant.

Et le premier gars, il se met à nous raconter que, la nana, elle adorait faire ça chez elle, pendant que ses parents regardaient la télé en bas. Et l'autre, il nous parle d'une fille qu'il connaît qui aime se faire attacher. Moi, je leur dis que, ma copine, elle aime faire ça normalement, « mais souvent », j'ajoute. « Ça veut dire quoi, souvent ? demande le type qui connaît la fille qu'on attache. – Trois ou quatre fois par nuit, je réponds. Bon d'accord, c'est dur, mais qu'est-ce que vous voulez faire ? »

Et pendant ce temps-là, Larry, il reste assis dans son coin sans rien dire. Le premier type, il se retourne vers lui, et il lui demande : « Alors, ça fait quoi d'être un vieux couple marié ? C'est toujours le pied avec ta bonne femme ? »

Et là, Larry, il a une drôle de réaction. Il se lève du banc et il noue sa serviette autour de la taille. « Est-ce que vous allez devenir adultes un jour, les mecs ? il nous lance. Vous croyez qu'il n'y a que ça dans la vie ? Je vais vous dire une chose, vous vous trompez. Vous avez déjà entendu parler d'un truc qui s'appelle l'amour ? » Je ne me souviens plus exactement de ses paroles, mais en gros, c'était ça. Sur un ton vachement sérieux. Comme s'il n'avait aucun sens de l'humour. Pourtant, ce n'était pas son genre.

Après le départ de Larry, Buzz, notre pote qui baisait chez les parents de sa copine, il se tourne vers moi et me dit : « Hé, qu'est-ce qu'il lui prend ? »

L'autre type, Richie, il répond : « À mon avis, ça fait un moment qu'il a pas tiré son coup, ce mec. C'est pas parce que le paquet est beau, que le cadeau à l'intérieur est super. »

ANGELA MARETTO

Ce jour-là, les jeunes étaient venus dîner à la maison. Sans raison spéciale. Ils passaient nous voir de temps en temps, comme ça. Joe avait fait des rigatonis, et moi j'avais préparé un gâteau aux amandes, Larry a toujours adoré ça. Elle, elle ne cuisinait pas. Remarquez, je ne lui jette pas la pierre pour ça. Il y a des crimes bien plus graves. On le sait bien, hélas.

Bref, ils sont arrivés à la maison vers cinq heures, cinq heures et demie peut-être. Larry et Joe ont pris une bière et sont allés voir la fin du match de basket dans le bureau. Elle et moi, on est restées dans la cuisine. Depuis que Janice était partie en tournée avec la troupe des Ice Capades, Suzanne était un peu comme ma propre fille. On parlait de tout. Si elle avait un doute, pour se faire couper les cheveux, par exemple, ou autre chose, elle m'appelait. Est-ce qu'à mon avis des rideaux bleus iraient bien dans la salle de bains ? Elle préférait me demander à moi plutôt qu'à sa mère.

On buvait un verre de vin. Il n'y avait pas grand-chose à préparer pour le dîner, juste à verser la sauce sur la salade. Alors on était assises toutes les deux dans la cuisine, devant mon plan de travail, et on bavardait en buvant du vin. Au bout d'un moment, je lui demande : « Avez-vous songé à fonder une famille tous les deux ? » Leur premier anniversaire de mariage approchait. Ils avaient un bel appartement, et Larry gagnait bien sa vie au restaurant. Ils ne manquaient de rien.

« Oh, je ne sais pas, elle me répond. C'est tellement compliqué, vous savez. »

Non, je ne savais pas que c'était si compliqué. Pour moi, ça m'avait toujours semblé très simple, au contraire. Vous aimez quelqu'un. Vous vous mariez. Vous fondez une famille.

« Comment ça, “compliqué” ? je dis.

– Avec mon métier et tout le reste. Dans ma profession, une femme avec de jeunes enfants est doublement handicapée. Surtout quand elle débute. »

Je lui demandai de m'expliquer pourquoi. « Supposons que vous deviez couvrir un événement important, comme le mariage de la princesse Stéphanie à Monaco », elle me dit. J'essaye de faire comme si je savais qui est cette princesse Stéphanie, alors que je n'en sais rien. « Bon, et alors ? dis-je.

– La chaîne est obligée d'envoyer sur place, en plus de la journaliste, un coiffeur, une habilleuse, une équipe de prise de vue et de prise de son. Plus le satellite. Vous n'avez pas idée du nombre de personnes pour réaliser un reportage en direct de l'étranger.

« Et si la journaliste a un enfant en bas âge ? elle ajoute. Est-ce qu'elle le laisse à la maison ? Peut-être, mais vous ne pouvez pas imaginer combien ça coûte d'engager une baby-sitter à temps plein. Sans même parler du fait qu'il faut trouver quelqu'un digne de confiance.

« Supposons alors que vous emmenez votre enfant avec vous. Manque de chance, il attrape la varicelle ou autre chose, et il vomit partout. Peut-être même qu'il refile la varicelle à sa mère, alors qu'elle doit apparaître devant la caméra, devant des millions de gens, avec des boutons sur tout le visage.

« Ou bien le bébé n'est pas encore né. Vous êtes seulement enceinte. Tous ces gens de la jet-set assistent à la cérémonie de mariage, avec leurs robes haute couture et ainsi de suite, et vous, vous êtes énorme. Vous vous souvenez de Jane Pauley au mariage du prince Charles et de lady Diana ? C'était répugnant. »

« Répugnant », elle a dit. Je me souviens de ce mot.

« Moi, je lui réponds, je me suis toujours trouvée belle quand j'étais enceinte. Je ne me sentais pas énorme.

– Attendez, ce c'est pas le pire, elle me dit. Le pire, c'est après la naissance du bébé, quand vous n'avez pas encore perdu les kilos en trop. Vous êtes pleine de graisse, vous avez des seins énormes, mais vous n'avez plus l'excuse d'être enceinte. » Elle m'a parlé alors de cette autre femme dont je n'ai jamais entendu parler, Christina Ferrari. Je me souviens du nom à cause de la voiture. Cette Christina Ferrari posait pour les magazines, il paraît. En plus de présenter une émission de télé. Ne me demandez pas laquelle. »

Après ça, je ne savais plus quoi dire.

« Larry et moi, on tient beaucoup à notre liberté, on veut pouvoir faire des tas de choses, elle me dit. Les couples qui ont des enfants sur les bras ne peuvent pas décider brusquement de partir le week-end pour aller faire du ski ou autre chose. » Quand elle disait ça, je savais qu'elle ne parlait pas pour mon fils. Parce qu'on sentait bien que Larry mourait d'envie d'être père.

« Bah, il y a un temps pour chaque chose », dis-je. C'est à ce moment-là que Joe est entré dans la cuisine pour savoir quand on mangeait. On n'a plus jamais abordé ce sujet, et moi je pensais : elle est encore jeune. Elle changera d'avis.

Après le dîner, je m'en souviens, on a regardé des vieux films en super 8. Joe les avait fait transférer sur cassette. Les spectacles de patinage de Janice, le premier match de basket de Larry au lycée, et ainsi de suite. On me voyait même en train de donner le biberon à Larry ; il n'avait pas plus de six ou huit mois à cette époque. À ce moment-là, mon Larry prend Suzanne par les épaules et lui dit : « Un jour, ce sera notre tour, ma chérie. » Elle se tourne vers lui et répond : « Écoute. Si tu voulais une baby-sitter, fallait épouser Mary Poppins. »

SUZANNE MARETTO

Ils disent que Connie Chung a quitté volontairement son poste chez CBS, mais moi, j'ai ma petite théorie sur la question. Cette histoire comme quoi elle a suivi son horloge biologique et voulait se consacrer à temps complet à sa grossesse et à la naissance d'un enfant ? Ça ne tient pas debout. Selon moi, la chaîne voulait se débarrasser d'elle, et ils ont trouvé ce moyen pour lui offrir une sortie élégante.

Qui abandonnerait une carrière pareille pour faire un enfant, alors qu'on peut en adopter ? C'est ce qu'a fait Barbara Walters, et regardez comme tout s'est merveilleusement bien passé pour elle. Elle le dit très bien dans son autobiographie – un des livres les plus riches d'enseignements que j'aie jamais lus, soit dit en passant –, quand il lui arrive de regretter les occasions perdues, de ne pas être restée à la maison avec sa petite fille pour assister à ses premiers pas ou je ne sais quoi, elle se dit : si j'avais été à la maison, j'aurais manqué ces instants historiques avec Henry Kissinger et Barbra Streisand, et aussi ce président égyptien, j'ai oublié son nom. Celui qui a été assassiné. On ne peut pas tout avoir. La vie est faite de sacrifices. Mais en définitive, qui serait vraiment prêt à troquer une carrière pareille contre un tas de couches sales et de vêtements trempés de bave ?

Non pas que j'étais opposée à l'idée d'avoir des enfants avec Larry. C'est vrai, personne n'est plus gaga que moi devant des enfants. Les petites chaussures, les petites jupes à volants, toutes les choses adorables qu'ils font maintenant. De quoi vous donner envie d'adopter tout un orphelinat.

Ça a toujours été mon idée, si vous voulez tout savoir. Comme je le disais à Larry, à quoi bon avoir notre propre enfant alors que le monde est rempli de pauvres gamins malheureux sans maison ni famille ? Il n'y a pas longtemps, j'ai vu ce reportage sur la Roumanie et je vais vous dire, ce n'est pas imaginable ce qui se passe là-bas. J'avais presque du mal à regarder, tellement c'était écœurant. Il y avait des enfants trop âgés ou handicapés, et bien entendu, il faut faire très attention dans un pays comme ça de ne pas tomber sur un gosse ayant le sida. Mais il y avait des petites filles vraiment adorables, des petites poupées. Surtout celle avec ses grands yeux, ses bras et ses jambes toutes maigres. Vous aviez envie de traverser l'écran de la télé pour la prendre dans vos bras.

Dans mon esprit, du moment qu'on adoptait un enfant, il n'y avait aucune raison de se presser. Je n'aurais pas besoin de demander un congé maternité et je ne risquais pas de prendre des kilos et me donner un mal de chien ensuite pour retrouver la ligne comme Joan Lunden. De plus, si on adoptait un enfant venu d'ailleurs, de Roumanie, par exemple, on pourrait même profiter de notre expérience pour réaliser un minireportage. On ferait venir une équipe de télé à la maison, et les spectateurs chez eux pourraient suivre tout le processus, dès le début. Je suis sûre que, si on faisait un truc comme ça, le standard de la chaîne exploserait, car les gens voudraient tous faire la même chose que nous. Ce doit être formidable de savoir que vous avez une telle influence sur la vie de tant de personnes. Et quand vous faites de la télévision, c'est exactement ce qui se passe. Même si vous n'en avez pas toujours conscience. Un exemple : Dan Rather change sa raie de côté le lundi, le mardi la moitié des Américains changent leur raie de côté. Quand on y pense, c'est impressionnant.

ED GRANT

Suzanne travaillait pour nous et s'occupait du bulletin météo depuis maintenant dix ou douze mois quand nous avons reçu la brochure concernant le « Colloque des opérateurs de chaînes câblées régionales du nord-est » qui se tenait à Mansfield. Généralement, ce genre de choses finit directement au fond d'un dossier. C'est vrai quoi, pourquoi payer plusieurs centaines de dollars pour manger du poulet caoutchouteux et passer une journée et demie à écouter des types vous expliquer de quelle manière développer vos recettes publicitaires ou égayer votre mire ?

Mais Suzanne est devenue hystérique en découvrant la brochure.

« Eh bien, dit-elle, on va devoir préenregistrer "Thé dansant" et l'émission du dimanche matin si on doit s'absenter le samedi soir. Il vaut mieux que je m'en occupe dès maintenant.

– Hé, du calme ! je dis. Qui a parlé de s'absenter ? Je n'assiste jamais à ce colloque, et il est hors de question d'y envoyer un de mes employés.

– Oui, mais jusqu'à présent, je ne travaillais pas pour vous, elle me rétorque.

– Écoutez, je sais que vous êtes jeune, pleine d'ambition et d'énergie. C'est formidable. Peut-être même que vous êtes douée pour ce métier. Mais vous ne pourrez jamais faire de cette chaîne autre chose que ce qu'elle est : une petite chaîne par câble de province. Il vous manque le potentiel. »

C'était comme si elle ne m'entendait pas.

« Il va falloir réserver deux chambres. Une chance que je vienne d'acheter un tailleur.

– Vous croyez que c'est gratuit, ce genre de truc ? je demande. Réfléchissez.

– Je paierai la moitié du droit d'inscription, dit-elle. C'est déductible des impôts. Formation professionnelle. » Et voilà qu'elle se met à réciter les intitulés de tous les ateliers ouverts aux participants. L'intervenant vedette est une présentatrice d'une chaîne câblée de New York. Suzanne déclare qu'elle veut absolument rencontrer cette femme. C'est exactement le genre de poste qui lui conviendrait.

Certes, j'aurais pu dire non. Mais passé un certain stade, je n'en avais plus le courage. « D'accord, je lui dis. Moi je ne supporte pas ces saloperies de colloques, mais si vous en mourez d'envie, allez-y. Je ne voudrais pas qu'on m'accuse un jour d'avoir mis des bâtons dans les roues de la future Connie Chung.

– Je savais que vous finiriez pas dire oui », dit-elle. Quand j'y pense, c'est une des seules fois où je l'ai vue sourire, en dehors de l'antenne.

« Je plains le pauvre gars qui essaiera de vous dire non, soupirai-je.

– Ça n'arrive jamais. »

SUZANNE MARETTO

Je connais certaines personnes qui vous diront probablement que je suis une petite salope ambitieuse, prête à tout. Je ne donne pas de noms, mais je sais bien que des gens ne se priveront pas pour déblatérer sur mon compte. Je les imagine déjà en train de dire quelle emmerdeuse arriviste j'étais aux studios. J'étais prétentieuse, je me prenais pour la meilleure.

Et alors? Depuis quand est-ce un crime d'avoir un peu de confiance en soi et d'amour-propre? Si je ne m'étais pas mise en avant, qui l'aurait fait à ma place, hein?

Je n'ai rien d'une féministe, croyez-moi, mais je vais vous dire une bonne chose. Personne ne critique un type parce qu'il pense qu'il est doué et qu'il le dit. Si ce type déclare à son patron qu'il mérite une augmentation, ou davantage de responsabilités, il est bien vu. Mais moi, uniquement parce que je suis menue et blonde, je dois rester timidement dans mon coin, comme une potiche, sans jamais faire de vagues, et me contenter de ce qu'on veut bien me donner. Mais, comme je me suis conduite différemment, on me traite d'emmerdeuse.

C'est vrai, je suis allée dans le bureau du directeur de la chaîne et je lui ai dit que je voulais présenter les nouvelles dans un délai de six mois. C'est vrai, je l'ai harcelé pour qu'il m'envoie au colloque des opérateurs de chaînes câblées. Je lui ai dit que je voulais faire un reportage sur la vie d'un groupe de lycéens défavorisés. Si je ne l'avais pas fait, vous croyez qu'Ed se serait arrêté à mon bureau un matin pour me dire : « Au fait, Suzanne. Si je vous prêtais une caméra vidéo pendant quelques jours pour nous faire un petit reportage sur la vie des ados ? » Ça m'étonnerait.

Dans ce monde, c'est chacun pour soi. Quand vous avez un objectif dans la vie, c'est stupide de ne pas tout faire pour l'atteindre. Parce que je vais vous dire une bonne chose, il y aura toujours quelqu'un d'autre pour prendre ma place. Et si quelqu'un doit décrocher le gros lot, autant que ce soit moi.

ED GRANT

Elle a acheté des valises neuves pour son voyage à Mansfield. Elle s'est fait faire des mèches, elle s'est payé un nouvel attaché-case. Et je serais prêt à parier qu'elle a même fait des séances de lampe à bronzer une semaine environ avant le grand événement. Si je vous dis ça, c'est qu'on était en plein hiver, et tout à coup, voilà que notre Suzanne a l'air de revenir d'un séjour à Hawaii.

Un matin où elle servait le café – si vous voulez mon avis, ça restait sa tâche la plus importante – j'ai fait une réflexion comme quoi son mari devait attendre avec impatience cette petite escapade. Hé, deux nuits en compagnie de sa jeune épouse dans un super hôtel avec piscine intérieure, jacuzzi, grand lit. « Oh, Larry ne m'accompagne pas, a-t-elle répondu. Il m'a semblé préférable d'éviter toute distraction, étant donné que je vais là-bas pour des raisons professionnelles. »

C'était une élève sérieuse. Elle s'est renseignée sur la conférencière vedette, Casey Anderson, dans notre « Who's Who » des médias, histoire de connaître ses pôles d'intérêt et ses goûts. Elle a même envoyé plusieurs lettres préalables à différents directeurs de chaînes devant participer au colloque, pour leur faire savoir qu'elle serait présente, qu'elle avait hâte de les rencontrer et peut-être même de leur faire visionner ses enregistrements.

Il faut rendre justice à Suzanne malgré tout : elle ne m'a jamais caché qu'elle avait d'autres ambitions ; elle ne m'a jamais fait croire qu'elle finirait sa vie sur WGSL. « Un jour, disait-elle, vous me montrerez du doigt en me voyant à la télé, et vous pourrez dire à tout le monde que vous m'avez mis le pied à l'étrier, Ed. Je n'oublierai jamais ce que vous avez fait. »

Et elle savait que ça ne me posait pas de problème, le fait qu'elle cherche une meilleure place. Avoir en permanence cette fille dans les jambes, c'était plutôt épuisant, à vrai dire. Elle était tellement débordante d'énergie qu'il fallait sans cesse l'occuper. À tel point que tout le personnel de la chaîne attendait avec presque autant d'impatience qu'elle qu'une occasion se présente enfin.

Le jour où elle est partie pour Mansfield, George, notre ingénieur du son, a attaché une ribambelle de boîtes de conserve derrière sa voiture. C'était une plaisanterie, vous voyez. On l'a regardée sortir sur le parking et se diriger vers sa voiture, pour voir sa tête. Rien. Elle monte dans sa voiture, elle met le contact, comme si de rien n'était. Elle recule et fait demi-tour. Toujours aucune réaction. Pourtant, zut, ces boîtes de conserve faisaient un raffut de tous les diables, mais Suzanne a continué à rouler, sans s'arrêter. À mon avis, elle était tellement concentrée sur cette saloperie de colloque qu'elle n'a rien remarqué. Si ça se trouve, elle a fait les trois heures de route jusqu'à Mansfield comme ça. Ça m'amuse de l'imaginer pénétrant sur le parking de l'hôtel Marriott. Mme la Reine de la Météo. Avec sa ribambelle de boîtes de conserve qui font du boucan.

LYDIA MERTZ

J'avais pris l'habitude d'aller chez elle trois ou quatre fois par semaine. Pas uniquement pour travailler sur le reportage. Pour glander aussi. On essayait des fringues, on se faisait des coiffures, on écoutait de la musique. Bon sang, on pouvait passer toute la journée à bavarder, on avait toujours un truc à se raconter. Moi, je lui disais tout.

Elle était même au courant pour Chester, mon beau-père. J'en avais jamais parlé à personne d'autre. « Il faut que tu chasses ce souvenir de ta mémoire, elle m'a expliqué. Fais comme si ça n'était jamais arrivé, et tu verras, un beau jour, ce ne sera plus qu'un cauchemar. » C'est ce qu'elle faisait, elle, il paraît. Elle pensait qu'aux choses agréables. Quand elle avait des problèmes dans la vie, son cerveau était comme un écran de télé. Elle changeait de chaîne.

C'est ce jour-là qu'elle m'a avoué que ça allait plus très bien entre Larry et elle : « Tu sais, Liddy, elle m'a dit, je me demande si je n'ai pas fait une bêtise en me mariant si jeune. J'ai gâché un tas d'occasions. Mais je me disais, vingt-quatre ans, c'est déjà vieux. Pourtant, tu sais, Diane Sawyer avait presque quarante ans quand elle s'est laissé mettre la bague au doigt par ce réalisateur de cinéma. Et regarde un peu sa carrière ! En plus, elle a choisi quelqu'un qui pouvait l'aider dans son métier, la soutenir. » Vous savez ce qu'il a fait un jour, ce metteur en scène de cinéma, le mari de Diane Sawyer ? C'est Suzanne qui me l'a raconté. Il trouvait que les lumières du studio étaient mal disposées au-dessus d'elle. Alors il est allé dans les studios, et il les a arrangées lui-même, pour que sa femme soit encore plus belle. « Voilà ce que j'appelle de l'amour, a dit Suzanne. Imagine un peu, un type capable de faire une chose pareille pour toi. Larry, lui, il pense qu'il suffit d'allumer un projecteur et de faire tourner la caméra. C'est un gentil garçon et tout ça, mais le pauvre, il ne connaît absolument rien à la télévision.

« Et surtout, elle a ajouté, il est terriblement ennuyeux. Lui, tout ce qui l'intéresse, c'est de rester assis devant la télé et de choisir les prénoms de nos enfants. »

Elle m'a raconté qu'elle avait fait la connaissance de ce gars, au colloque machin-chose où elle avait été, à Mansfield. Il était directeur de chaîne où un truc comme ça, quelque part dans l'État de New York. Il aurait pu poser dans un magazine de mode, il paraît. Il avait des cheveux un peu gris, mais pas partout, seulement sur les tempes, ça fait qu'il avait pas l'air vieux, juste distingué. Il était marié, mais sa femme, elle l'avait pas accompagné. Il a expliqué à Suzanne qu'ils ne s'entendaient plus ; ils allaient bientôt divorcer, ils attendaient que leur fils entre au lycée.

« On avait tellement de points communs tous les deux, Liddy, elle m'a dit. J'avais l'impression de rencontrer enfin quelqu'un qui parlait le même langage que moi, quelqu'un qui s'intéressait aux mêmes choses. Comme si je l'avais toujours connu. »

Elle m'a expliqué qu'elle voulait pas faire de peine à Larry, mais quand elle est revenue du colloque, tout ce qu'il faisait lui tapait sur les nerfs brusquement, comme des ongles qui grincent sur un tableau noir. Ses pantalons trop courts. Ses poils dans les oreilles. Sa sale manie de laisser ses chaussettes sales sur le canapé. Il passait son temps affalé devant la télé, sans rien faire. Et il avait grossi. « Les poignées d'amour », il appelait ça. Suzanne, elle, elle appelait ça de la graisse.

« C'est affreux, elle disait, quand quelqu'un est amoureux fou de vous, et vous n'avez même pas envie qu'il vous touche. Chaque soir, je lui dis que je ne suis pas d'humeur. Mais en vérité, je crois que je n'aurai plus jamais envie de faire l'amour avec lui. Et le plus terrible, c'est qu'il ne se met même pas en colère. Il est comme un chien qui me suit partout en bavant. »

Même si Walter, son chien, il ne bavait jamais, elle a ajouté. Mais Walter c'était une exception.

HAL BRADY

Pour être franc, je ne me serais jamais souvenu d'elle si vous n'étiez pas venu me poser ces questions. Dans mon métier, j'assiste à un tas de colloques. Et j'ai rencontré tellement de jeunes femmes comme elle qu'elles finissent par toutes se mélanger : des filles relativement mignonnes, relativement intelligentes, qui veulent toutes devenir Barbara Walters. Prenez l'exemple de cette… comment s'appelle-t-elle ? Fawn Hall. Barbara l'interroge au sujet de ses rapports avec Oliver North. Et soudain, Barbara lui demande ce qu'elle voudrait faire dans la vie maintenant. Et que répond cette Fawn Hall ? « Je voudrais faire un métier comme le vôtre, Barbara. » Évidemment. Nous en sommes arrivés au point où cette femme est plus riche et plus célèbre que la plupart des gens qu'elle interviewe. Dans le temps, les gamins voulaient devenir cow-boys ou stars de cinéma, pompiers, ballerines. Aujourd'hui, c'est « présentateur de télé ».

Cette fille-là – vous dites qu'elle s'appelle Suzanne ? – était peut-être un peu plus motivée que la moyenne, un peu plus avide. Difficile à dire, il y en avait plusieurs dans le même genre qui traînaient dans le hall du Marriott, ce week-end-là. Des filles en costumes d'hommes avec leurs cassettes vidéo dans leur attaché-case ; et vous les sentez prêtes à vous refiler la clé de leur chambre sans hésiter pour avoir la chance peut-être de dégoter un job – n'importe lequel –, sur n'importe quelle chaîne. Mais à quoi bon en profiter ?

Je vais être honnête avec vous : je ne me suis pas toujours comporté en boy-scout pendant ces colloques. Ma femme et moi… nous vivons chacun notre vie depuis plusieurs années déjà, et nous avons pris l'habitude de fermer les yeux. Et ce ne sont pas des discours ampoulés sur les liens sacrés du mariage qui m'empêcheront de tirer un coup vite fait avec une fille comme votre Suzanne Maretto. C'est une sorte d'apathie générale. Plus que l'apathie, de la lassitude, en fait.

Comprenez-moi bien, elles sont séduisantes. Elles savent même s'y prendre, elles sont capables de vous glisser la langue dans l'oreille et de plaquer la main sur votre pantalon pour vous donner suffisamment envie. Elles savent comment vous regarder, avec une sorte d'expression vide, la bouche entrouverte, les lèvres humides… comme si elles étaient tellement transportées par votre magnétisme et votre pouvoir sur elles, qu'elles en deviennent de vraies bêtes de sexe. Elles ont le souffle rauque, elles font de petits bruits comme si elles étaient incapables de parler, incapables de penser même. On dirait qu'elles ont plus d'orgasmes en une demi-heure que j'ai de coupures publicitaires pendant mes films. Et elles sont douées ; elles ont lu des bouquins sur le sujet, des magazines. La dernière fille qui m'a fait monter dans sa chambre durant un de ces colloques avait une bouteille de crème de menthe à côté de son lit ; elle en a avalé une rasade avant de me faire une fellation. C'était une sensation unique, je le reconnais.

Mais en réalité, ces filles jouent la comédie, rien d'autre. Elles passent une audition, comme si elles étaient dans un studio, devant deux caméras, pendant qu'un type leur indique leurs répliques sur un panneau. Attention, je ne peux pas dire que je n'ai pas apprécié le numéro de temps en temps, mais franchement, on s'en lasse vite. Il ne me reste pas beaucoup de choses à découvrir, et les choses que je ne connais pas encore, je n'en ai pas besoin. Quant à Suzanne Maretto avec son tailleur bon marché et son soutien-gorge provocant – je ne m'en souviens pas, mais je devine –, c'était encore une novice. Il y a dans ce métier des filles qui pourraient dire à Suzanne Maretto d'auditionner pour « L'île aux enfants ». Et *elles non plus*, je ne les engage pas.

JOE MARETTO

Je ne sais pas ce qui s'est passé pendant ce colloque sur la télé auquel a assisté Suzanne, cet hiver, mais je peux vous dire une chose : ce n'était plus la même quand elle est revenue. Du jour au lendemain, plus rien ne semblait lui convenir dans sa vie. Personne n'était assez bien pour elle. Rien de ce qu'on faisait ne lui plaisait.

Je me souviens qu'ils sont venus dîner à la maison tous les deux, mon fils et elle, le lendemain ou le surlendemain de son retour. La voilà qui s'extasie sur le vin qu'ils leur ont servi au banquet. Pas le genre de truc qu'Angela et moi on sert au restaurant. Non, un vin chic à ce qu'il paraît. Quel genre de vin ? En tout cas, c'était cher, et c'était meilleur.

Et après, la viande ! Vous n'avez jamais rien mangé d'aussi bon, dit-elle. Le tout servi non pas sur quelques feuilles de laitue, mais sur un lit d'endives. Est-ce qu'on avait déjà entendu parler de ça ? Elle s'adresse à un gars qui tient un restaurant depuis vingt ans et elle veut savoir si je connais les endives, comme si c'était une invention qui venait de Mansfield.

Et tous les exposés auxquels elle a assisté. Maintenant, elle se rend compte qu'elle travaille pour une chaîne minable. Les éclairages, les caméras, tout semble dater du Moyen Âge.

Elle a rencontré cette présentatrice, Stacy Machin-chose. Stacy ou Casey, qui s'en souvient ? Enfin bref, à entendre Suzanne, on dirait que cette femme a décroché la lune, et plusieurs petites planètes. Toute la soirée on a eu droit à « Stacy dit ceci », « Stacy dit cela». Angela et moi, on s'est retrouvés tous les deux dans la cuisine, au moment du café, et elle m'a dit (ma femme n'a pas l'habitude de parler vulgairement, mais elle sait dire sa façon de penser de temps en temps), elle m'a dit : «Tu vas voir, bientôt on va apprendre que cette Stacy pisse du champagne et chie des lingots d'or.»

Mais ce n'est pas ça qui nous a vraiment énervés. Toutes ces balivernes sur les gens de la télévision, presque des saints à l'entendre, on pouvait en rire. Non, ce qui nous a fait mal, c'est la façon dont elle traitait notre fils. Elle n'arrêtait pas de le critiquer. Elle faisait le compte des calories de chaque bouchée qu'il avalait, en lui jetant un regard noir. «Ton pantalon est trop court, Larry, dit-elle. Et il faut que tu jettes cette chemise en polyester. Ça fait minable. D'ailleurs, tu es un peu boudiné dedans.»

«Vous ne croyez pas que Larry serait bien avec la barbe? elle demande à Angela.

– Moi je trouve qu'il est très mignon comme ça, répond Angela.

– Oh oui, bien sûr, dit notre belle-fille. Seulement, il commence à avoir un double menton, et une barbe ça le cacherait.»

Je vois qu'Angela est sur le point de perdre son calme mais je lui fais signe de ne pas s'en mêler. Cela regarde uniquement Larry.

Mais Larry, lui, il se laisse faire. Il ne réplique pas. Il ne dit jamais un mot.

«Oui, je pourrais essayer, dit-il. Du moment que tu n'as rien contre les baisers qui piquent.» Et il frotte son visage contre elle, comme un gros nounours.

«Pas maintenant, Larry», elle lui dit. Croyez-moi, elle était plus affectueuse avec son chien.

LYDIA MERTZ

On était encore chez Suzanne, ce jour-là. On en était arrivées à un stade où j'étais plus souvent là-bas qu'à la maison. Larry était toujours au travail, et Suzanne et moi on était devenues des amies intimes.

On se faisait les ongles. Ou plutôt, elle me faisait les ongles. Et tout à coup, elle pose la lime, elle me regarde et elle demande : « Tu le trouves mignon, Jimmy Emmet ? »

Là, j'ai été prise au dépourvu. La vérité, c'est que j'en pinçais pour Jimmy Emmet. D'accord, y avait des gars mieux foutus que lui, et un tas de gars plus recherchés. Mais lui, il avait un visage doux. Pendant les cours d'histoire, j'étais assise derrière lui, et je regardais toujours ses cheveux. Il avait une mèche rebelle sur le front, et moi je mourais d'envie de tendre le bras pour l'aplatir. Et il avait de beaux yeux marron, avec de grands cils, presque comme une fille. Des yeux tristes, sensibles aussi.

« J'en sais rien, moi ! j'ai répondu. Je me suis jamais posé la question de savoir s'il était mignon ou pas. Ouais, il est pas vilain. Pourquoi ?

– Je crois que je suis en train de tomber amoureuse de lui », elle me dit. Comme ça, direct.

« Bon Dieu, je fais. Et qu'est-ce que tu vas faire ? »

C'était une situation sans issue, elle me dit. Quand deux personnes sont faites pour être ensemble, mais que c'est pas possible. Elle avait épousé Larry en croyant épouser un batteur de rock romantique, et elle se retrouvait avec un type encroûté, obsédé par son boulot, dont le seul rêve était d'entrer au country club comme son papa et de transformer son épouse en mère au foyer. Ils devaient avoir une vie excitante, aller à des concerts, dans des soirées et ainsi de suite ; et lui, tout ce qu'il voulait maintenant, c'était rester tranquillement à la maison avec une bande de gamins braillards. Alors que Jimmy, lui, il l'aime pour elle-même. Jimmy, c'est un garçon fougueux et excitant. Dangereux aussi. Un peu dans le genre Bonnie et Clyde, un truc comme ça. Elle sait bien qu'il est encore jeune. Elle sait que c'est fou. Mais il y a la passion entre eux. Elle ne lui a pas encore avoué ce qu'elle ressentait, mais elle est certaine qu'il ressent la même chose. C'est comme un courant électrique. Ça se sent.

« J'arrive pas à y croire, je lui dis. J'arrive pas à y croire. »

Elle m'a demandé si je me doutais de quelque chose. Non, j'ai dit. Rien du tout.

« Et les autres ? » elle m'a demandé. Elle pensait certainement qu'un tas de gens parlaient d'elle, de tous les deux. Elle était morte de trouille à l'idée que le principal du lycée l'apprenne. Ou bien son boss à la télé. Ça arriverait ensuite aux oreilles de ses parents, des parents de Larry, puis de Larry. Et après, tout serait chamboulé. Elle voulait savoir ce que j'en pensais, ce que disaient les gens. Et comment elle devait réagir à mon avis ?

« Personne ne parle de toi », je lui ai dit. Moi, je disais ça pour qu'elle se sente soulagée. Mais, bizarrement, je crois que ça ne lui a pas fait plaisir.

II

LYDIA MERTZ

Mon vrai père, il a foutu le camp avant ma naissance. Ma mère me parle pratiquement jamais de lui, et moi, je pose pas de questions. « T'as hérité de ses oreilles », qu'elle me dit. Elles sont décollées.

Quand j'étais petite, on vivait dans un appartement au-dessus de chez mes grands-parents, Bubby et Pops. Maman travaillait à l'usine de papier, dans l'équipe de nuit, et le reste du temps, fallait qu'elle se repose. Alors, c'étaient surtout Bubby et Pops qui s'occupaient de moi.

Bubby, elle était méchante. Quand vous faisiez pipi au lit, elle vous obligeait à dormir dedans. À cause de ses varices, elle se déplaçait pas beaucoup, mais elle avait un petit pistolet à eau qu'elle remplissait d'ammoniaque. Si je touchais quelque chose que j'avais pas le droit de toucher – pfft ! – elle me tirait dessus. Et elle savait viser, la vache ! À tous les coups ou presque je recevais le jet dans l'œil.

Pops, lui, il était gentil. Il avait peur de Bubby lui aussi, et il était obligé de se planquer quand il voulait me dire quelque chose. Il m'a appris à jouer au poker. « Pour sûr qu'elle sera douée pour ce jeu, une petite menteuse comme elle », disait Bubby.

J'ai toujours rêvé d'avoir une boîte de peinture. À l'école, vous aviez droit à trois couleurs seulement, fallait toujours les partager mais, les autres élèves, ils oubliaient de rincer leurs pinceaux en passant du noir au jaune par exemple. Et à la fin, les couleurs devenaient dégueulasses. Moi, je faisais attention avec mon pinceau, et j'essayais de montrer aux autres comment faire, pour que nos couleurs restent belles, mais ils s'en foutaient. Ils mélangeaient toutes les couleurs, et au bout d'un moment ça ressemblait à du vomi. La maîtresse, ça la rendait furieuse et elle nous laissait jamais utiliser les super belles couleurs comme le rose fuchsia ou le violet.

Pour mes sept ans, Pops m'a acheté une boîte de gouaches. Avec toutes les couleurs de l'arc-en-ciel, et tellement de pinceaux qu'on n'était pas obligé de laver toujours le même pour utiliser une autre couleur. Ça a été mon plus chouette anniversaire.

Je faisais très attention avec mes peintures. Je peignais seulement des petits dessins, pour qu'elles durent plus longtemps. Quand il fallait couvrir des grandes surfaces comme le ciel ou l'herbe, je mélangeais avec beaucoup d'eau, pour pas tout utiliser. J'avais fait un dessin de Pops, je m'en souviens. Dans la vie, il marchait avec une canne, mais je l'avais dessiné sur un cheval, avec un lasso à la main. Pour moi, c'était un héros.

Une autre fois, j'ai voulu dessiner toute notre famille. Un grand dessin, même s'il fallait beaucoup de peinture. Je l'avais commencé avant de partir à l'école, alors j'avais laissé mes peintures sur le petit plateau dont je me servais, jusqu'à ce que je rentre dans l'après-midi pour le terminer. C'était si bien parti que je voulais pas le bâcler. J'avais même dessiné Bubby en train de sourire.

Quand je suis rentrée à la maison, mes peintures étaient plus là. Mon dessin, il y était encore, mais plus le plateau avec les peintures. Pops faisait sa sieste, je suppose. Y avait que Bubby assise dans la cuisine, en train d'écouter la radio.

« Où elles sont mes peintures ? je demande. Elles étaient sur la table quand je suis partie à l'école ce matin.

– J'ai bien vu qu'elles traînaient sur la table ! elle me répond. Qu'est-ce que tu voulais que je fasse avec toutes ces saloperies de petits pots qui dégoulinent partout ? Tu crois peut-être que c'est l'atelier du Père Noël ici ?

– Où sont mes peintures ? » je demande. Et soudain, j'ai vu. À la place de mes petits pots, avec le bleu, le vert, le violet et tout ça, il y avait le gros bocal à cornichons sur le comptoir de la cuisine, et il était rempli de cette couleur qu'on dirait du vomi. Mes pinceaux trempaient dans l'eau de Javel. Mais je savais qu'il valait mieux la fermer. Alors je suis montée dans ma chambre sans rien dire, comme faisait Pops.

Après la mort de Pops, Bubby elle est devenue très bizarre, et il a fallu l'emmener à la maison de retraite. C'est comme ça que, maman, elle a rencontré Chester qui était infirmier là-bas. Je savais même pas qu'il existait des infirmières hommes.

Depuis Pops, Chester était la première personne gentille avec moi. Il me promenait dans le fauteuil roulant. Il me donnait les petits pots de confiture en rab. Il m'appelait Princesse.

J'étais vachement contente quand il a commencé à venir à la maison. Pour finir, il était là presque tout le temps, pendant les jours de congé de maman, et il passait la nuit chez nous. Il laissait son rasoir dans la salle de bains. Il avait même rapporté son rocking-chair pour regarder la télé, et son perroquet qui avait vingt-cinq ans environ et qui s'appelait Mouchard. Mouchard n'avait pas de cage, il restait perché sur le dossier du rocking-chair, il mangeait des graines dans le bol que lui tendait Chester, et il laissait tomber les détritus par terre. Mais je m'en foutais, je ramassais tout avec l'aspirateur comme si Bubby était encore là pour me surveiller.

Je me disais qu'on allait peut-être devenir enfin une famille heureuse. Moi, maman et Chester, et Mouchard. Des fois, on allait au ciné, et même au bowling. Le samedi, on allait toujours manger une pizza, comme une vraie famille. Des fois la nuit, quand maman rentrait du travail, j'entendais leur lit escamotable cogner contre le mur. Tant mieux, je me disais. Il va rester avec nous.

Un soir que je sortais de la douche enveloppée dans ma serviette, Chester s'est approché de moi. Maman était partie à l'usine évidemment, et on était seuls, Chester et moi.

« Viens, qu'il me dit. Je vais te sécher les cheveux.

– C'est pas la peine, j'ai un sèche-cheveux.

– Faut faire gaffe avec ces machins-là, il me dit. Ça te brûle le bout des cheveux. » Ça me plaisait pas trop. J'avais onze ans, douze peut-être. Je commençais à me développer. On se sent mal à l'aise, à cet âge-là.

« J'ai l'habitude avec les vieilles de la maison de retraite, il me dit. Je leur masse le cuir chevelu, ça stimule la circulation sanguine. Pour elles, c'est le grand frisson de la semaine. » En disant cela, il défait la serviette enroulée autour de ma tête et il enfouit ses mains dans mes cheveux. C'est si agréable que j'en oublie presque où je suis. La radio est allumée. Chester écoutait toujours cette station où ils passent que de la polka.

« Tu as des cheveux magnifiques, il me dit. J'aime bien tes taches de rousseur aussi. Et tu commences à avoir un joli corps. » Il me baratinait, je le savais bien. « Je suis grosse, je réponds.

– Moi, j'aime les femmes moelleuses comme un oreiller, il me dit. Quand je suis sur ta mère, j'ai l'impression d'être couché sur un tas d'os. »

À partir de ce moment-là, c'était comme si je regardais un truc à la télé, c'était plus ma vie. Chester commence à me masser le cou, puis les épaules. Il me retire mes lunettes. Après ça, il fait glisser la serviette sur mes épaules et je sens ses doigts qui descendent dans mon dos. « Fais-moi voir tes petits nichons », qu'il me dit. Je me retourne pour lui montrer.

Il me dit que je suis belle. Toute la journée à la maison de retraite, il frotte des vieux corps tout secs et ratatinés, il me dit. « Tu es mon petit fruit frais. J'ai envie de te dévorer. » Et voilà qu'il se met à me lécher, en faisant des petits bruits avec sa bouche. Je vois la bave qui coule sur mon ventre. Et je me demande si papa Brady a jamais fait une chose pareille. J'ai du mal à croire que les filles Brady laisseraient quelqu'un fourrer son doigt à l'intérieur d'elles. Je peux pas m'imaginer Mme Brady laissant son mari lui mettre le machin dans la bouche. D'un autre côté, j'aurais jamais cru que Chester puisse faire ça, lui non plus. Finalement, qui sait tout ce qui se passe quand personne regarde ?

Ça a duré le temps d'une polka. Moins longtemps, même. Une fois terminé, il a remonté son pantalon et il m'a tendu la serviette. « Je t'apporterai du baume à la noix de coco qu'on utilise à la maison de retraite, il me dit. Pour la prochaine fois. Ça sent super bon. »

À ce moment-là, j'ai remarqué Mouchard assis sur le dossier du fauteuil comme toujours, qui me jetait un regard noir. « Encore heureux qu'il parle pas, hein ? » a dit Chester.

Moi non plus, j'ai jamais rien dit. Pendant trois ans et demi, il a recommencé, les soirs où maman travaillait. J'ai jamais rien dit. Même quand il a fichu le camp, je pouvais pas dire à ma mère que c'était un bon débarras. Qu'on était mieux sans lui. J'ai simplement dit : « Je regretterai pas ce fichu perroquet. »

JIMMY EMMET

Ce jour-là, elle est venue vers moi dans le hall. Je prenais quelques trucs dans mon vestiaire, avant de sortir fumer un petit joint, quand soudain je me retourne et je vois Mme Maretto devant moi. « J'ai une super idée, qu'elle me dit. Mon mari s'est absenté pour son travail et je n'ai rien à faire ce soir. Ça te dirait de m'emmener chez ce tatoueur dont tu m'as parlé à Little Paradise Beach ? »

Je comprenais rien à ce qui se passait. Tout ça me paraissait tellement dingue que j'ai éclaté de rire. « Vous plaisantez ? » je lui ai dit. Un truc qu'il faut dire sur Mme Maretto, c'est qu'elle était pas du genre à faire des blagues. Je crois même que je l'ai jamais vue sourire.

« J'ai pensé que ça pourrait être intéressant », elle me répond. Elle se disait qu'elle pourrait peut-être réaliser un reportage ou appelez ça comme vous voulez, sur le métier de tatoueur. « Si on allait y faire un tour, juste pour jeter un coup d'œil, elle dit. Sans emporter de caméra ni rien. Juste pour saisir l'ambiance, tu vois. » En plus, elle adorait les fêtes foraines, elle me dit. Peut-être que je pourrais lui gagner un de ces petits chiens en peluche.

Moi, je réponds que je sais pas trop. Si cette fille était pas une vedette de la télé, je croirais qu'elle a carrément envie de baiser avec moi. Mais elle est mariée, et c'est une vieille. Super mignonne en plus, qu'est-ce qu'elle me veut ?

On y a été quand même. Moi j'étais assis à la place du passager, et j'écoutais sa foutue cassette d'Aerosmith. Elle mâchait du chewing-gum en tapant sur le volant. C'était la même scène qui recommençait. La même musique. Et moi qui bandais encore. Seulement cette fois, on allait à la plage. Elle gare la bagnole et on marche vers les planches, tous les deux. Putain, qu'est-ce que je fous ici ? je me dis. C'est génial, le truc dont vous avez toujours rêvé, mais le jour où ça se réalise, vous avez une sacrée trouille.

On a fait quelques tours d'autos-tamponneuses. Elle a acheté de la barbe à papa, qu'on a partagée. Hé, on s'est même fait photographier dans une de ces cabines où on s'assoit et on fait des grimaces, trois photos pour un dollar. Ça ressemble à une cabine téléphonique, en plus étroit, et pour finir, elle se retrouve assise sur mes genoux. Sur une des photos, elle a levé deux doigts derrière ma tête, pour me faire comme des cornes, vous voyez ? Et tout à coup, voilà qu'elle m'embrasse. Juste au moment où le flash se déclenche.

« J'adore ce genre d'endroits, elle me dit. Ça donne envie de faire des folies. Comme si on avait de nouveau seize ans. »

Seize ans, c'est mon âge.

Après ce qui venait de se passer, on pensait tous les deux à la même chose, ça se sentait, mais personne disait rien. Elle a acheté des beignets. Moi, j'ai lancé des fléchettes pour essayer de lui gagner un poster de David Lee Roth ou de Van Halen, mais j'avais la tête tellement à l'envers que j'ai tout loupé.

« Je parie que tu ne me crois pas capable de me faire tatouer, elle me dit. Tu penses que je ne suis pas chiche, hein ? »

Putain, moi j'avais plus qu'une seule envie : foutre le camp d'ici. J'avais la trouille.

« Vous savez, y a des tatouages qui s'en vont avec de l'eau au bout de quelques jours, je lui dis. Vous pourriez faire ça.

– Non », elle me répond. Elle parle d'un vrai tatouage. Comme Motley Crüe, mais en plus féminin.

« Ça fait mal, vous savez, je lui dis. Ils vous font croire que non, mais c'est pas vrai. »

Elle me raconte qu'elle a été opérée un jour, et on lui a dit qu'elle avait un seuil de tolérance à la douleur très élevé. Elle rigole bêtement, comme si elle était ivre. Mais elle a rien bu.

On va vers la boutique de tatouage, au bout de la plage. Y a personne d'autre avant nous, alors y a cette bonne femme qui s'avance et qui nous demande : « Vous désirez ? » Et Mme Maretto elle dit : « Je veux cette rose-là.

– Pas de problème, répond la nana. C'est un modèle très demandé par les femmes. Vingt-cinq dollars.

– Attends-moi ici », elle me dit. Alors moi j'attends. Pourtant, je vais vous dire, j'avais sacrément envie de me barrer. Mais je l'ai pas fait. Hé, où vous vouliez que j'aille ?

Au bout de vingt minutes environ, la voilà qui ressort. On dirait qu'elle a perdu sa bonne humeur, et on voit bien qu'elle a mal. Elle paye la bonne femme. « Ça y est, elle dit. C'est fait.

– Génial ! » je réponds, sachant que c'est ce qu'elle a envie d'entendre. Et on repart, vers la plage.

« Tu veux le voir ? elle me demande.

– Euh… oui, je dis.

– D'accord. » On descend l'escalier en bois jusqu'à cet endroit sur la plage où y a personne, juste quelques vieilles salles de jeux fermées et deux ou trois gamins qui courent sur le sable. J'ai l'impression de rêver.

Elle ouvre sa chemise. Dessous, elle porte un petit soutien-gorge rose en dentelle. Elle a pas beaucoup de seins. On dirait presque une gamine.

Elle tire sur son soutien-gorge, et on aperçoit presque le bout de son nichon. Je la vois : une rose, comme elle avait choisi. « Et alors ? elle me demande. Tu n'as pas envie de me baiser ? »

SUZANNE MARETTO

Je sais bien que vous vous posez des questions au sujet de ce tatouage. D'accord, je vais vous expliquer. C'est la chose la plus stupide que j'aie jamais faite. Mais il y a une explication.

Comme vous le savez, je travaillais avec ces jeunes pour mon projet de reportage. Russell était une véritable bête, il n'y a pas d'autre mot pour le qualifier. Jimmy, en revanche, possédait certaines qualités. Un jour, il m'a annoncé qu'il ne voulait plus continuer. Il avait décidé de quitter le groupe.

Ça ne le « branchait » pas, disait-il, de rester assis sur une chaise à discuter dans le vide. À vrai dire, avec ce que je sais sur les principes d'éducation, je pouvais comprendre sa réaction. Il faut savoir se mettre sur la même longueur d'ondes qu'eux, vous saisissez ? C'est comme ces professeurs qui passent un disque de Bruce Springsteen en classe d'anglais ; pour intéresser les élèves avec une chose qui leur soit familière. J'essayais de procéder de la même façon.

Alors, je lui ai demandé : « Qu'est-ce que tu aimerais faire ? »

Bien sûr, il ne savait pas quoi répondre. Pour obtenir quelque chose de ces jeunes, il faut vraiment le leur arracher de force. Soit dit en passant, j'imagine que la police a dû en faire autant. Jimmy n'est pas ce qu'on pourrait appeler une personne très communicative.

Malgré tout, je n'ai pas baissé les bras. « Qu'est-ce que tu aimes faire durant tes moments de loisir ? je lui ai demandé. Où es-tu allé samedi, par exemple ? Parle-moi un peu de tes activités extrascolaires. » Bien sûr, je ne m'attendais pas à un grand débat de fond ;

j'étais prête à prendre n'importe quelle idiotie et à me débrouiller avec.

« J'ai été à Little Paradise Beach pour me faire tatouer », m'a-t-il répondu. Il m'a expliqué qu'il avait déjà un tatouage, mais samedi, il était allé en faire un autre. Il me l'a montré. Un serpent sur un bras. Une tête de mort sur l'autre. Il en profitait pour gonfler ses muscles et m'impressionner. Il était facile de deviner ce qu'il avait en tête, mais je faisais comme si de rien n'était. J'essayais simplement d'établir un contact sur la base professeur-élève. Pour comprendre ce qui le « branchait », pour reprendre son expression, et tenter de lui venir en aide.

Je lui ai dit que je trouvais cela très intéressant, que c'était le thème idéal pour un court sujet dans le cadre de notre journal télévisé. Un reportage sur l'industrie du tatouage, vous voyez ? Vous pouviez interroger les gens qui se font tatouer, savoir quelles étaient leurs motivations, interroger ensuite le tatoueur ou l'artiste, appelez ça comme vous voulez, sur sa technique de travail. Est-ce douloureux ? Est-ce dangereux ? Quel est le tatouage le plus original qu'on lui ait jamais demandé de réaliser ? Franchement, plus j'y pensais, plus ça me semblait un très bon sujet.

Mais James, lui, il avait d'autres pensées en tête. Il me posait des questions du genre : « Est-ce que les tatouages m'excitent ? Mon mari avait-il un beau corps ? » Voyez-vous, si j'ai commis une erreur, c'est de trop chercher à le mettre à l'aise, au lieu de veiller à nous protéger, mon mari et moi. Mais j'étais idéaliste, vous le savez bien. Ces adolescents ont grandi dans un milieu très dur. Et je me disais que, si je pouvais utiliser mon savoir-faire pour sauver l'un d'eux, alors j'aurais au moins servi à quelque chose sur terre. Voilà pourquoi je faisais semblant de ne pas comprendre ses allusions. Je me concentrais sur mon reportage.

« Écoute, je lui ai dit. Si on allait faire un tour à Little Paradise un après-midi, histoire de capter l'atmosphère ? Pas la peine d'emporter une caméra, ni rien. » Ce serait juste de la prospection, pour commencer. Et pour le convaincre, j'ai promis de l'inviter à manger un hamburger une fois là-bas. Après tout, je ne serais pas la première journaliste à offrir un hamburger à un adolescent.

Visiblement, il était très intéressé. D'accord, m'a-t-il dit. Il était libre cet après-midi-là. Et il se trouve que Larry était parti visiter une exposition de fournitures pour restaurants. Parfait, ai-je dit. On n'avait qu'à prendre ma voiture. C'est comme ça que tout a débuté.

Une fois arrivés à la plage, il a commencé à s'arrêter devant tous les jeux et ainsi de suite. Est-ce que je ne voulais pas lancer des fléchettes ? Et si on faisait quelques petites parties de jeux vidéo ? Il a même essayé de m'offrir un T-shirt à franges avec Harley-Davidson marqué dessus. Mais moi, je ne prêtais pas attention à tout ça. Pour finir, on est arrivés devant ce petit fast-food. Il a pris un cheeseburger. Moi, j'ai commandé une salade et une bière. J'ai eu tort.

J'aurais dû me méfier. Je n'ai pas l'habitude de boire. En plus, je n'aime pas la bière. Un seul verre et j'ai déjà envie de vomir. Mais je voulais lui donner l'impression que j'étais… comment dire, quelqu'un de normal. Quelqu'un qui lui ressemblait.

Finalement, je crois que j'ai bu deux ou trois bières avec lui, et ça m'a fait l'effet d'un coup de massue, d'autant que je n'avais presque rien mangé. Quoi qu'il en soit, je ne me rappelle quasiment plus ce qui s'est passé ensuite, je sais seulement que j'étais totalement ivre. Je ne suis pas très fière de moi. Mais vous savez, je ne pèse que cinquante kilos. Il n'en faut pas beaucoup pour me soûler. Bref, sans même comprendre ce qui s'était passé, voilà que je ressors de chez le tatoueur, et je découvre avec horreur ce tatouage. Sur le sein. C'est la chose la plus affreuse et ridicule qui pouvait m'arriver. Mais que voulez-vous faire ? C'est trop tard. Je peux toujours me consoler en me disant que c'est une rose, et pas une tête de mort comme la sienne.

Ensuite, je crois qu'il m'a raccompagnée à la maison avec ma voiture. Je ne me souviens plus très bien du trajet non plus ; je me revois lui disant au revoir et lui expliquant qu'il allait devoir se débrouiller pour rentrer à pied jusque chez lui. Bien sûr, je ne l'ai pas laissé entrer chez nous. À ce moment-là, j'avais envie de vomir. J'étais écœurée dans tous les sens du terme. Je n'ai jamais passé une nuit aussi épouvantable. Je ne parle pas de la fois où j'ai découvert Larry.

Mais en fait, mes ennuis ne faisaient que commencer. Déjà, j'ai dû expliquer la présence de ce tatouage à Larry. Il l'a très bien pris, heureusement. Il savait qu'il n'avait aucune raison de ne pas me faire confiance. Nous étions tellement amoureux l'un de l'autre. Il trouvait au contraire cette histoire amusante. « Mon épouse, la femme tatouée », disait-il pour me taquiner. Il disait que, si je quittais mon poste à la télé un jour, je pourrais toujours me faire embaucher à la fête foraine.

Le plus affreux, c'est que Jimmy n'a cessé de me harceler après cette nuit-là. Il s'était mis dans la tête cette idée folle que j'avais des vues sur lui, et pas moyen de lui faire entendre raison. Dans son esprit dépravé, nous n'étions pas allés à Little Paradise Beach pour un reportage. Nous y étions allés en amoureux, vous imaginez un peu ? Il débarquait sans cesse à la maison, pour me voir ; quand je n'étais pas là, il laissait des messages. Je n'oserais même pas vous répéter ce que disaient certains. Il me téléphonait, même très tard. Je le voyais passer devant chez nous en voiture avec Russell, à n'importe quelle heure. Le matin, quand j'arrivais au travail, il m'attendait sur le parking pour me lancer des remarques obscènes, naturellement. Bien entendu, le plus horrible, c'est qu'il était au courant de l'existence du tatouage, il savait où je l'avais fait faire et ainsi de suite. Et je savais bien que si je prévenais la police – ce que j'avais bien envie de faire – tout le monde apprendrait que j'avais un tatouage. Vous imaginez ma réputation ?

J'étais coincée. C'est évident, la seule personne à qui je pouvais me confier, c'était Larry, car c'était mon mari, mais aussi mon meilleur ami. Le connaissant, j'imagine maintenant quelle a dû être sa réaction, bien qu'il ne m'en ait jamais parlé. Je suppose qu'il a appelé Jimmy pour lui conseiller de ne plus approcher sa femme. Du Larry tout craché, ça.

Hélas, Jimmy était littéralement obsédé par moi. C'était plus fort que lui. Il s'était persuadé que la seule chose qui se dressait sur son chemin, la seule chose qui l'empêchait de m'avoir, c'était Larry. Naturellement, pour un individu habitué à régler tous les problèmes par la violence, la solution s'imposait d'emblée. Il devait tuer Larry. En faisant croire à un cambriolage. S'il se faisait prendre, il dirait à la police que l'idée venait de moi, car il s'était mis dans la tête que j'étais amoureuse de lui.

Soyons réalistes. Que ferais-je avec quelqu'un comme lui sur les bras ? Je viens d'une famille respectable. J'avais un bon travail. J'avais Larry. Nous avions toute la vie devant nous. Un avenir doré.

Vous vous êtes déjà approché de Jimmy ? Il est peut-être mignon dans son genre, mais vous savez ce qu'il sent ? Les coquillages crevés.

JIMMY EMMET

J'ai jamais parlé de ça à personne. Tout le monde croyait que j'étais un vrai dur. J'étais le pote de Russell et ainsi de suite. Ce mec avait eu un gamin alors qu'il avait pas encore quinze ans. Alors, les gens s'imaginaient que je devais être comme lui. Le super baiseur. En fait, c'était la première fille que je me sois faite. Et la seule.

Ce truc, vous y pensez tout le temps. Partout où vous allez, vous pensez qu'à ça. Russ et moi, on s'asseyait sur la plage, on fumait, on regardait passer les gonzesses et on disait des conneries du genre : « Tiens, peut-être que je vais me taper celle-là. – Ah ouais, je répondais, je me ferais bien une bonne petite chatte bien mouillée. » La frime, quoi. Des fois, je montrais une fille du doigt, en disant : « Je crois que je me la suis faite un jour celle-là, à Little Paradise, derrière la jetée. Ah, si t'avais entendu comme elle gueulait pour en réclamer encore. » Et Russ qui répond qu'il l'a peut-être baisée lui aussi, avec une copine, toutes les deux ensemble. Il a du mal à se rappeler. Aujourd'hui, je me demande ce qu'il avait inventé dans tout ça. Mais à l'époque, j'aurais jamais pensé qu'il pouvait me baratiner, comme moi je le baratinais.

Putain, vous en arrivez à un point où à force de raconter que vous baisez tout le temps, sans jamais baiser, vous avez la trouille que ça arrive pas. Vous vous branlez vingt fois par jour, et vous pensez qu'à une seule chose : faut que je tire un coup, sinon je vais exploser. Pas moyen de vous concentrer. En cours de mécanique, il suffit que vous enfiliez une vis dans un écrou pour avoir la trique. Vous commencez à croire que vous allez devenir dingue, et vous retrouver dans un asile. « Pourquoi vous êtes ici ? qu'on vous demande. – Bandaison incurable. – Vous abusez de substances prohibées ? – Oui, ma main droite. »

Je me disais que Lydia serait peut-être la bonne. C'est vrai quoi, pas besoin de choisir Miss Amérique. Seulement, une fois que vous avez une réputation, faut assurer. La vérité, c'est que je savais pas par où commencer. Je l'embrasse ou je lui pelote les nichons direct ? Et si j'arrive pas à bander tellement j'ai la trouille ? Et après, vous vous demandez ce qu'il faut faire. Vous restez couché sur elle ou quoi ? Vous êtes censé l'embrasser, lui tendre son soutien-gorge ou faire autre chose ? Et quand vous la croisez dans la rue ensuite, vous faites comme si vous l'aviez jamais baisée, ou alors vous lui sautez dessus pour vous la taper encore une fois ? Bon Dieu, dès que vous commencez à vous poser des questions, c'est un coup à devenir dingue.

Voilà où j'en étais le soir où Mme Maretto m'a montré son tatouage. Sur le moment, j'ai cru que c'était peut-être mon cerveau qui disjonctait à force de penser qu'à ça. Peut-être que j'avais une hallucination, comme mon oncle quand il est ivre. Mais je me suis dit : si je rêve, autant que ce soit un beau rêve. C'est comme ça que j'ai baissé mon froc et que je l'ai baisée.

Oh, la vache, sans cesse je me demandais comment ça serait, mais c'était encore meilleur que ce que j'avais imaginé. Elle avait la peau si douce. Ses cheveux étaient étalés sur le sable comme dans une pub pour un shampooing. J'ai fourré ma langue dans sa bouche et j'ai senti le goût du Tic-Tac qu'elle suçait. Putain, on était tellement intimes que je sentais le goût de son Tic-Tac.

La première fois, ce jour-là, tout ce que je voulais, c'était la pénétrer. Pas le temps de m'intéresser à ses seins. Elle est si chaude et serrée autour de moi, c'est comme si j'étais dans un tunnel, avec des diamants qui scintillent tout autour et aussi des cascades, des étoiles, je sais pas quoi encore. Je la laboure, elle plante ses ongles dans mon dos, et je me dis qu'il y a certainement du bruit là-haut sur les planches, dans les bars, mais moi j'entends rien. Je suis dans un autre monde, avec juste deux personnes, elle et moi. D'un côté, j'ai peur de lui faire mal, elle si petite, si fragile, mais je peux pas m'arrêter. Il faut que je continue. Et tout à coup, je sens que ça va venir, et pendant une fraction de seconde, je me dis : et si je devais encore attendre? mais c'est trop tard, je peux pas me retenir. Bon Dieu, j'explose dans tous les coins, comme si quelqu'un avait dégoupillé une putain de grenade. Tout devient noir, je vois plus qu'une lumière blanche, l'extase. Et après ça, je retombe sur elle. Je peux plus bouger.

Je suppose que c'est différent avec les filles. Une fois que c'est terminé, elle veut que je me relève; moi, j'aimerais bien pouvoir lui grimper dessus encore et recommencer. Mais Mme Maretto, elle est énervée. Elle se relève vite fait, remonte son pantalon, accroche son soutien-gorge; elle vérifie qu'elle a pas perdu une boucle d'oreille.

« Madame Maretto... », je dis. C'est bizarre, je viens de la baiser, et je continue à l'appeler Mme Maretto. Je sais même pas ce que j'ai envie de dire après ça, faut que je lui sorte un truc vachement important pour lui faire comprendre ce que je ressens. Je vois maintenant pourquoi les gens disent des trucs du genre « Je t'aime » ou « Je veux t'épouser ». Peut-être qu'il y a des mots dans le dictionnaire pour expliquer ce qu'on ressent dans un moment pareil, mais moi, je les connais pas.

Elle, elle sait toujours quoi dire. Pendant qu'elle boutonne son chemisier, elle me récite ce qu'elle appelle les règles. Règle numéro un : je ne dois rien dire à personne. Sinon, c'est terminé.

Et ça, ça me fait plaisir, car j'en déduis que tant que je dis rien, on peut recommencer. « Compris, je réponds. Pas de problème. Vous croyez que je suis fou ? » C'est sûr que j'ai fini par en parler à Russell, mais comme je vous disais, juste après, vous êtes prêt à raconter n'importe quoi. Vous savez pas ce que vous faites.

La deuxième règle, c'était : ne jamais lui téléphoner. « Pas de lézard », je dis. De toute façon, j'ai même pas le téléphone.

Là, elle m'explique que son mari pose un gros problème. Elle sait pas quoi faire avec lui. Il peut devenir très violent, c'est un Italien. Vous savez comment ils sont. Je lui dis de pas s'en faire. Je saurai faire gaffe. Et je peux veiller sur elle aussi. Elle a pas à s'inquiéter, je ferai tout ce qu'elle veut.

La dernière règle, c'était : prendre une douche tous les jours, utiliser du déodorant et faire des bains de bouche. Une personne doit se brosser les dents après chaque repas et se raser chaque jour, qu'elle me dit.

Moi, j'ai besoin de me raser que tous les trois ou quatre jours, mais ça je lui dis pas. C'est d'accord, je lui fais simplement. Après ça, on marche jusqu'à la voiture. Moi, j'ai vachement envie de promener mes mains partout sur elle, ou juste de lui caresser les cheveux. Mais elle marche devant.

RUSSELL HINES

On est en train de fumer un joint dehors comme d'habitude, mais Jimmy ne dit pas un mot. Tout à coup, voilà Susie Q qui se pointe dans sa Datsun, avec son petit air pincé, comme si elle chiait jamais et qu'elle pissait du parfum.

« Tu crois qu'elle écarte les cuisses, des fois ? » que je dis. Une nana coincée comme ça, sûr qu'elle te gèle la queue, si t'essayes de la lui enfiler.

Jimmy, il répond pas. « J'en ai marre de cette connerie de reportage », je dis. C'est vrai, on croyait qu'on pourrait se marrer un peu avec cette conne de Lydia, mais pourquoi se faire chier ? Je trouve que ça en vaut plus la peine.

Jimmy, il dit toujours rien. Alors, je lâche : « On laisse tomber son reportage à la con. On se tire. »

Et lui, il répond non. Il veut pas qu'on laisse tomber. Il veut finir le reportage. Ça l'intéresse, il paraît.

« Hé, tu te fous de ma gueule, mec ? je lui fais. Qu'est-ce que t'as fumé ? T'as viré enfant de chœur ou quoi ?

– Ça n'a rien à voir, il dit. J'aime bien cette fille, voilà tout. On a pas le droit de la laisser tomber. » Hé, vous entendez ça ?

« Je rêve ou quoi ? je lui dis. C'est bien mon pote Jimmy Emmet qui parle comme ça ?

– C'est pas ce que tu crois, qu'il me dit. Et il me raconte qu'il a baisé cette fille la nuit d'avant. « Tu peux pas savoir ce que c'est, il ajoute. C'est comme si t'entrais au paradis. » Je vous jure. Comme si vous entriez au paradis, qu'il me sort !

Au début, j'ai cru qu'il se foutait de ma gueule. « Ouais, c'est ça, je dis. Et moi, je me suis tapé Paula Abdul.

– Je t'assure, c'est la vérité, il me dit. Elle a voulu que je l'emmène à Little Paradise, on s'est fait prendre en photo, elle s'est fait faire un tatouage, et après elle m'a sauté dessus. Tu peux pas savoir. C'est pas comme de se taper une fille banale. Cette nana, c'est comme une star de cinéma ou une danseuse. Mariée et tout. » Et elle l'a choisi, lui.

Moi, je me dis, c'est un coup fourré. Elle essaie de l'embarquer dans une histoire ou je sais pas quoi. Mais ça non plus, ça n'a aucun sens.

« Et alors ? je lui demande. Tu vas recommencer ?

– Obligé, qu'il répond. Il faut que je la possède. » Il est devenu complètement dingue.

À ce moment-là, elle descend de voiture et entre dans l'école ; elle passe devant nous comme toutes les autres fois. Rien d'inhabituel. Sauf que Jimmy, on dirait qu'il va avoir une attaque. « Hé ! il lui lance. On se voit après l'école ?

– Oh, ça m'étonnerait, elle lui répond. Il faut que j'aille interviewer le conseiller d'orientation. » Aussi froide qu'un putain d'iceberg. Jimmy, il reste planté comme un con. Elle agite son cul et pousse la porte.

« Attendez ! il lui crie. Faut qu'on se parle.

– Ça m'a l'air grave, elle lui dit. Quelqu'un est mort ? » Et elle éclate de rire, à sa façon, en balançant ses cheveux sur le côté, et en se mordant la lèvre. Quand elle fait ça, on dirait qu'elle a seize ans. Moi, j'appelle ça une allumeuse.

« J'ai pensé que… » Et il s'arrête en plein milieu de sa phrase, comme s'il savait plus quoi dire.

« Tu as pensé ? elle répond. Hé, on devrait envoyer la nouvelle à toutes les chaînes de télé, hein ?

– Non, je… euh… Il faudrait qu'on parle de certains trucs. Au sujet du reportage et tout ça.

– D'accord, elle dit. Tu n'as qu'à passer chez moi ce soir. » Et elle disparaît. Jimmy, on dirait qu'il a fondu sur place. Vous avez déjà vu un chien qui renifle une chienne en chasse ? Jimmy, il était pareil.

« Et alors ? je lui demande. C'était une affaire au moins ? »

Jimmy me regarde, et je vous jure que ce connard avait les larmes aux yeux. « Tu peux pas comprendre, qu'il me dit. C'est pas seulement une histoire de cul. Je suis amoureux d'elle. Elle s'intéresse à moi. Depuis que je suis né, c'est la première fois que j'ai une chance pareille. »

MARY EMMET

Quand Jimmy a commencé à travailler sur cette idée de reportage pour la télé avec Mme Maretto, j'avoue que j'étais heureuse pour lui. J'aurais dû me douter que ça apporterait que des ennuis, mais il avait l'air si enthousiaste d'un seul coup. Il parlait de prendre des douches, de se raser, d'acheter du gel pour les cheveux, et j'ai compris qu'il y avait une fille là-dessous, mais je croyais que c'était Lydia, la grosse. Un soir, j'ai même attendu qu'il rentre et on s'est assis pour discuter tous les deux. J'avais préparé tout mon petit discours sur la contraception. « Crois-en mon expérience, je lui ai dit. C'est pas drôle d'avoir un gamin à seize ans. » Juste après avoir dit ça, je me suis sentie gênée, à cause que le gamin que j'ai eu à seize ans, c'était lui, mais il a même pas fait attention. Il m'a simplement répondu : « T'en fais pas, maman. Il se passera rien.

– Tout le monde dit ça ! Les jeunes filles croient toujours qu'elles sont protégées par une sorte de magie ou je sais pas quoi. Elles y connaissent rien.

– Ne t'en fais pas, personne se retrouvera en cloque, maman », il m'a dit. Et bien sûr, il avait raison. Mais aujourd'hui, je voudrais tellement que mon seul souci soit de me retrouver grand-mère.

JIMMY EMMET

À partir du jour où on a couché ensemble pour la première fois, j'étais comme un drogué. Fallait que je recommence. Je pensais à elle à chaque minute. Ils auraient pu me prendre pour leurs spots à la con contre la came. Voici votre cerveau. Voici votre cerveau après avoir fait l'amour.

Je me réveillais avec la trique, comme toujours, mais seulement, au lieu de se calmer, ça durait toute la journée.

En me coiffant, je repensais à ses doigts dans mes cheveux, et je me mettais à trembler. J'entendais *Home Sweet Home* à la radio, la chanson qui passait pendant qu'on roulait dans sa voiture, et voilà que je transpirais comme un porc. Je prenais le téléphone et je composais son numéro, puis je raccrochais, je décrochais encore une fois, je recommençais à faire le numéro. Je raccrochais. Je savais que je devais pas faire ça, mais c'était comme si j'avais la queue en feu, et la seule chose qui pouvait un peu me soulager, c'était d'entendre sa voix. Même quand je marchais simplement dans la rue, je me disais que tout le monde devait savoir ce que j'avais dans le crâne. J'avais lu quelque part qu'il y a une maladie comme ça où vous bandez tout le temps. C'était mon cas.

J'arrive toujours pas à comprendre : c'est un truc tellement bon, que, quand vous en êtes privé, c'est pire que tout ce que vous avez connu. J'avais mal aux couilles. J'avais l'impression que j'allais gerber. Dès que j'ouvrais la bouche pour parler, y a ma voix qui déraillait comme un connard de gamin qui mue.

Toute la journée j'attendais le moment où je pourrais enfin la voir. Mais quand je la voyais enfin, c'était encore pire. La voir sans pouvoir la baiser, vous comprenez ? Voir ses superbes mains douces, avec ses ongles rouges ; je les imaginais qui se plantaient dans mon dos. J'ai jamais compris comment elle faisait pour avoir l'air si calme et décontracté quand je la voyais chez elle ou au Pizza Hut, en sachant comment elle se comportait sur le siège arrière de sa voiture quand on était que tous les deux en train de baiser. Je l'écoutais se racler la gorge discrètement, comme elle le faisait tout le temps, et je la revoyais en train de hurler quand j'étais sur elle. Ses cheveux étaient noués en queue-de-cheval, mais des fois ils caressaient ma poitrine. Les bretelles de son soutien-gorge à peine visibles sous son chemisier. Les petites bosses que faisaient les pointes de ses seins sous certains T-shirts. Comment est-ce que les gens pouvaient continuer à se comporter normalement en voyant ça ? Ils ne remarquaient rien ? Y avait que moi ?

Des fois, je l'attendais près de sa voiture. Appuyé contre le capot, j'allumais un joint, puis un autre. Pour finir, il y avait un tas de mégots par terre autour de moi quand elle arrivait. J'essayais de prendre un air décontracté, genre je passais par là par hasard, mais j'avais les jambes qui tremblaient.

« Alors, on fait quoi ? je lui demandais. On va se balader en bagnole ? »

Dans sa voiture, ça voulait dire. C'était elle qui contrôlait tout. Sa voiture. Sa maison. Moi, j'étais sa marionnette. Elle décidait, j'obéissais.

Elle riait. Elle riait toujours, d'une drôle de façon : le rire sortait de sa bouche, mais ça se voyait pas sur son visage qu'elle riait. « Qu'est-ce que je vais faire de toi, Jimmy ? » elle disait.

À son avis ? « Me baiser, j'espère ! » j'avais envie de lui hurler. « Mettre fin à mes souffrances, comme un chien qui a la rage. » Voilà à peu près dans quel état je me trouvais la plupart du temps.

Alors elle levait la main – elle était si petite, si fragile, sa tête arrivait à hauteur de mon nez à peu près – et elle repoussait une mèche de cheveux devant mes yeux, comme ferait une mère, seulement c'était pas ma mère. « Idiot, va », elle disait. Et moi, je restais planté là, sans savoir quoi dire.

Elle avait toujours un millier de trucs à faire. « Hmm… ça fait deux jours que je suis pas allée au cours d'aérobic. Je suis grosse, je me dégoûte. »

Je lui disais que je pouvais l'attendre si elle voulait. De toute façon, j'avais rien de prévu pour le moment. Ni maintenant, ni plus tard, si vous voulez tout savoir.

« Mais… nous n'avons rien à manger à la maison pour ce soir, elle disait. Il faut que j'aille faire des courses. Larry va me tuer si je lui demande de rapporter encore une pizza. Mon Dieu, qu'est-ce que je vais pouvoir lui servir ? »

Qu'est-ce que vous vouliez que je réponde à ça ? Je connais une super recette ?

« Je pensais qu'on pourrait peut-être aller faire une balade derrière le terrain de camping ? » je disais.

Elle riait encore une fois. « Quelle drôle d'idée ! » Et juste au moment où j'allais me cogner la tête contre le capot de la voiture, elle ouvrait sa portière et me disait de monter de l'autre côté. Elle faisait rugir le moteur et branchait la radio, sans même me regarder. Elle regardait ses cheveux dans le rétroviseur. Elle consultait la liste qu'elle avait toujours sur son tableau de bord, avec toutes les choses qu'elle avait à faire. Passer prendre les chemises de son mari à la teinturerie et ainsi de suite. « J'ai trente-cinq minutes », elle me disait. Elle avait une petite sonnerie sur sa montre qui faisait « bip » quand le temps était écoulé.

Mais trente-cinq minutes, ça me suffisait. J'étais toujours prêt. Mon seul problème, c'était de tenir aussi longtemps au contraire. Et de savoir qu'une fois que ce serait fini, je devrais attendre toute une journée, peut-être même deux, avant de pouvoir recommencer. Parce que dès l'instant où elle me déposait à la station Sunoco, en retournant en ville, avant même que sa voiture tourne au feu, je sentais que ça recommençait. La même sensation de manque. Plus je le faisais, plus j'en avais besoin. J'en avais jamais assez.

SUZANNE MARETTO

Le Lhasa apso est un chien très sensible, très nerveux. Et mon Walter est encore plus sensible que la moyenne, alors vous imaginez. Ce que je peux comprendre, étant moi-même une personne extrêmement sensible.

Je vais vous donner un exemple. C'est assez intime, mais c'est la meilleure façon, il me semble, de vous faire comprendre les sentiments de mon chien adoré. Combien il est facile de le faire souffrir.

Ce matin-là, Larry et moi nous étions couchés dans notre lit, et il avait envie de… enfin, vous voyez, de faire l'amour, quoi. Nous n'avions pas l'habitude de faire ça le matin, à cause de nos journées chargées, mais je suppose qu'il était particulièrement excité ce jour-là.

Walters dormait toujours en bas, dans le petit lit que nous lui avions installé dans la cuisine, mais il aimait bien monter dans notre chambre le matin dès qu'il se réveillait. Il sautait sur le lit, mais ce n'était pas facile pour lui, imaginez un peu, il prenait son élan, il essayait plusieurs fois, jusqu'à ce qu'il y arrive, le pauvre chéri. Ensuite, il venait me lécher le visage et se couchait en boule sur l'oreiller entre nous deux. Sincèrement, je suis obligée de dire qu'il m'a toujours préférée à Larry ; je crois qu'il était un peu jaloux que Larry dorme avec moi, alors que lui était obligé de rester dans la cuisine.

Enfin bref, ce matin-là nous étions en train de faire l'amour, et nous ne l'avons pas entendu arriver dans la chambre. Rétrospectivement, je me dis que les bruits que nous faisions ont dû l'effrayer – attention, je ne dis pas qu'on était dans un film X ou je ne sais quoi – mais bon, vous savez comment ça se passe. Walters a sans doute pensé que Larry me faisait du mal. En courageux petit chien qu'il est, ignorant ses limites, il a sauté sur le lit sans qu'on le voie, jusqu'au moment où Larry a poussé un grand cri de douleur : Walter l'avait mordu. Dans les fesses, si vous voulez tout savoir.

Personnellement, je trouvais ça plutôt amusant. Il ne lui avait pas fait très mal, Larry avait été surpris, surtout. J'ai pris Walter dans mes bras pour le consoler, mais comment expliquer une chose pareille à un chien ? Vous pouvez juste leur répéter que vous les aimez et que vous ne les abandonnerez jamais.

Larry, en revanche, ne semblait pas trouver ça très drôle. Tout le monde ne peut pas comprendre le mode de pensée des chiens, j'imagine. Il se trouve que, moi, je possède une sorte de sixième sens ; je peux m'identifier à eux. Mais sans même prendre la peine de réfléchir, Larry a saisi Walter par la peau du cou et l'a jeté par terre, comme une serviette sale. « Des fois, je me demande si ce chien n'a pas dans l'idée de me liquider pour t'avoir à lui tout seul. »

On a ri de cette plaisanterie, car connaissant Walter il ne ferait jamais une chose pareille. Il a simplement suivi son instinct naturel, j'ai expliqué à Larry. Comme nous tous.

JIMMY EMMET

Son mec devait assister à une sorte de convention ou je sais pas quoi sur la fabrication des pizzas, à Las Vegas. Moi, je me disais qu'on allait pouvoir baiser sept jours sur sept non stop. Mais elle arrêtait pas de trouver des prétextes pour pas qu'on se voie. Un soir, elle devait aller chez sa mère. Ensuite, elle me dit qu'elle doit faire un truc à ses cheveux, je sais pas trop quoi. Vous voyez le genre ? Elle était tranquille, sans son mari, on aurait pu s'envoyer en l'air toute la nuit. Et elle s'occupe de ses cheveux.

Le mercredi, ou le jeudi peut-être, j'en pouvais plus. Je me pointe à son travail, même si elle m'a toujours interdit d'y aller ; j'entre dans son bureau, et je me fous qu'on m'entende. « Il faut qu'on se voie, je dis. J'en peux plus, moi.

– Chut, tais-toi », elle me répond. Mais comme elle sent que je refuse de la fermer, cette fois, elle me dit : « D'accord, allons sur le parking, on pourra parler. »

Je lui ai expliqué que j'avais l'impression d'être manipulé au bout d'un fil, mais le fil, il était serré autour de mes couilles. Je lui ai expliqué que j'avais peur de plus me contenir si ça durait un jour de plus. Je vous l'ai dit, j'étais comme un putain de camé.

« Calme-toi », elle me dit. Et elle me caresse, comme elle le fait si bien, en mettant sa main dans mon cou ; chaque fois, j'ai du mal à respirer et elle le sait. Sa main glisse sur ma chemise, jusqu'à mon tatouage.

« Tu n'as jamais entendu dire que c'était encore meilleur d'attendre ? elle me dit. Pourquoi es-tu si pressé ? Nous avons tout le temps devant nous. »

Je lui réponds que j'ai pas cette impression. C'est comme quand j'étais môme et que j'attendais le Père Noël. Me demandez pas pourquoi, il m'apportait jamais ce que je voulais. Mais quand même, ça m'empêchait de dormir.

Elle a tellement de choses en tête, elle me dit. Elle essaye de terminer notre reportage. Elle s'apprête à aller voir son patron pour lui demander de prolonger le bulletin météo. Et puis, il faut aussi qu'elle s'occupe de ses racines. Les garçons, ils ne comprennent pas, elle dit, et elle rit. Je sais pas pourquoi, mais j'ai l'impression qu'elle se moque de moi.

« D'accord, petit capricieux, elle me dit. Tu peux venir jouer à la maison ce soir. Si tu veux, tu pourras même passer la nuit avec moi. »

C'est une sacrée trotte jusqu'à sa résidence, mais je veux pas que Russell ou quelqu'un d'autre me dépose en voiture et me fasse chier avec des questions. C'est un truc personnel. J'ai pas envie d'en parler. Je veux me concentrer.

J'arrive sur les coups de neuf heures et demie, dix heures. La télé est allumée. Elle regarde une émission de Barbara Walters, en mangeant une pizza. L'invité, c'est Sylvester Stallone. Barbara Walters lui demande pourquoi il change sans cesse de petite amie. Pourquoi est-ce qu'il ne mène pas une vie stable, qu'il ne se marie pas et ce genre de conneries. « Vous savez, Barbara, il répond, on est entouré de super filles. C'est un peu comme choisir un parfum de glace. C'est rudement difficile de se décider. »

Je dis à Mme Maretto que c'est pas mon cas. Moi, je ne veux qu'elle. J'ai besoin de personne d'autre. Je n'en voudrai jamais une autre. Je pourrais passer ma vie à la regarder sans m'en lasser. J'ai pas besoin de baiser avec d'autres filles, maintenant que je baise avec elle.

« Depuis quand tu n'as pas pris de douche, Jimmy ? elle me demande.

– Hier », je lui réponds. En fait, ça remonte certainement à avant-hier. Mais je veux pas me prendre la tête chaque fois pour savoir si je pue ou quoi. Alors je lui demande : « Tu veux que je fasse un saut sous la douche ?

– Bonne idée, elle répond. Comme ça, je pourrai regarder l'interview de Tom Selleck. »

C'est la première fois que je vois une salle de bains comme ça. Vous avez l'impression d'entrer dans un jardin, avec toutes ces odeurs de parfum. Y a même de la moquette par terre à la place du lino. Y a une lumière, quand vous l'allumez, elle devient rouge. En fait, quand vous vous mettez dessous, mouillé, ça vous évite d'avoir froid.

Y a même deux lavabos, un pour lui, un pour elle. À côté de celui du mari, je suppose, il y a de l'après-rasage, du gel pour les cheveux et un tas d'autres trucs. Du déodorant. Après ma douche, je m'en mettrai un peu. Et de l'après-rasage aussi, tiens.

Son lavabo à elle, c'est celui avec les produits de maquillage et tous ces machins. Un tas de petites bouteilles, de brosses, de tubes ; j'aurais jamais cru qu'une nana pouvait se mettre autant de trucs sur la poire. Elle a des bigoudis et un sèche-cheveux, et du parfum pour elle aussi bien sûr. Même son rasoir il est tout mignon. Rose.

J'enlève mon jean et ma chemise. Je me fous sous la douche et je me savonne. Je suis tellement excité que j'ai du mal à me retenir en me lavant la queue ; je pense où je vais la mettre, à ce que Mme Maretto va me faire.

Je ressors, et je me plante sous la lumière rouge pour me sécher, je me fous un peu de truc qui sent bon, j'avale un peu de dentifrice. Accroché au mur, y a un peignoir de bain super moelleux ; comme une serviette. Je l'enfile, et je sors dans le couloir pour voir si elle est montée. Mais j'entends toujours la télé. OK, je me dis, je vais l'attendre là-haut. Sur son lit.

Je me couche. Il y a un numéro de *Sports Illustrated* sur la table de chevet, je le feuillette, mais j'arrive pas à me concentrer. Je me relève, j'ouvre la penderie et je regarde ses robes. Tout est bien rangé, les chaussures sont bien alignées dans les petits casiers. Les ceintures sont suspendues à des trucs exprès. Les cravates aussi. Je vois le chemisier qu'elle portait la première fois où on a fait l'amour, sur la plage. Je le respire.

Il y a des photos partout. Des photos d'elle surtout, mais quelques-unes de lui aussi, et quelques-unes où ils sont ensemble.

Devant le château de Disney World, avec des chiens en peluche dans les bras. Y a une photo d'elle quand elle était petite fille, en tutu de danseuse, avec plein de paillettes sur sa robe.

Je me rallonge sur le lit. En bas, je l'entends qui éteint la télé. Puis je l'entends qui parle. Elle doit être au téléphone avec sa sœur ou une amie. J'arrive pas à saisir ce qu'elle dit. Des fois, elle rit. Elle raccroche enfin. Maintenant, elle doit éteindre les lumières. Puis je l'entends monter l'escalier. J'en peux plus, moi.

Mais elle vient pas directement dans la chambre. Elle va d'abord dans la salle de bains. L'eau qui coule. Elle se brosse les dents, elle prend une douche. Elle reste longtemps.

Au moment où je commence à me demander si elle va venir un jour, elle entre dans la chambre. Elle a enfilé son peignoir avec des fleurs dessus ; il descend jusqu'en bas, mais il est mal attaché, et on voit ses jambes. Elle reste là une seconde. Elle ricane. « Regarde-toi ! » elle dit. J'aimerais bien qu'elle laisse la lumière allumée pour que je puisse la voir tout le temps, mais elle l'éteint. Elle étend le peignoir par terre à côté du lit. Et elle s'allonge à côté de moi.

Je pose ma main sur son sein. Je tremble. Je l'embrasse sur la bouche, je l'embrasse dans le cou. J'ai la queue tellement dure que je pourrais faire un trou dans le béton, mais je veux pas précipiter les choses. Je veux pas que ça soit déjà fini.

Elle est prête, elle aussi. Elle écarte les cuisses et elle m'attire sur elle. Je la pénètre. « Ça doit être ça, le paradis », je dis. Elle rit encore une fois, avec son rire.

J'ai dit un tas d'autres trucs, j'en ai oublié la moitié. Je sais seulement que je lui ai dit que je l'aimais et que je voulais qu'on reste toujours ensemble. Que c'était la plus belle fille du monde.

Elle, elle a rien dit. Elle est pas du genre à parler pendant qu'on baise. Quand je sens que je vais jouir, je lui dis : « Je peux plus me retenir. Faut que je jouisse. Je peux y aller ? »

Elle dit oui. Alors, je jouis, et c'est terminé. Je reste allongé là, en me disant que je suis le type le plus heureux sur terre.

Je suis presque endormi quand elle me secoue pour me réveiller. « Tu ne peux pas dormir dans ce lit, elle me dit. Il faut que tu ailles dans la chambre d'amis. »

Comment ça, la chambre d'amis ? Vu que je suis à moitié endormi, je comprends pas trop ce qui se passe. Mais elle me tire par le bras, elle se lève, elle m'emmène au bout du couloir où y a ce lit qu'est comme un canapé. Elle me donne une couverture et une serviette.

« Il faut que je parte à sept heures et demie demain matin pour mon cours d'aérobic, elle dit. Alors, ne te lève pas trop tard. Fais de beaux rêves.

– Ils seront forcément beaux, je réponds. Je vais rêver de toi. »

SUZANNE MARETTO

Quand Larry était obligé de s'absenter pour plusieurs jours, j'avais peur la nuit. On ne sait jamais quel genre d'individus traînent dans les parages pour tenter de s'introduire chez vous. Et vous voyez bien que j'avais raison d'être inquiète, car c'est exactement ce qui s'est passé en fin de compte.

Voilà pourquoi j'ai proposé à mon groupe d'adolescents de se retrouver chez moi pour manger une pizza et essayer d'en profiter pour régler les derniers détails du reportage. J'étais très fière de mon travail, et j'étais certaine qu'en voyant le reportage terminé et monté, mon directeur accepterait de le diffuser. À ce stade, il restait essentiellement à filmer quelques contrechamps et à réenregistrer des voix off.

Mais pour une raison quelconque, Jimmy fut le seul à venir ce soir-là. Remarquez, je n'étais pas surprise de voir que Russell nous avait fait faux bond ; il n'y avait rien à tirer de ce garçon. En revanche, je me demande pourquoi Lydia n'est pas venue. À vrai dire, je crois qu'elle commençait à souffrir de l'intérêt que me portait Jimmy. Un intérêt non réciproque bien entendu. Mais n'importe qui voyait bien que Lydia en pinçait pour ce garçon. Et je crois qu'elle était jalouse de moi à cause de ça.

Si j'avais su que je me retrouverais seule avec Jimmy, c'est évident que j'aurais pris d'autres dispositions, j'aurais peut-être invité ma sœur, ou quelqu'un d'autre. Mais voilà, je croyais qu'on pourrait travailler un peu, et personne n'est venu, sauf lui.

J'ai essayé de faire contre mauvaise fortune bon cœur. Je lui ai proposé de manger une pizza avec moi. J'ai tenté de le faire travailler un peu sur le reportage, mais on sentait bien qu'il avait d'autres choses en tête, si vous voyez ce que je veux dire. Il faisait des réflexions du genre : « Vos cheveux sentent bon. À la plage, vous portez un maillot de bain une pièce ou un bikini ? Un bikini, j'espère, car je devine que vous êtes faite pour porter un bikini. » Et ainsi de suite. On voyait bien où il voulait en venir.

Il y avait l'émission de Barbara Walters à la télé. Cette femme est mon idole. On sent qu'elle connaît son métier. Je lui ai proposé de regarder. Pour voir comment une vraie professionnelle mène une interview.

Je m'étais assise dans le fauteuil de Larry, volontairement, pour que James ne puisse pas venir s'asseoir à côté de moi. Il était affalé sur le canapé.

Barbara interviewait Sylvester Stallone si je me souviens bien. Stallone parlait de ses relations avec les femmes. Jimmy, pendant ce temps, faisait des remarques déplacées sur le genre de relations qu'il aimerait avoir avec moi. C'était ensuite au tour de Tom Selleck, et James a dit qu'il avait très envie de voir cette interview, mais moi, j'en avais assez de regarder cette émission, et je lui ai répondu qu'il était temps de rentrer chez lui. Alors il a inventé une histoire comme quoi il ne pouvait pas rentrer chez lui ce soir-là, car le petit copain de sa mère était ivre, et s'il rentrait maintenant, il se ferait tabasser.

Connaissant son milieu familial, je croyais volontiers à son histoire. « D'accord, je lui ai dit, tu peux dormir dans la chambre d'amis, mais il faut que je parte à sept heures demain matin, alors pas de grasse matinée. » Et j'ai ajouté une banalité dans le style : « Fais de beaux rêves. » Et vous savez ce qu'il m'a répondu ? « Ils seront forcément beaux, car je vais rêver de toi. »

LYDIA MERTZ

Elle m'a appelée ce jour-là. Elle m'a expliqué que Larry devait s'absenter, et Jimmy allait revenir chez elle. Il avait passé plusieurs fois la nuit là-bas, et elle craignait que les gens commencent à se faire des idées. Elle voulait savoir si j'acceptais de dormir chez elle, moi aussi. Le but, c'était que, si Larry posait des questions, elle pourrait lui dire : « Ouais, Lydia et Jimmy sont venus travailler ici, mais on a fini si tard que je les ai laissés dormir sur le canapé. » Sauf que je serais seule à coucher sur le canapé. Ils étaient complètement dingues l'un de l'autre à cette époque-là.

On a commandé une pizza comme d'habitude, et on a loué des vidéos. Un concert filmé de Motley Crüe. Plus ce film avec Tom Cruise où il est barman. On le trouvait craquant toutes les deux. On avait pris aussi ce film avec la fille qui joue dans *Twin Peaks*. Mais ce film-là, on risque pas de le voir à la télé.

Ça me faisait bizarre d'être assise là avec eux deux, et de regarder ce film. La fille est presque à poil, elle a juste son porte-jarretelles, et elle fait un tas de trucs. Avec sa bouche, si vous voyez ce que je veux dire. En voyant ça, j'ai repensé à l'époque où Chester vivait à la maison. En plus, j'avais mangé cette énorme pizza, et j'avais l'impression que j'allais dégueuler. J'ai dit à Suzanne et Jimmy que je sortais faire un tour. J'ai mis sa laisse à Walter et j'ai été le promener dans l'impasse derrière la résidence, jusqu'à la grande benne à ordures. J'ai lancé deux ou trois fois la balle à Walter. Faut essayer de penser à des choses chouettes quand c'est comme ça. Des trucs joyeux. Pense pas au reste, je me disais. Mais vous savez bien ce qui se passe quand vous vous dites : Ne pense pas à ça ou ça. Au bout d'un moment, vous pensez plus qu'à ça. Peu importe de quoi il s'agit, plus moyen de vous le sortir de la tête.

Ça m'a quand même fait du bien de me promener, de voir les étoiles et tout le reste, les vélos des enfants couchés dans l'herbe devant les terrasses. Je regardais les fenêtres allumées des appartements, j'imaginais les familles à l'intérieur, les parents qui bordent leurs enfants, les maris et les femmes assis côte à côte sur le canapé devant la télé, se racontant leur journée. Faut essayer de penser à des trucs gais. Au bout d'un moment, quand j'ai senti que j'avais presque plus envie de vomir, je suis rentrée chez Suzanne. Seulement, la télé était éteinte et y avait plus personne dans le salon. J'ai appelé Suzanne et Jimmy, pas de réponse. Ils étaient pas non plus dans la cuisine.

Je me suis assise avec Walter, et j'entendais les bruits qui venaient d'en haut. OK, je me suis dit, fais comme si de rien n'était. Ça sera bientôt terminé. J'ai pris un des magazines de Suzanne et j'ai commencé à lire. Mais j'arrivais pas à me concentrer sur les mots, alors je suis restée les yeux fixés sur une page qui donnait des conseils pour être à la mode. J'ai rallumé la télé et j'ai regardé la chaîne du téléachat pendant un moment. Un type parlait d'un produit pour enlever toutes les couches de peinture et la crasse sur les meubles en bois sans être obligé de les poncer. Je faisais des efforts pour pas penser à ce qui se passait là-haut, j'ai même noté le numéro de téléphone pour commander ce décapant, pour en parler à ma mère. En sachant que je le ficherais à la poubelle, et que ma mère s'en foutait de toute façon. Je cherchais juste à m'occuper l'esprit pour pas penser aux deux autres. Suzanne et Jimmy. En train de…

Au bout d'un moment, j'ai eu envie d'aller aux toilettes. Et elles sont au premier étage, juste à côté de la chambre de Suzanne. Ils vont bientôt avoir fini, je me disais. D'un instant à l'autre, ils vont redescendre, on pourra se faire un grand bol de pop-corn au micro-ondes, et peut-être même se regarder la vidéo de Motley Crüe qu'on avait pas encore vue. Seulement, ils descendaient toujours pas.

J'entendais plus aucun bruit maintenant. Et je pouvais plus me retenir, j'avais trop envie. Bon, ils ont dû s'endormir, je me suis dit, qu'est-ce qui m'empêche de monter sur la pointe des pieds et de me faufiler dans les toilettes ? Je tirerai pas la chasse, tant pis.

Mais en arrivant en haut de l'escalier, je me suis aperçue qu'ils dormaient pas, en définitive. Il était trop tard pour faire demi-tour, et il fallait que je fasse pipi. La porte de sa chambre était même pas fermée. Alors, j'ai pas pu m'empêcher de regarder.

Jimmy était allongé sur le lit, les bras écartés. J'avais jamais vu un garçon comme ça.

Suzanne avait le porte-jarretelles qu'on avait acheté ensemble dans la boutique de lingerie. Avec un soutien-gorge transparent. Sans culotte. Elle était debout au pied du lit, les mains au-dessus de la tête.

Il m'a pas fallu longtemps pour comprendre ce qu'elle faisait. Elle exécutait un numéro de majorette. Et Jimmy, il avait les yeux qui lui sortaient de la tête, toute la maison aurait pu être en feu, il serait resté couché dans cette position. Si quelqu'un était entré en disant : « Barre-toi ou je te fais sauter la cervelle », il aurait pas bougé non plus, ça se voyait à sa tête. Comme s'il s'en foutait d'être vivant ou mort, du moment qu'il pouvait voir la fin du numéro.

Ils étaient tellement obsédés l'un par l'autre que j'aurais pu entrer dans la chambre, ils auraient rien remarqué. Ils étaient que tous les deux sur terre. J'existais pas. Alors, je suis entrée dans les toilettes et j'ai pissé sans faire de bruit.

En redescendant, j'ai fini le reste de pizza. Puis je me suis allongée sur le canapé et je me suis endormie. Quand on s'est réveillés le lendemain matin, personne disait rien. Suzanne courait dans tout l'appartement, en survêtement ; elle se préparait pour son cours d'aérobic et elle prenait rendez-vous chez le coiffeur. Je l'ai entendue discuter au téléphone avec la mère de Larry ; elles parlaient d'une invitation à dîner pour le soir. « Oh là là ! elle m'a dit en raccrochant. Tu as déjà vu quelque chose d'aussi répugnant que ces cheveux fourchus ? »

Jimmy, lui, il était comme possédé. Il restait assis dans la cuisine, et il la quittait pas des yeux, tout juste s'il lui léchait pas la main. Suzanne, ça la faisait rire. Elle disait toujours que la seule différence entre Jimmy et Walter, c'est que Walter portait un collier. Et il avait pas de puces.

RUSSELL HINES

Pour son reportage à la con, elle nous faisait asseoir tous en rond dans son salon, elle sortait une assiette de petits gâteaux et des fois y avait du Coca, et après ça, elle nous demandait de parler d'un sujet en particulier. Ça pouvait être les rapports entre les garçons et les filles ou alors les parents. Des fois, elle nous pondait une super idée, du genre : « Qui sont vos héros ? » ou « Que faites-vous si dans une soirée une personne ivre veut rentrer chez elle en voiture ? » Vous avez pigé.

C'était complètement bidon, tout ça. Moi, la dernière fois que j'ai été invité dans une fête, j'avais sept ou huit ans, et mon père était en taule pour coups et blessures. Ils avaient organisé un réveillon de Noël pour les familles. Avec le Père Noël et tout le bordel. Je me souviens encore du cadeau qu'il a sorti de son sac. Une bouteille d'eau savonneuse pour faire des bulles.

C'est la même chose pour les rancards avec les filles. Les nanas, vous vous les tapez, mais c'est rare qu'on leur achète des fleurs, si vous voyez ce que je veux dire. C'était pareil pour toutes ces questions. Rien à voir avec ma vie à moi. Son truc, elle aurait mieux fait de l'appeler : « La vie des blaireaux » ou « Les secrets des ringards ». En tout cas, ça me concernait pas.

À vrai dire, j'avais jamais voulu participer à cette connerie. J'avais inscrit Jimmy pour l'emmerder. Mais le conseiller d'orientation du lycée l'avait appris et il m'avait dit : « Écoutez-moi bien. Si vous acceptez de coopérer à ce projet, nous sommes prêts à passer l'éponge sur ces deux mois de colle pour avoir dégradé le vestiaire des garçons. » Sous prétexte que j'avais écrit « le proviseur est un pédé » sur la vitrine des trophées, ces enfoirés voulaient me garder après les cours et me faire récurer les chiottes ou je sais pas quoi, pendant tout le deuxième trimestre. D'accord, je me suis dit. De toute façon, elle osera jamais se servir de ce que je lui raconte. Et je ferai exprès de me toucher la bite pendant que je parle, comme ça, jamais ça passera à la télé.

Au départ, Jimmy avait la même idée. Mais je sais pas ce qui lui a pris, à ce con. Quand j'y repense, je crois que c'est cette nana qui lui a foutu la tête à l'envers. Ce connard l'a sautée et il est devenu maboule.

Je le revois encore. Il est là, assis sur le canapé chez cette fille, pendant qu'elle lui colle la caméra en pleine poire, et il répond à ses questions comme si c'était une putain d'enquête du Congrès. « Comme j'ai toujours dit, il répond, si vous avez un ami ivre qui veut prendre sa voiture, c'est votre devoir, en tant qu'ami, de l'en empêcher, par tous les moyens. Attention, je dis pas que je suis jamais bourré des fois. Mais dans ces cas-là, j'ai assez de bon sens pour pas prendre la route. » Ouais, c'est ça.

Un autre jour, elle nous fait venir chez elle. On comprend tout de suite que ça va être du sérieux parce que, à la place des gâteaux, elle a commandé une pizza. « Aujourd'hui, elle nous dit, j'ai pensé que nous pourrions évoquer l'état d'esprit des adolescents face aux maladies sexuellement transmissibles. » « T'inquiète pas pour moi, ma jolie », j'ai envie de lui répondre. En tout cas, ça la regarde pas.

« Très bien, jouons cartes sur table », elle dit. On voit bien qu'elle a passé des heures à regarder des enregistrements de « 60 minutes » ou des conneries dans ce genre. « Quand je prononce le mot sida, qu'est-ce qui vous vient à l'esprit ?

– Homos, je réponds. Tantouses. Pédés. Enculés. » Je savais bien que ça passerait jamais à la télé.

« Et toi, Lydia ? elle demande. Supposons que tu aies des relations sexuelles avec un autre étudiant… » Là, on est en pleine science-fiction. « Attends-tu de cette personne qu'elle utilise des préservatifs ? »

Elle est un peu con, cette fille. « Ça dépend si je le connais bien ou pas, répond Lydia. Et du genre de garçon que c'est. Je crois pas que je pourrais faire ça avec quelqu'un qui soit pas digne de confiance. » Mme Maretto, elle la filme toujours de côté pour qu'on voie moins qu'elle louche.

« Et toi, Jimmy ? elle demande. Te sens-tu concerné par le problème du sida ? Personnellement, je veux dire. »

Ah, j'adore ce moment-là. À voir la tête de ce connard de Jimmy, on dirait qu'il l'imagine à poil. « Dans ma situation actuelle, étant donné la personne que je fréquente, je crois que j'ai pas à m'inquiéter, il dit. C'est pas ce genre de filles, si vous voyez ce que je veux dire. Elle est parfaitement saine. »

À ce moment-là, Mme Maretto suggère qu'on fasse un break pour manger un morceau de pizza. Quand on se remet au boulot, elle embraye sur un autre sujet. « Faut-il poser des étiquettes de mise en garde sur les disques de rock ? » On a bien compris qu'il était plus question d'aborder les questions de sexe. Pas devant une caméra, en tout cas.

JIMMY EMMET

On était couchés sur son lit, ce jour-là, Mme Maretto et moi. Généralement, juste après, elle voulait se lever pour prendre une douche, mais cette fois, c'était différent. J'étais allongé sur le côté, appuyé contre les oreillers, et elle était couchée près de moi, complètement nue. Me demandez pas pourquoi, avec un corps comme le sien, alors qu'elle m'avait fait le coup de la majorette un jour, elle avait toujours honte de se montrer nue devant moi d'habitude. « Qu'est-ce que tu regardes ? » elle me demandait toujours. Et elle éteignait la lumière, elle remontait les draps ou un truc comme ça. Mais ce jour-là, elle avait l'air de s'en foutre. Moi, je voulais pas trop la reluquer, mais c'était la première fois que je voyais une fille comme ça, en entier, pas dans un magazine, je veux dire, pour de vrai. Elle était tellement belle. Si je la touchais, j'avais peur qu'elle se souvienne qu'elle avait rien sur elle et qu'elle se couvre. Alors je restais là, en essayant de pas trop la regarder. En me disant : je demande rien d'autre. Si elle veut bien rester avec moi, j'aurai jamais besoin de personne d'autre.

Elle me fait des petites caresses, comme avec Walter. En douceur. Elle passe sa main sur ma poitrine. J'aurais aimé avoir des poils à cet endroit. Larry, il en avait sûrement, lui, c'est un rital, et il est vieux. Mais elle était avec moi, pas avec lui, non ? Alors, c'était pas important.

Elle m'ébouriffe les cheveux, comme ces mères qu'on voit dans les feuilletons à la télé qui font pareil à leurs enfants quand ils quittent la maison en courant pour aller jouer au base-ball ou attraper le car de ramassage scolaire. Reviens, tu as le ventre vide ! Elles filent au gamin un gâteau ou je sais pas quoi. Ces mères qui secouent la tête, on voit bien qu'elles sont pas vraiment en colère après leur gosse. En fait, elles l'aiment. Mme Maretto, elle était comme ça. « Espèce d'idiot, elle me disait. Grand imbécile. » Mais vous sentiez qu'elle vous aimait.

Je me lève et je remets la cassette qui passait pendant qu'on faisait l'amour. *Theatre of Pain*, de Motley Crüe. Et je reviens m'allonger près d'elle, je la prends dans mes bras et tout. Elle est tournée vers le mur, en chien de fusil. Même si c'était une nana mariée, avec une voiture et ainsi de suite, j'avais toujours l'impression que je devais la protéger. Elle était si fragile, si sensible.

Quand elle s'est retournée, il y avait une larme sur sa joue. « Qu'est-ce qui se passe ? je lui ai demandé. Qu'est-ce que j'ai fait ?

– Rien, elle dit. Tu ne comprends pas. Tu ne peux pas comprendre. Si je ne t'aimais pas autant, je ne pleurerais pas comme ça.

– Et alors ? C'est quoi ton problème ? Dis-moi tout.

– Je ne peux pas continuer comme ça, elle me dit. Je ne peux pas continuer à vivre dans le mensonge, en t'aimant et en le voyant franchir la porte tous les soirs, cherchant à m'embrasser et tout ça. C'est comme si j'avais une double personnalité. Je sens que je vais perdre la raison.

– Tu crois que c'est facile pour moi de rentrer chez moi et te laisser ici, en sachant qu'il va dormir avec toi ? je réponds. Rien que d'imaginer qu'il te touche, qu'il t'embrasse, je deviens dingue.

– Si encore il voulait juste faire l'amour, ce serait un moindre mal, elle me dit. Mais ça ne s'arrête pas là. Quand il a bu, il devient violent. Il sent bien que je ne l'aime plus. Et au lieu de l'accepter, il insiste, au contraire.

– Il faut que tu divorces, je dis. Il faut que tu quittes ce type.

– Tu ne comprends pas, elle répond. Il est très violent. S'il apprenait qu'il y a quelqu'un d'autre, s'il savait que je n'étais plus à lui, il me poursuivrait. Et il y a Walter. Je connais Larry. Il emporterait Walter. Et moi, je n'aurais plus rien. »

C'est à ce moment-là que j'ai dit que je voulais l'épouser. Je voulais passer toute ma vie avec elle. Je n'avais besoin de rien ni de personne d'autre. « Écoute, je lui dis. Je suis peut-être jeune et je possède pas un restaurant, moi, mais je te jure que je veillerai toujours sur toi. Jamais je t'abandonnerai. Je ferai n'importe quoi pour te rendre heureuse. »

Je sais pas pourquoi, mais ça la fait pleurer de plus belle. Elle enfonce son visage dans l'oreiller et tout son corps tremble. Je pose ma main sur son épaule, je m'allonge sur elle, juste pour l'empêcher de trembler. « Suzanne, je dis. Suzanne. Suzanne. » C'est la première fois que je l'appelle par son prénom. J'arrête pas de le répéter.

« Il ne faut plus qu'on se revoie, elle dit. Je ne peux plus te voir. »

Pendant une minute – ou je sais pas combien de temps – j'arrive plus à dire un mot, bordel. J'ai même du mal à respirer. Toutes ces histoires qu'ils racontent dans les chansons, ces gens qui souffrent par amour, c'était moi. Je vois tourner les murs de la chambre. C'est comme si on m'avait balancé un grand coup dans le ventre. C'est comme – comment dire ? – comme si je pourrais plus jamais être heureux.

« Non, je dis. Il y a forcément une autre solution. Je t'aime trop pour te laisser partir.

– Moi aussi je t'aime, elle dit.

– Je ferais tout pour toi, je dis. Je pourrais même mourir pour toi.

– Larry ne nous laissera jamais vivre en paix, elle me dit. Il deviendra comme cette femme dans *Fatale attraction*. Il me harcèlera sans cesse. »

Moi, tout ce que je pouvais faire, c'était répéter : je t'aime. Je t'aime.

« Il dit toujours que, si je ne lui appartenais plus, il préférerait mourir, elle ajoute. Et je le crois. Il perdrait la tête. »

Je lui raconte que j'ai vu un feuilleton un jour à la télé où ça arrivait. Le type devenait dingue, il finissait dans un asile de fous, en bavant et en se cognant la tête contre les murs.

« Larry ne pourrait plus continuer à vivre, s'il savait que je ne l'aime plus, elle déclare.

– Oui, je le comprends, dis-je. Mais moi, je pourrais jamais lever le petit doigt pour te faire du mal. Un type qui te fait ça, il mérite même pas de vivre. »

C'est quand j'ai dit ça, qu'elle m'en a parlé. « En fait, j'ai une idée. »

LYDIA MERTZ

Je sais qu'on pourrait croire que Suzanne était une personne froide et insensible. Comme si elle avait pas de sentiments. Mais vous la connaissez pas aussi bien que moi. Toutes les heures qu'on a passées ensemble à se faire des confidences et ainsi de suite. Vous pouvez pas comprendre.

Par exemple, vous pouvez pas imaginer comme c'est difficile pour quelqu'un qui veut entrer à la télé. Pour quelqu'un comme Suzanne qui a un rêve. Une personne différente de nous. La seule façon d'atteindre son but, c'est de jamais dévier de sa route, et de rien laisser se dresser sur votre chemin. C'est pas une question d'égoïsme ou autre chose. Simplement, cette personne est obligée d'être comme ça si elle veut réussir dans la vie.

Faut qu'elle fasse un tas de sacrifices, et c'était pas facile pour elle, croyez-moi. Les enfants, par exemple. Je sais que Suzanne aurait aimé en avoir plusieurs. Une belle fille comme elle, mariée à un type séduisant comme Larry, on peut parier qu'ils auraient eu des enfants magnifiques. Des fois, quand on faisait les magasins, elle et moi, on regardait les petites robes adorables, les chaussures minuscules, les trucs comme ça, et toutes les deux, on faisait « Oooh » avec envie, en se disant que ce serait super. Mais elle m'avait expliqué qu'elle n'aurait pas d'enfants, parce qu'elle devait penser avant tout à sa carrière. Et je sais qu'elle en souffrait, vous pouvez me croire. Mais on peut pas tout avoir dans la vie.

Une autre chose que les gens savent pas sur elle, c'est comme elle était généreuse. Un jour, on se promenait au centre commercial, et elle m'a emmenée chez Gap pour m'acheter toute une garde-robe. Un chemisier, une jupe et un pantalon. C'était du 38 alors je pouvais pas les essayer étant donné que je fais du 42. Elle m'a expliqué que je devais les accrocher devant ma penderie pour me motiver dans mon régime. J'ai fini par les donner, c'était trop déprimant de les voir en permanence. Voilà comment était Suzanne. Elle comprend pas quelqu'un comme moi qui a aucune volonté, faut dire qu'elle en a tellement, elle. Dès qu'elle veut quelque chose, vous pouvez être sûr qu'elle l'obtiendra.

Et le bracelet de cheville qu'elle m'a acheté! Je le porte tout le temps. Suzanne disait que c'est le genre de petits détails que les gens remarquent. C'est comme avoir un bracelet de montre en cuir et pas en plastique. Elle m'a expliqué aussi qu'il valait mieux avoir une seule paire de boucles d'oreilles en or que tout un tas en plastique. Regardez, la chaîne est fine. Mais c'est de l'or véritable. Suzanne disait qu'on remarquerait tout de suite mes pieds; on verrait qu'ils sont petits. Ça va peut-être vous étonner, mais on fait la même pointure, toutes les deux. Ah, j'aurais aimé qu'on fasse la même taille de jean, aussi.

Larry, il la comprenait pas. Je parle de sa carrière et du reste. Il comprenait pas qu'une personne doit suivre ses rêves. Dans le temps, elle me disait, Larry était un musicien un peu fou, dans le genre Tommy Lee, vous voyez, mais il s'était assagi, et il voulait qu'elle fasse la même chose. Il avait l'air d'un chic type en apparence, quand je le voyais chez eux, mais Suzanne disait que je pourrais même pas croire comment il se comportait quand ils étaient tous les deux. Elle aimait pas parler de ça, mais quand on est devenues intimes, elle m'a avoué qu'il buvait et qu'il la battait. Il l'obligeait même à faire l'amour. Comme s'il voulait qu'elle soit son esclave, elle disait. Quelqu'un qui reste à la maison et qui lui fasse à manger, sans avoir de vie personnelle. Si elle avait pas eu son métier, moi, Jimmy et son chien Walter, elle m'a expliqué qu'elle serait sans doute devenue folle.

Vous avez jamais vu quelqu'un s'occuper d'un animal comme elle s'occupait de ce chien. On aurait dit que c'était son enfant. Elle lui faisait cuire des hamburgers – de la vraie viande hachée, pas des déchets – comme pour une personne. Elle lui faisait prendre des bains tout le temps. Elle lui achetait un tas de jouets pour se faire les dents. Y a des gens qui trimbalent des photos de leurs gosses dans leur portefeuille; Suzanne, elle avait des photos de Walter. Pas juste une, un paquet.

À vrai dire, c'est justement parce qu'elle aimait tellement ce chien qu'elle pouvait pas divorcer d'avec Larry. Lui aussi, il était dingue de Walter et elle savait bien que, s'ils se séparaient, il lui ferait un procès pour obtenir la garde du chien et il avait toutes les chances de gagner, vu que c'est lui qui l'avait acheté. Ce qui serait pas juste, car Walter était un cadeau pour Suzanne, au départ. Mais elle avait raison, parce que y avait le nom de Larry sur la facture du chenil. Elle perdrait son chien, et elle s'en remettrait pas.

Y avait aussi leur appartement, bien sûr, qu'elle s'était donné tant de mal à décorer. Elle avait un vrai don pour ça. On aurait dit un décor de magazine. Elle avait toujours un tas d'idées, comme cette lampe faite avec une oie en plastique que les gens mettent dans leur jardin, et ce miroir avec *Time Magazine Personnalité* de l'Année marqué dessus, et quand vous vous regardiez dedans, c'est comme si vous étiez en couverture. Sur la table de la salle à manger, elle avait posé un vase, mais au lieu d'y mettre des fleurs comme tout le monde, elle avait mis des plumes de paon. Voilà le genre d'idées qu'elle avait.

S'ils divorçaient, Larry garderait l'appartement; étant donné que c'était lui qu'avait payé l'apport. À l'époque où elle se démenait pour devenir journaliste à la télé.

« Je serais comme tous ces sans-abri, elle me disait. Si je quitte Larry, j'aurais plus que les vêtements que j'ai sur le dos. » Il lui restait ses parents, bien sûr, mais elle disait qu'ils se rangeraient du côté de Larry, ils penseraient qu'elle était folle, surtout après tout ce qu'ils avaient dépensé pour le mariage et la réception. Les parents de Larry, eux, ils étaient italiens et tout ça, ils avaient des relations un peu partout. Impossible de prévoir ce qu'ils étaient capables de faire pour nuire à sa réputation, à sa carrière, après tout le mal qu'elle s'était donné.

Je lui ai dit que je pouvais toujours demander à ma mère si elle pourrait pas habiter avec nous, mais elle a refusé, elle voulait être indépendante. De toute façon, j'aurais eu honte qu'elle voie où on habite. D'accord, c'est pas un taudis comme chez les Russell, mais ma mère, elle y connaît rien à la décoration.

Et un jour – je crois que c'est la fois où elle m'a acheté le bracelet de cheville – on revenait du centre commercial en voiture, elle se met à me parler. « Tu vas croire que je suis horrible si je te dis à quoi j'ai pensé, Liddy. » C'est comme ça qu'elle m'appelait. « Tu ne voudrais même plus être mon amie. Et je n'aurais plus personne. »

Je lui réponds que je pourrais jamais la détester. Quoi qu'il arrive. J'étais son amie pour la vie. Comme dans cette chanson, *Appelle-moi et je serai là*. Vous voyez de quoi je veux parler ? On l'entend souvent sur les radios qui passent des vieux disques. Je ferais n'importe quoi pour elle.

« Tu ne me connais pas vraiment, elle me dit. Toi, tu imagines que je suis une fille gentille. Mais parfois, des pensées me traversent l'esprit, et je me déteste dans ces moments-là, mais c'est plus fort que moi. Je n'arrive pas à me les sortir de la tête.

– Oui, je comprends ce que tu veux dire, je réponds. Moi, dans le temps, je pensais à Chester et j'espérais qu'il se fasse écraser par une voiture. Je rêvais qu'il avait le cancer. Un jour, j'ai même rêvé que je l'étranglais de mes propres mains. »

Quand j'ai dit ça, elle a tourné brusquement la tête, comme si elle avait reçu une décharge électrique. « Hein, qu'est-ce que tu dis ? elle a fait. Que veux-tu dire exactement ? »

Vous comprenez, je crois que c'est moi qui lui ai mis cette idée en tête, en disant ça. C'est pas elle en fait qu'a tout manigancé, c'est moi. Et après, c'est moi qui l'ai dénoncée et c'est à cause de moi qu'elle a des ennuis. C'est moi qui mérite de moisir en prison. Pas étonnant que tout le monde me déteste. Y a des fois où je m'écœure moi-même.

J'aurais dû me suicider, tiens. Au moins, j'aurais fait une chose intelligente dans ma vie.

Elle disait que, parfois, elle aimerait que Larry soit mort. Ce serait mieux pour tout le monde, même pour lui. Parce que même si elle l'aimait plus, elle savait bien que, lui, il l'aimait encore, et elle voulait pas le rendre malheureux. Si quelqu'un le tuait, ce serait un peu lui rendre service, en fait.

S'il n'existait plus, elle disait, elle pourrait recommencer à zéro. Partir vivre en Californie. Suivre ces nouveaux cours de formation de journalisme audiovisuel dont elle avait entendu parler à la conférence, là-bas, à Mansfield, seulement Larry, il disait que ça coûtait trop cher, et qu'ils profitaient des gens. Ce qui montre bien qu'il comprenait rien. Il voulait pas l'aider à réaliser son rêve.

« Moi, je sais que tu réussiras à la télé un jour, je lui ai dit. J'en suis certaine. Et alors, je pourrai dire à tout le monde qu'on est amies. Tous les soirs, j'allumerai la télé pour regarder les infos, et je dirai : "Vous voyez cette fille ? Je la connais."

– Bah, j'ai bien l'impression que ça n'arrivera jamais, elle m'a répondu. Larry ne veut même plus qu'on soit amies toutes les deux, il affirme que tu me prends tout mon temps.

– Je pourrais pas supporter de plus jamais te voir », j'ai dit. Et c'était la vérité. Maintenant que j'étais amie avec Suzanne, je regardais en arrière, et je comprenais pas comment j'avais pu supporter ma vie. Avant de connaître Suzanne, j'avais aucune raison de vivre. « Je t'aiderai, j'ai dit. Je ferais n'importe quoi pour toi. Et je suis sûre que Jimmy aussi. »

C'était comme un film ou une sitcom à la télé. C'est vrai, il m'était jamais rien arrivé de pareil, connaître des gens qui vivaient des choses aussi fortes dans leur vie. Le genre de trucs qu'on entend seulement dans les chansons.

« On ne peut rêver d'une meilleure amie que toi », elle m'a dit. Et là, elle m'a annoncé qu'elle avait réfléchi. Quand elle aurait une émission à elle, elle aurait besoin d'une secrétaire pour répondre aux lettres de ses fans et ainsi de suite. Elle voulait que ce soit moi.

À ce moment-là, on est arrivées chez moi ; elle m'a déposée devant comme toujours, parce que je n'avais pas envie qu'elle voie ma mère ; elle me faisait honte. Alors, j'ai sauté sur le trottoir en prenant mes bouquins de classe.

« Tu sais quoi ? elle m'a dit. J'ai l'impression que tu as maigri depuis quelque temps. Ça marche, ton régime. »

VALERIE MERTZ

La première fois que j'ai vu cette Mme Machin-Chose, j'ai tout de suite pensé : Erica. Vous savez, dans *La Force du destin* ? Voilà à qui elle me faisait penser. Suffisait de lui mettre une perruque brune. Elle a la même lueur maléfique dans le regard. La même façon de se comporter, comme si elle avait qu'à remuer les fesses pour que tout le monde soit à ses pieds. Cette fille, c'est des ennuis assurés, je me suis dit. Quand vous avez l'habitude de regarder des feuilletons toute la journée comme moi, vous finissez par les cataloguer au premier coup d'œil.

Et puis elle a commencé à devenir copine avec ma Lydia. Je vous pose la question : qu'est-ce qu'une petite pimbêche pleine de fric comme elle faisait avec ma fille, hein ? Vous croyez qu'elle avait choisi Lydia pour échanger des recettes de cuisine ?

Et Lydia, elle était comme qui dirait ensorcelée. J'ai entendu parler de ça dans *Geraldo*. Pour hypnotiser quelqu'un, y a pas seulement qu'à agiter une montre en or devant les yeux. Y a un tas d'autres techniques. Le contrôle de la pensée et tout ça. Et vous savez pas où elle habitait ? Au numéro 6. Le chiffre de Satan. Je pourrais vous donner d'autres exemples. Plein.

Un jour, je vois ma fille qui rentre de l'école comme si elle était droguée, tellement qu'elle est excitée. Elle me raconte qu'elle va participer à un reportage pour la télé avec une journaliste qui s'appelle Mme Maretto et qui lui a dit : « Je sens que tu es douée pour la communication. » Et même qu'un jour elle deviendra l'assistante de Mme Maretto pour son émission. Hé, c'est pas des conneries, ça ?

Maintenant qu'on sait à quoi s'en tenir, je me suis renseignée, figurez-vous. L'autre soir, ils ont passé une émission, sur la chaîne évangélique. Ça parlait des messages qui sont dissimulés dans les paroles des chansons des groupes rock, vous savez. Ils montraient les vidéos de certains groupes qu'écoutent tous les jeunes, et après, ils les ont passées au ralenti, à l'envers. Moi, j'osais pas écouter, à cause que je voulais pas que ces messages y me rentrent dans le cerveau mine de rien, mais Derke, le présentateur, il a dit aux gens : « Ne vous inquiétez pas, tant que vous pensez à Jésus de toutes vos forces, Satan ne peut pas vous atteindre. » Alors c'est ce que j'ai fait.

Et vous savez pas ce qu'on entend quand on écoute ces chansons à l'envers. Y a un des groupes, celui où qu'on dirait qu'ils ont tous avalé du débouche-évier, ils répètent sans cesse « J'aime Satan ». D'autres, ils disent « Tuez le Seigneur ». Vous vous rendez compte ? Et voilà ce que nos gamins écoutent jour et nuit. C'est ce même groupe qu'adore Mme Maretto apparemment. Pas la peine de s'appeler le Dr Joyce Brothers pour faire le rapprochement.

Oui, je sais bien ce que vous pensez. Comment une mère elle peut laisser son enfant en arriver là ? Croyez pas que je me suis jamais posé la question moi aussi. Ce que je peux dire, c'est que j'avais trop de soucis de mon côté pour voir ce qui se passait. J'ai des ennuis de santé. Du diabète, si vous voulez savoir. Ils m'ont dit que je risquais de perdre ma jambe. Et regardez-moi, j'arrive même pas à m'appuyer dessus. Ce salopard de Chester a foutu le camp, et à la sécu, ils disent que tant que j'ai pas une lettre prouvant que j'ai pas de mari pour subvenir à mes besoins, ils peuvent pas m'envoyer une pension, mais comment est-ce que je peux leur envoyer cette lettre alors que, si j'ai besoin de cette pension, c'est justement parce que Chester a foutu le camp ? On vit dans un monde de dingues.

On voit que ce qu'on veut bien voir. C'est comme dans *Aussi longtemps qu'on s'aime*, où Jennifer elle refuse d'admettre que son mari il est homosexuel, alors qu'elle a trouvé une photo de Roger dans son tiroir. Et sa mère dit qu'elle les a vus tous les deux au Café. Elle a la preuve devant les yeux, mais elle refuse de la regarder. Comme moi. J'avais déjà trop de problèmes pour en supporter d'autres.

Alors, quand Lydia a commencé à revenir du centre commercial avec tous ces vêtements chics, et les bijoux, j'ai ravalé mes doutes. Tu devrais être heureuse, Valerie, je me disais. Puisque tu n'as pas la force de l'emmener toi-même dans tous ces endroits pour lui acheter ces beaux habits, sois contente que quelqu'un d'autre le fasse.

Lydia a collé cette photo que Chester a prise un jour, où on la voit avec moi, toutes les deux en short, sur la porte du frigo, à côté du régime que la prof, comme je l'appelle, a découpé dans un magazine. Vous auriez dû voir comment qu'elle voulait la nourrir, l'autre. Au petit déjeuner : un gâteau de riz! Au déjeuner, cette sorte de milk-shake avec des millions de trucs dedans qu'on connaît pas et qu'on achète dans les boutiques de diététique. Soit dit en passant, dans *Geraldo*, ils ont parlé de potions aussi. Vous pouvez pas imaginer tout ce qui se passe. Y a des gens qui font des sacrifices d'animaux familiers. Et même de bébés. Je préfère pas y penser.

Lydia me parlait jamais de tout ça, fallait que je lui pose des questions. Comme si j'étais pas capable de comprendre, comme si j'étais qu'un légume assis dans le canapé. Elle rentrait à la maison, elle se coupait des morceaux de carotte et montait dans sa chambre. J'ai essayé de lui parler. « Tu devineras jamais ce qu'ils ont passé à l'émission d'Oprah aujourd'hui », je lui dis. En pensant, on va discuter entre mère et fille. Peut-être qu'elle va se confier à moi. Les gosses qui sont élevés dans des familles brisées, et on peut dire que c'est le cas chez nous depuis le départ de Chester, ils ont besoin de sortir ce qu'ils ont sur le cœur. Ils parlaient de ça l'autre jour dans *Sally Jessy Raphael*.

Figurez-vous qu'elle m'a pas répondu. « Comment veux-tu que je sache », elle a dit simplement. Vous vous rendez compte? C'est comme ce type que j'ai abordé un jour au drugstore. Je lui demande : « Vous avez l'heure? – Oui » qu'il me répond. Et c'est tout. Texto. Ah, vraiment, les gens n'ont aucun respect les uns pour les autres.

Je savais bien qu'elle souffrait, et ça me fendait le cœur. Des fois, ce garçon, Jimmy, il venait la voir et ils s'asseyaient dehors sur les marches de la véranda. Ils faisaient croire qu'ils devaient travailler sur cette histoire de reportage, mais on sentait bien qu'il y avait autre chose là-dessous. Ma Lydia, elle était folle de lui, pas besoin de s'appeler Kreskin pour s'en apercevoir. Le seul qui remarquait rien, c'était Jimmy. Lui, tout ce qu'il savait faire, c'était de regarder la prof avec des yeux de merlan frit.

Au bout d'un moment, ma fille avait fini par passer tous ses après-midi avec cette Mme Maretto. Puis le soir, vers l'heure du dîner – façon de parler, vu que Lydia elle mangeait plus rien – voilà le gars Jimmy qui débarquait pour savoir de quoi elles ont parlé toutes les deux, est-ce qu'elles ont parlé de lui ? Si elle avait réussi à hypnotiser ma fille, c'était rien comparé à ce qu'elle avait fait à ce garçon. On en arrivait à se demander comment il faisait pour s'habiller le matin ; un vrai zombie. Elle lui aurait demandé de se jeter dans le lac, il l'aurait fait.

JIMMY EMMET

Je marchais vers la plage. Sans trop savoir où j'allais. Je traînais, j'attendais qu'il se passe quelque chose. Soudain, voilà qu'elle s'arrête à ma hauteur, le long du trottoir, dans sa Datsun, et elle baisse sa vitre.

« Tu veux qu'on aille faire un tour ? » elle demande.

Je monte, sans me poser de questions. Où qu'on aille, ça sera toujours mieux que ce que j'avais prévu.

« Tu devrais être plus méfiant, elle me dit. Je pourrais essayer de te kidnapper ?

– Et alors ? je réponds. Mais je te préviens, t'attends pas à toucher une rançon. Ma mère serait trop contente de se débarrasser de moi. »

Elle écoute la musique à fond, comme toujours. « Dans le temps, j'avais un petit copain qui travaillait dans les concerts rock », elle me dit.

Moi, j'ai pas envie de bavarder. J'ai plutôt envie de l'embrasser. J'ai envie de frotter mon visage dans ses cheveux.

« Il s'occupait de la sono, elle ajoute. Un jour, il nous a filé des accès dans les coulisses pour un concert d'Aerosmith. J'ai même rencontré Steven Tyler. »

Je trouvais ça complètement dingue, moi. La dernière fois qu'on s'était vus, j'étais couché sur elle et je la baisais comme un fou. Et maintenant, on taillait le bout de gras, comme si de rien n'était. Alors qu'on sait bien qu'il s'est passé des choses, bordel !

Moi, je trouve que ça devrait pas être comme ça. Une fois que vous avez baisé avec quelqu'un, chaque fois que vous le revoyez, vous lui sautez dessus et hop, c'est reparti. Vous sautez sur la fille et vous la déshabillez. Pas de conneries du genre : « Beau temps, vous ne trouvez pas ? » Qui est-ce qu'elle cherche à tromper ?

Tous les gens font comme s'ils baisaient jamais. À commencer par les parents. Mais vous savez bien qu'ils l'ont fait. Seulement, dès que vous êtes né, ils passent toute leur vie à prendre un air choqué chaque fois qu'ils devinent que vous auriez bien envie de tirer un petit coup vous aussi. Genre, tu n'es qu'une bête ! Alors que, s'ils avaient jamais baisé, vous seriez même pas de ce monde.

Mme Maretto, elle était pareille. L'après-midi, on baisait comme des dingues à la plage ou ailleurs, et quand je la croisais quelque part ensuite, c'était du style : « N'oublie pas que nous avons une séance de tournage prévue mardi. »

Moi, ça me rend dingue d'être si près d'elle, et de crever d'envie de l'embrasser. Ah, putain ! je suis trop excité pour la jouer classe et décontracté, genre star de ciné. Alors je lui demande : « On baise aujourd'hui ? »

Elle rit. « Surveille un peu ton langage, Jimmy.

– D'accord. Est-ce qu'on va avoir des rapports sexuels ? »

Elle dit rien. Elle continue à rouler. On est sortis de la ville. Y a plus de maisons, y a plus rien par ici. J'arrive plus à me contrôler, faut que je la touche. « S'il te plaît », je dis. Mais aucun son sort de ma bouche.

Elle s'arrête sur le bas-côté. Elle descend et ouvre le coffre ; y a un matelas de gym à l'intérieur, bleu, avec des dessins de tous les exercices imprimés dessus, au cas où elle s'en souviendrait plus, j'imagine.

Elle me tend le matelas. Elle s'éloigne sans dire un mot, alors je la suis. Sans aucun doute, je sais ce qui va se passer, et je commence à plus me tenir. Faut dire, j'en suis presque arrivé au point où je bande dès que je la vois.

« Là », elle dit. Elle désigne un endroit sur le sol, avec plein de buissons tout autour, comme ça personne peut nous voir ni rien. Puis elle s'allonge et remonte sa jupe. Pour la première fois, je m'aperçois qu'en fait elle a jamais l'air aussi excitée que moi. C'est vrai, à la voir faire ce jour-là, on aurait quasiment pu croire qu'elle faisait ça par obligation ou je sais pas quoi. Remarquez, à ce stade, je m'en foutais, j'avais qu'une seule envie : la baiser.

Ce que j'ai fait. Ça a pas duré plus de quatre ou cinq minutes en tout. Je pouvais pas me retenir plus longtemps, mais apparemment, ça la gênait pas.

Je suis resté couché près d'elle, comme toujours, en pensant que je recommencerais bien, tout en sachant qu'elle allait se lever rapidement d'une seconde à l'autre, en disant qu'il ne fallait pas traîner. Mais cette fois, elle s'est assise seulement, et elle avait pas l'air si pressée.

« Il faut régler le problème de Larry, on ne peut pas continuer à tergiverser, elle dit. Je n'en peux plus.

– Tout compte fait, je sais pas si c'est une bonne idée, je réponds. J'ai bien réfléchi. Peut-être que vous feriez mieux de divorcer tous les deux. » En fait, jusqu'à cet instant, je pensais pas qu'elle parlait sérieusement. Pour moi, c'était rien qu'une sorte de jeu, cette histoire de tuer Larry. Je pensais pas que ça arriverait pour de bon.

« Je croyais que tu comprenais, elle dit. Je vois que j'avais tort. Tu ne m'aimes pas autant que tu le dis.

– Je t'aime plus que tout ! » je réponds. J'aurais voulu savoir mieux m'exprimer pour lui faire comprendre. Mais j'avais pas les mots qu'il faut. « Seulement, je crois que je serais pas capable de tuer quelqu'un, c'est tout.

– Très bien », elle dit. Elle est calme et distante tout à coup. « J'aurais dû me douter que c'était trop te demander. Laisse tomber. Tirons un trait sur tout ça. Oublie que tu m'as rencontrée.

– Attends, je dis. Tu ne comprends pas. J'ai envie de rester avec toi. Mais je veux pas tuer quelqu'un.

– Sois adulte pour une fois, elle répond. Tu peux pas avoir l'un sans l'autre. On ne pourra jamais vivre ensemble tant que Larry sera là. »

Je suis pétrifié, je la regarde sans rien dire. Ce visage parfait. Ses cheveux blonds. Ses mains, avec ses doigts si fins, qui me caressent partout.

« Hé, j'ai jamais fait un truc pareil, moi, je lui dis. C'est pas comme piquer un disque ou je sais pas quoi.

– Tu n'avais jamais couché avec une femme mariée de vingt-cinq ans non plus, elle rétorque. Ça aussi, c'était nouveau. Ce sera mieux pour tout le monde, tu sais, elle ajoute. Même pour lui. »

J'avais oublié pourquoi elle disait ça, mais si je lui posais la question, j'avais peur qu'elle me prenne pour un abruti. Alors, j'ai répondu : « D'accord.

– Ça aura l'air d'un cambriolage ordinaire, elle me dit. Personne ne saura jamais la vérité.

– Ouais. » J'étais comme hypnotisé. Elle aurait pu m'ordonner de me planter un couteau dans la main droite, je l'aurais fait.

« Ensuite, plus rien ne pourra t'empêcher de me voir. Nous pourrons être ensemble aussi souvent que tu le souhaites. Tu pourras dormir chez moi et ainsi de suite. »

Voilà que je recommence à bander. Je transpire de partout. Je lui dis que ça me botte. J'ai du mal à parler, mais elle, elle a repris sa voix de la télé.

« Bien entendu, il faudra rester discrets pendant quelque temps. Je ne pourrai pas en parler au travail ou ailleurs. Mais je finirai par décrocher un autre poste quelque part. C'est simplement une question de temps. »

Maintenant, quand j'y repense, je vois bien tous les problèmes que ça aurait posés. Je m'aperçois que ça avait aucune chance de marcher. Elle pourrait jamais être à moi. Mais sur le moment, je pensais qu'à une chose, on pourrait faire l'amour quand on en aurait envie. Voilà ce que je me disais. D'ailleurs, c'était plus seulement une question de baise, même si c'était génial. C'était de l'amour.

Alors j'ai dit oui. C'était parti. J'en parlerais à Russell. Mais j'étais certain qu'il ferait pas d'histoires. Il était toujours partant, lui.

RUSSELL HINES

Ouais, il m'a demandé si je voulais bien l'aider à liquider le mari de la fille. Pas de problème, je lui ai répondu. Mais pas à cause de ces conneries comme quoi il lui menait la vie dure. À cause du fric, mec. Elle était prête à me filer mille dollars.

Jimmy, on voyait bien qu'il lui obéissait au doigt et à l'œil. Il aurait sauté du haut d'une falaise, pour pouvoir lui renifler son petit cul. Ce con avait perdu les pédales. Moi, j'avais juste besoin d'une nouvelle bagnole.

D'après le plan, on devrait porter des gants pour pas laisser d'empreintes. Et comme ma putain de bagnole faisait trop de boucan, elle nous prêterait la sienne. Elle la laisserait sur le parking du centre commercial, avec les clés, et pendant qu'elle était en train de faire des courses à l'intérieur, on irait jusque chez elle avec la Datsun, on entrerait par la porte de derrière qu'elle aurait pas fermée, seulement on ferait comme si on avait forcé la serrure. On foutrait le bordel dans toute la maison, et on attendrait qu'il rentre du boulot. Moi, je le plaquerais à terre, et Jimmy, il le buterait, vu que c'était lui qui raflait la fille, et moi, j'avais que du pognon. Après, on retournerait au centre commercial. On laisserait la bagnole où qu'on l'avait prise et on foutrait le camp. Ni vu ni connu. Elle ressortirait avec tous ses sacs, et on pouvait être sûrs qu'elle ferait tout pour qu'un tas de gens la remarquent dans les boutiques. Elle rentrerait chez elle, elle ouvrirait la porte et là, elle péterait les plombs. L'épouse folle de chagrin.

Hé, vous vous rendez compte, elle avait même fait une liste sur son ordinateur avec tous les machins qu'il fallait pas oublier. Genre, il a son vélo d'appartement dans la cuisine juste derrière la porte et il fallait pas se cogner dedans parce que ça faisait vachement mal, ou bien en saccageant la maison, on devait pas toucher à la chaîne stéréo, soi-disant c'est un vrai bordel pour refaire les branchements. On n'avait qu'à fouiller dans ses bijoux et le reste. Et en le tuant, est-ce qu'on pourrait faire gaffe à pas faire ça sur la moquette qu'elle venait juste de changer ? Elle nous a dit de balancer les gants dans le port, de bien essuyer le flingue pour qu'y ait plus d'empreintes dessus avant de le rendre à Lydia. Ah, une dernière chose : fallait enfermer le chien dans la salle de bains. De voir un truc comme ça, Larry se faire tuer et tout, ça risquait de le traumatiser.

Moi, je trouve que je suis assez décontract dans mon genre, mais cette fille, c'est un vrai iceberg. Elle m'a expliqué qu'il faudrait compter environ six ou huit semaines pour toucher le fric de l'assurance. En attendant, elle me donnera la chaîne en or de son mari, au bout d'une dizaine de jours. Quand les choses se seront un peu calmées.

Jimmy, il transpire comme un porc ; il écoute pas ce qu'elle raconte, ça se voit. Il arrête pas de vouloir la peloter, il l'embrasse dans le cou. Elle, elle le chasse comme une mouche à merde sur un morceau de viande. Cette connasse de Lydia, elle rigole bêtement comme si elle avait sniffé de la colle ou je sais pas quoi. Elle peut pas s'arrêter de rire. Je sens bien que c'est à moi – et à la fille Maretto – de tout mettre au point. Inutile de compter sur Jimmy.

On avait prévu de faire ça le jour de la Saint-Valentin. N'y voyez pas de message, simplement ça tombait bien. On avait préparé toutes nos affaires, les gants et ainsi de suite. Lydia et Maretto, elles étaient prêtes à partir faire les magasins. « J'aurais besoin d'un nouveau maillot de bain, elle dit. C'est toujours bien d'être accompagnée d'une amie quand vous allez acheter un maillot de bain, pour donner son avis. » Elle disait ça sérieusement.

L'après-midi, Lydia, elle pique le flingue de sa vieille, et on va acheter les balles. Jimmy et moi on s'entraîne un peu à tirer vers les marais, on dégomme des mouettes. Le flingue marche bien. On fume un peu d'herbe, on arrive sur le parking à sept heures et demie, pile à l'heure. Jimmy est nerveux, ça se sent, mais il s'est motivé à fond. « Après ce soir, elle sera à moi. Rien qu'à moi, il dit. Je vais la baiser jusqu'à plus soif. »

C'est ça, je me dis. Compte là-dessus. Mais c'est pas mes oignons.

Je prends le volant. Elle a laissé une cassette dans le lecteur branché, et au moment où je mets le contact, y a la musique qui hurle dans la bagnole. D'accord, c'est pas grave, mais quand vous vous y attendez pas, ça vous fait sursauter.

On va chez elle. Aucun problème pour trouver. Elle nous a expliqué qu'on devait faire le tour par-derrière, pour que personne remarque la voiture. La porte était ouverte, comme prévu. Je rentre.

C'est à ce moment-là que le chien devient dingue. Je vous assure, on aurait cru qu'y avait toute une meute de clebs là-dedans, et pas juste ce petit machin. Il aboie et il saute en l'air. J'arrache le flingue à Jimmy, en me disant que je vais le buter, lui aussi. Mais Jimmy m'en empêche.

« Arrête tes conneries, mec, il me dit. Elle adore ce clébard. Si tu le tues, elle va nous faire une crise.

– Qu'est-ce que tu veux que je fasse ? je lui réponds. Que j'allume les lumières et que j'invite tous les voisins ?

– Faut laisser tomber, dit Jimmy. Barrons-nous. C'est foutu pour ce soir. »

J'essaye même pas de discuter avec lui. On voit qu'il changera pas d'avis. Plus rien à en tirer pour ce soir.

« Bon Dieu, je dis, une fois qu'on est remontés dans la bagnole pour retourner au centre commercial. Tu crois que j'avais rien de mieux à faire que de venir me balader jusqu'ici pour rendre visite à un putain de clébard ? Maintenant, faut qu'on rende le flingue et tout ça. Dire que j'aurais pu me taper une gonzesse sur la plage ! »

Jimmy veut entrer dans le centre commercial pour lui expliquer, lui raconter qu'on n'a pas pu faire le travail. On voit bien qu'il est soulagé, mais il a la trouille, aussi, qu'elle soit furieuse. « Laisse tomber, mec, je lui dis. C'est risqué pour la prochaine fois si quelqu'un nous repère ce soir. » C'est vrai, quoi, on n'a pas vraiment le genre à traîner au rayon des maillots de bain. Pour chercher une fille comme cette nana.

Alors on lui a laissé un message dans sa voiture, sur un emballage de chewing-gum. « Le chien aboyait trop. Ce sera pour la prochaine fois. » Et on s'est tirés.

Quand Mme Maretto a appris ce qui s'était passé, elle était folle de rage, putain. Vous auriez dû l'entendre s'en prendre à Jimmy. Je vais vous dire, si leur coup avait marché, il aurait été puni d'une autre façon. Esclave à vie. Mais essayez donc de lui expliquer ça.

LYDIA MERTZ

Tout l'hiver on s'est baladés dans sa voiture, Suzanne, Jimmy et moi ; on buvait du Southern Comfort et on écoutait des cassettes. Sans Russell. Elle l'avait jamais beaucoup aimé et, pour tout dire, je pense qu'elle était pas son genre, elle non plus. Mais tous les trois, on s'entendait vachement bien. On faisait tout ensemble. Enfin, pas tout, vous me comprenez.

J'avais pas encore mon permis, mais Suzanne me laissait conduire pour que Jimmy et elle puissent se peloter pendant ce temps. Quand on était tous les trois comme ça, elle était pas la même que quand on faisait notre reportage, ou qu'elle commentait la météo à la télé. Pour commencer, elle défaisait sa queue-de-cheval. Elle s'asseyait sur les genoux de Jimmy, elle collait sa main sur sa braguette, et tout ça. Au début, j'étais gênée, mais après on s'habitue. Ils me disaient que, sans moi, ils pourraient jamais se voir. Si j'étais pas avec eux, les gens auraient des soupçons, au lieu de ça, tout le monde pensait qu'on travaillait sur le reportage. Elle disait que j'étais un peu comme cette nourrice dans le film *Roméo et Juliette*, celle qui croit à leur amour et qui essaye de les aider, alors que le reste du monde est contre eux. Sans elle, ils auraient jamais pu être ensemble. Et là c'était pareil, avec eux et moi.

On faisait des trucs idiots. On achetait des pizzas et on se bombardait avec. On allait regarder les disques au centre commercial. On se promenait sur les planches au bord de la plage, et on achetait de la barbe à papa. Un jour, on est même allés chez un vendeur de voitures pour essayer une décapotable. Bien sûr, s'il y avait eu que Jimmy et moi, personne nous aurait pris au sérieux. Mais avec elle, avec son allure, le vendeur était ravi de nous faire essayer la bagnole.

La plupart du temps, on roulait juste au hasard, sans but. Suzanne nous disait toujours combien ça lui manquait de plus pouvoir traîner comme ça, en faisant les fous. Larry aimait ça lui aussi dans le temps, mais il était devenu sérieux, et c'était plus drôle. « C'est comme s'il était déjà mort », elle disait.

J'aimais pas quand elle nous parlait du plan. D'ailleurs, je crois bien que, Jimmy, il aimait pas trop ça lui non plus, mais Suzanne disait qu'il était important de bien régler tous les détails pour que tout se passe bien. On savait qu'elle avait raison.

Alors voilà, on roulait, avec la musique à fond ; elle s'amusait à sortir son soutien-gorge par la fenêtre, elle l'attachait à l'antenne, des trucs comme ça, et tout d'un coup, elle redevenait l'autre Suzanne, celle qui présentait la météo, à part qu'elle nous parlait pas du temps, elle nous disait des trucs du genre : « Où devez-vous mettre les gants une fois le travail terminé ? » ou « Comment devrais-je réagir à votre avis en découvrant le corps ? »

Le plan, c'était que Jimmy et Russell devaient faire croire que quelqu'un s'était introduit dans l'appartement pour piquer la télé et ce genre de trucs. Ils se cachaient dans le placard du salon et quand Larry rentrait du boulot, ils le tuaient. Jimmy a dit que Russell voulait se servir d'un couteau, comme ça ils auraient pas besoin de trouver un pistolet, mais Suzanne était pas d'accord à cause de ses canapés blancs tout neufs et, en plus, elle avait peur de s'évanouir en voyant tout ce sang. Ma mère avait un pistolet qu'elle avait acheté après le départ de Chester, à l'époque où on racontait toutes ces histoires de maniaques sexuels en liberté. Je leur ai dit qu'ils pouvaient peut-être le prendre, du moment qu'ils le remettaient à sa place sans qu'elle s'en aperçoive.

Jimmy et moi on l'aidait parce qu'on était ses amis, naturellement. Mais Russell, lui, fallait que ça lui rapporte quelque chose. Suzanne a chargé Jimmy de lui dire qu'il pourrait prendre la chaîne en or de Larry et des CD. Ils avaient aussi une télé couleur portable qui lui plairait sûrement. Et plus tard, quand elle aurait touché l'argent de l'assurance, elle lui donnerait mille dollars. Il voulait s'acheter une voiture.

En été, quand tout serait terminé, Jimmy, Suzanne et moi on prendrait la voiture et on irait jusqu'à Orlando. Elle nous emmènerait visiter Disney World. C'était génial là-bas, elle nous disait ; les manèges et tout ça, et aussi Epcot Center, où on peut se promener pendant une journée en ayant l'impression d'avoir vu le monde entier, pas besoin d'aller ailleurs. Elle disait qu'on se promenait dans des carrioles tirées par des chevaux. Et tout était tellement propre, là-bas, que dès qu'un cheval chiait dans la rue, un type accourait avec un balai et une pelle pour ramasser la merde avant même qu'elle touche le sol. Pour vous dire comme c'est super.

DANNY RICARDO

Je l'ai connu dans le restaurant de ses parents. J'étais assis au bar. On a commencé à parler. C'était calme, ce soir-là. Il a pris un tabouret, il s'est fait un sandwich et il s'est assis à côté de moi.

Ce type forçait la sympathie. Mais surtout, on sentait qu'il avait vraiment besoin de parler à quelqu'un. Pourquoi il m'a choisi ? aucune idée. Mais je me suis dit, pourquoi pas ? Et c'est comme ça qu'on s'est retrouvés en train de dîner tous les deux. Le soir où on l'a tué.

Bien sûr maintenant, en sachant ce qui s'est passé, on repense à cette soirée, et on essaye de se rappeler un détail, un indice qui montre que quelque chose n'allait pas. À un moment de la discussion, il a même sorti une photo de sa femme pour me la faire voir. « On n'a pas encore d'enfants, il m'a dit. Mais on y travaille. » Avec un grand sourire.

Elle était mignonne, je m'en souviens. Elle ressemblait à une fille qui était à l'école avec moi, mais on n'était jamais sortis ensemble. C'était la reine de beauté.

Il m'a expliqué qu'il partait souvent faire du 4×4 le week-end, et peut-être que ça me dirait de l'accompagner un jour. Ça me semblait une chouette idée. Du moment que sa femme était d'accord.

Là, je me souviens d'un truc qu'il m'a dit. « Ma femme, elle est toujours prise par ses cours de formation et ses reportages, le week-end. Sans parler des magasins. Je peux m'estimer heureux si je ne dors pas déjà quand elle rentre du centre commercial. » Il pensait que ça serait sans doute différent une fois qu'ils auraient des enfants. « Mais elle est pas du genre femme au foyer, il a dit. Elle pense d'abord à son métier. »

Je lui ai raconté que ma femme vendait des produits Mary May. C'est l'idéal ; elle peut rester un peu à la maison avec les enfants, tout en mettant du beurre dans les épinards, et ça lui donne l'occasion de voir du monde, de s'occuper.

« Oui, je vois ce que vous voulez dire, il m'a répondu. Moi, ma femme, si elle devait rester à la maison toute la journée, elle deviendrait folle. » Malgré tout, il était persuadé qu'elle aurait l'instinct maternel, ou appelez ça comme vous voulez, une fois que les enfants seraient nés. Ça se voyait à la façon dont elle s'occupait de leur chien. Il y avait aussi ces jeunes du collège avec qui elle avait sympathisé. Une bande de pauvres chiens abandonnés, eux aussi. On peut dire qu'elle les avait pris sous son aile. Elle savait se sacrifier pour les autres.

C'est quand même curieux de penser que je suis le dernier à l'avoir vu vivant. À part ceux qui l'ont tué, évidemment.

LYDIA MERTZ

Elle disait que je lui faisais penser à Winona Ryder. Du moins, dès que j'aurais perdu mes kilos en trop. Elle disait aussi que j'avais une peau de porcelaine, mais fallait que j'évite d'aller au soleil pour pas attraper des taches de rousseur. Suzanne m'avait expliqué que ma peau était mon atout majeur. En fait, elle m'avait aidée à faire deux listes : une avec mes défauts physiques, l'autre avec mes qualités. Chaque fois que j'inscrivais un défaut, je devais trouver une qualité pour l'annuler. Ensuite, elle m'a montré qu'il suffisait d'apprendre à faire ressortir ses traits positifs et à cacher les négatifs.

Mes yeux, par exemple. Économiser pour m'offrir des lentilles de contact : c'était une obligation. En attendant, je devais éviter au maximum de porter mes lunettes, sauf quand c'était absolument nécessaire : si je marchais dans la rue et que quelqu'un me demande de lire un panneau trois rues plus loin, ou s'il semblait que j'avais gagné au loto et que je voulais vérifier les numéros. Et, bien sûr, je devais continuer mes exercices pour les yeux.

Mon poids était dans la liste des défauts, c'est évident. Mais en attendant que je maigrisse, je devais apprendre à masquer les imperfections de ma silhouette. Avec des épaules rembourrées par exemple. Ça vous fait la taille plus fine. Elle m'emmenait au centre commercial et on faisait du lèche-vitrines pendant des heures. On essayait différentes couleurs de fard à joues. Elle choisissait les couleurs qui s'accordaient le mieux à ma peau.

Pour sûr, ça m'a fait bizarre d'emprunter le pistolet de ma mère. Quand on prend le temps d'y réfléchir, c'est affreux de penser qu'on tient dans la main un truc capable de tuer quelqu'un, boum, d'un seul coup. La personne rentre chez elle, en se demandant ce qu'elle va manger, ou s'il y a une bonne émission à la télé. Et la seconde d'après, c'est plus qu'un tas couché par terre, et vous savez que cette personne pourra plus jamais aller faire des courses, fêter Noël ou boire du Coca.

Mais il y a une autre façon de voir les choses, c'est celle que m'a expliquée Suzanne. Tout ce qui doit se produire se produit forcément. Comme s'il était écrit qu'elle trouverait cette place à la télé, et qu'on deviendrait amies. Et il était écrit que Jimmy tomberait amoureux d'elle. Ce genre de choses lui arrivait tout le temps, elle me disait. Comme la fois où elle avait été à ce concert d'Aerosmith, et Steven Tyler l'avait regardée droit dans les yeux, alors qu'elle était même pas assise au premier rang. Et juste à ce moment-là, ils avaient commencé à jouer sa chanson préférée parmi toutes, *Dream on*. D'accord, on peut dire que c'est juste une coïncidence, mais quand même.

Et ce soir-là, au centre commercial, toutes les deux, c'était vachement bizarre aussi. Je veux dire, on savait bien ce que Jimmy et Russell étaient en train de faire. Suzanne, elle prenait un pantalon dans le magasin et elle le tenait à bout de bras pour voir si ça irait avec son gilet, et moi je me disais, c'est peut-être en train de se faire à cette seconde même. C'est peut-être son dernier instant sur terre, à Larry.

On est allées faire un tour chez Essence pour essayer des parfums. Juste histoire de s'amuser, on voulait rien acheter. On se balançait des giclées de parfum, comme deux gamines. À la fin, j'avais une odeur différente sur le poignet, le creux du coude et derrière l'oreille; tout se mélangeait. Ça doit être à cause de tous ces parfums que j'ai eu comme une envie de vomir. J'ai dit à Suzanne qu'il fallait que j'aille aux toilettes. Je suis restée je sais pas combien de temps au-dessus de la cuvette, mais rien. Alors on a été prendre un milk-shake, pour me calmer.

On était assises là, à une table, en train de boire nos milk-shakes, quand j'ai eu cette idée dingue, du genre : il faut tout arrêter tout de suite. Il faut leur téléphoner ou je sais pas quoi, emprunter une voiture. D'une manière ou d'une autre, fallait qu'on retourne chez Suzanne avant qu'il soit trop tard. Je crois que c'est parce que je regardais ce gamin et sa mère qui partageaient un cornet de glace. J'ai commencé à me dire que Larry avait été un petit garçon, lui aussi, et qu'il avait une mère quelque part qui l'aimait beaucoup sans doute. J'ai repensé à Patrick Swayze qui se fait tuer dans *Ghost*, comme j'avais chialé. Et pendant un instant, je me suis demandé si Larry frappait réellement Suzanne, ou si c'était pas seulement un truc qu'elle avait inventé pour m'ôter mes remords. Il m'avait toujours fait l'impression d'être un gars plutôt sympa. J'ai repensé à leur photo de mariage posée sur le bureau de Suzanne à l'école ; il avait l'air si fier et si heureux ce jour-là, avec sa main qui caressait la joue de sa femme comme pour s'assurer qu'il rêvait pas.

J'ai dit à Suzanne que je pensais qu'on avait commis une grosse bêtise et qu'il fallait faire quelque chose. « Ne t'inquiète pas, elle m'a répondu, tout va bien se passer, tu verras. De toute façon, il est trop tard maintenant.

– On peut quand même essayer, j'ai dit, et je me suis mise à chialer.

– La ferme ! » elle a crié. Ça m'a fait un choc de l'entendre me parler comme ça. Et j'ai pleuré de plus belle. Elle a dit qu'elle était désolée, mais il fallait que je comprenne qu'on faisait la seule chose possible et qu'on ne pouvait plus revenir en arrière. « L'important, ce n'est pas ce que tu fais ou ne fais pas, Liddy, elle m'a dit. L'important dans la vie, c'est d'aller jusqu'au bout de ce que tu as commencé. De rester fidèle à ta décision. »

Ensuite, on est retournées chez Victoria's Secret. Suzanne adorait cette boutique, mais pour tout vous dire, j'étais toujours un peu gênée de rentrer là-dedans, encore plus ce jour-là. Regarder des soutiens-gorge et des petites culottes en sachant ce qui se passait là-bas, à l'appart, ça me faisait flipper. « Quand tu portes de la très belle lingerie, de qualité, elle disait, même si personne ne la voit, toi tu as l'impression d'être belle et ça se remarque dans ta façon d'être. » Elle m'a expliqué que chaque fois qu'elle passait un entretien pour un job à la télé, elle venait d'abord ici, dans cette boutique, pour acheter un soutien-gorge et une culotte assortis. En soie.

Le centre commercial commençait à fermer, alors on est sorties sur le parking. J'avais encore envie de vomir, pas à cause du milk-shake, mais parce que Suzanne se comportait comme si on venait d'aller faire des courses, normalement. Elle m'a expliqué que c'était l'habitude de la télé qui faisait ça. Elle avait appris à garder son sang-froid malgré le stress.

Je sais pas ce que je m'attendais à trouver en voyant la voiture, du sang partout sur les sièges peut-être. Mais tout était normal. Comme en arrivant. Et soudain, elle aperçoit le mot que Jimmy et Russell ont laissé sur le tableau de bord. Comme quoi ils l'ont pas fait, finalement.

Je suis tellement soulagée que je manque de pisser dans mon froc. Je me mets à ricaner bêtement. Je ris, je ris, je peux plus m'arrêter.

Suzanne, elle, elle boucle sa ceinture et met une cassette. « On essaiera encore une fois dans une ou deux semaines », elle dit. Et elle m'explique qu'elle veut régler cette affaire avant les vacances d'été. Pour pouvoir descendre en Floride. Avec Jimmy et moi.

Quand je pensais à ce voyage, c'était plus facile pour moi d'accepter le reste. Je veux parler de Larry et tout ça. En sachant que j'irais à Orlando. J'ai toujours rêvé d'y aller un jour.

RUSSELL HINES

On avait décidé de remettre ça un jeudi soir. Elle avait rendez-vous en ville pour un boulot. Elle nous avait dit que son mari travaillerait au resto jusqu'à huit heures et demie, neuf heures. Elle s'était arrangée pour envoyer le clébard jusqu'au lendemain dans un chenil pour le faire toiletter et toutes ces conneries. Lydia pique le flingue une deuxième fois. Jimmy et moi on ressort nos fringues noires et nos gants. C'est une impression de déjà-vu, comme on dit.

Cette fois, tout baigne. La porte est ouverte. On débranche la télé, le magnétoscope, on éparpille les bijoux un peu partout. On ouvre des tiroirs. Et après, on n'a plus qu'à attendre jusqu'à ce qu'on repère le bruit de sa bagnole dans l'allée. Au bout d'un moment, le voilà qui se pointe.

J'entends Jimmy qui respire fort et qui tremble. Moi, c'est comme si je chassais les écureuils. Je pense aux mille dollars. Une fois qu'elle aura touché le fric de l'assurance, je lui en réclamerai cinq mille. Et c'est pas cher payé.

La porte s'ouvre. Il pose sa mallette. « Chérie ? » il dit. Il a dû oublier qu'elle était partie à son rendez-vous. Il va pour allumer la lumière, mais je lui saute dessus et je l'attrape par le cou.

« Qu'est-ce que…, il fait.

– Bouge pas, je lui dis.

– Qu'est-ce que vous voulez ? Prenez tout ce qui vous intéresse, et partez ! »

Je m'attendais pas à tout ce bavardage. Ce type aurait déjà dû être mort. Mais Jimmy, il est pétrifié. Il reste planté là, avec le flingue à la main. Sans bouger.

« Vas-y, Jimmy ! » je lui lance. Rien à faire, il bouge pas.

« Attendez !… » s'écrie le gars. On voit qu'il a le temps de piger que c'était pas un simple cambriolage. Quand je lui ai sauté dessus, il a eu la trouille, mais là, il est sur le point de chier dans son froc carrément. On dirait un poisson qui s'agite sur le quai parce qu'il va arrêter de respirer dans une dizaine de secondes s'il retourne pas dans la flotte et il le sait. Il est désespéré. Il me file sa chaîne en or. Sa montre. Mais quand je lui demande de me filer sa bague, il refuse. « Je peux pas, il me dit. Ma femme me tuerait. » Pauvre connard. S'il savait.

Jusqu'à maintenant, le type a pas vu le visage de Jimmy, de la façon dont je le tiens par le cou. Mais il fait un mouvement brusque tout à coup, et il se retrouve face à Jimmy. Ça veut dire que, s'il lui restait encore une chance de s'en tirer, c'est fini pour lui. Et j'ai l'impression qu'il a pigé. Il essaye même plus de se débattre. Il est tout mou brusquement. Alors il se tourne vers moi et il demande : « Vous connaissez ma femme ? »

Bang ! bang ! Jimmy, il fait ce qu'il a à faire. Le type, il tombe sur le tapis. Et dire qu'on devait pas foutre de sang sur cette putain de moquette.

On se barre.

LYDIA MERTZ

Le jour où ils avaient prévu de recommencer, Suzanne devait aller passer une audition pour un poste d'animatrice sur une grande chaîne de télé. Ils avaient choisi ce soir-là parce qu'ils savaient que Larry travaillerait au resto jusqu'à huit heures et demie, neuf heures. Ce qui donnait aux garçons assez de temps pour se préparer, venir chercher le pistolet chez moi, aller jusqu'à l'appart et tout chambouler à l'intérieur avant qu'il arrive.

Suzanne était vachement détendue. Elle est passée au lycée juste à l'heure de la sortie, pour me montrer comment elle était habillée pour son audition ; elle avait un tailleur-pantalon couleur pêche, avec un sac à main assorti, et des chaussures mauves, une écharpe mauve, des boucles d'oreilles mauves et pêche. « T'es pas nerveuse ? je lui demande.

– Pour quelle raison ? Je suis toujours détendue devant une caméra. Je me contente d'être moi-même.

– Non, je voulais parler de ce soir, je dis. Tu sais bien. Le truc. Chez toi.

– Ah, ça ! elle répond. Pourquoi je serais inquiète ? Ce n'est pas mon problème. Le tien non plus, d'ailleurs.

– Je sais. Mais c'est plus fort que moi. Je peux pas m'empêcher d'y penser, et je me demande si y a pas une autre solution.

– Bla-bla-bla…, elle fait. On en a déjà parlé des milliers de fois. Qui peut dire ce qui est bien et ce qui est mal ? Est-ce que je suis Dieu ou je ne sais qui ? Comment peut-on être certain de quoi que ce soit ? Ce que je sais, c'est qu'on peut répéter la même chose indéfiniment : Est-ce que je dois ? Est-ce que je ne dois pas ? Et tu sais ce qui se passe ? Tu as perdu ton temps à parler, sans jamais rien faire. Parfois, il faut savoir agir.

– Oui, je sais », je dis. Pourtant, le soir, quand je suis couchée dans mon lit, j'arrête pas de voir le visage de Larry. Je repense à la fois où il s'est déguisé en Cupidon, avec cette grande couche, pour la Saint-Valentin, et qu'il a été la chercher à son bureau à la télé avec un énorme bouquet de ballons. Je repense à sa manie de programmer le magnétoscope pour pouvoir la voir faire la météo même quand il est pas chez lui. J'ai regardé à l'intérieur de la voiture et j'ai vu le cadeau qu'il lui a offert un jour, ces deux petites poupées, un garçon et une fille, avec la tête montée sur un ressort. Il les a mises sur la plage arrière, comme ça quand on roule, ils s'embrassent.

« Je me demande quand même si vous feriez pas mieux d'aller voir un conseiller matrimonial tous les deux, je dis. Ou peut-être même divorcer.

– Je t'ai déjà expliqué », elle me répond. Je sentais qu'elle commençait à être en colère après moi, et je voulais surtout pas ça. Je crois que je me suis mise à pleurer.

Alors elle m'a giflée. Pas très fort, juste pour que je me ressaisisse. C'est vrai, parfois c'est la meilleure chose à faire quand quelqu'un craque, pour lui remettre les idées en place. « Reprends-toi ! elle me dit. Si tu continues, tu vas tout gâcher.

– Oui, tu as raison. « Ça m'a calmée ». Je sais pas ce qui m'arrive. J'aimerais être aussi calme que toi.

– C'est sans doute à cause de tes règles », elle me dit. En fait, c'était bien ça. J'y avais même pas pensé.

« Écoute, elle ajoute. Voici vingt dollars. Va au centre commercial, achète-toi un joli T-shirt, n'importe quoi. Paye-toi un yaourt glacé, mais allégé, hein ? Ensuite, tu rentres chez toi, et tu te couches de bonne heure. Demain matin, tu verras les choses différemment. Le plus pénible, c'est l'attente. Souviens-toi quand tu étais gosse, à Noël ? Quand tu guettais les clochettes et tout ça ? »

Je lui ai pas dit que ça se passait pas exactement comme ça chez nous. « Je peux pas prendre cet argent, je dis.

– Si, prends. Ça me fait plaisir. »

Alors je l'ai pris. J'ai été au centre commercial, je me suis acheté un T-shirt Bart Simpson, extralarge pour masquer mes formes. Je me suis offert une glace à la *piña colada*, et je suis rentrée chez moi. J'ai regardé *MacGyver*. Ces derniers temps, ma mère me menait la vie dure, mais bizarrement, ce soir-là, elle m'a foutu la paix. Vers neuf heures, quand je lui ai dit que j'allais me coucher, elle a éteint la télé, et elle a même pas regardé *L'amour en danger*. « Je crois que je vais y aller moi aussi », elle a dit.

Je suis restée allongée dans mon lit, en imaginant ce qui se passait dans l'appart de Suzanne pendant ce temps-là. Pense à autre chose, je me répétais. Imagine que tu sors avec Bon Jovi. Imagine que tu peux manger toutes les sucreries du monde, sans jamais grossir. Mais aucun de mes trucs habituels fonctionnait. Je finissais toujours par voir la même image de Larry ouvrant la porte de l'appart et Jimmy qui l'attend dans le noir, avec le pistolet de ma mère.

Quand je me suis réveillée le lendemain matin, ma chemise de nuit était pleine de sang. J'en avais même sur les mains et le visage, me demandez pas comment. En repensant à ce qui s'était passé la veille, j'ai hurlé. Mais je me suis aperçue qu'en fait, j'avais simplement oublié de remettre un Tampax avant de me coucher. J'étais en train de me laver dans la salle de bains quand j'ai entendu la nouvelle à la radio. Larry était mort.

JIMMY EMMET

J'essaye de pas trop penser à ce truc-là. C'est comme quand un type tire un lancer franc dans un match de basket, et juste avant qu'il lance le ballon, y a un spectateur sur les gradins qui gueule : « Tu loupes, ducon ! » Ou comme quand vous baisez, que vous allez jouir et, tout à coup, vous voyez l'image de votre mère ou d'un curé ou je sais pas quoi. Ça vous perturbe. Le truc, c'est de faire le vide dans son cerveau.

J'essayais d'y arriver le soir où on devait faire ce que vous savez. Là-bas à l'appart. En enfilant mon froc noir, en glissant les gants dans ma poche. Pendant qu'on roulait sur l'autoroute avec Russell, j'essayais de penser à rien. Comme si je faisais une partie de Nintendo. Je me concentre pour amener Super Mario où je veux sur l'écran sans qu'il se fasse zigouiller. Je regarde pas autour de moi, j'écoute pas ce que racontent les autres. C'est comme si le monde tout entier était sur l'écran, C'est là que vous faites les meilleurs scores.

Et ça marchait. Garer la voiture. Ouvrir la porte de derrière de la maison. Entrer dans la cuisine, en faisant gaffe à ce putain de vélo d'exercice… je suis comme Super Mario qui traverse l'écran en faisant « bip ». Débrancher les haut-parleurs. Bip. Balancer les bijoux sur la moquette. Bip. Vider les tiroirs. Bip.

Et après, on n'a plus qu'à attendre qu'il rentre. Il fait noir. Et on entend pas un bruit, à part la télé des connards d'à côté.

Et alors, je me dis que c'est peut-être parce que j'ai plus rien à faire pour m'occuper que mon cerveau commence à me jouer des tours. Je vois la gueule de Freddy Krueger dans l'obscurité ; il tient un couteau qui sert à ouvrir les palourdes. Je vois aussi le prof que j'avais au cours moyen et qui m'aimait bien, me demandez pas pourquoi. Et puis je vois une des mouettes qu'on a canardées sur la plage cet après-midi, le bec ouvert, les yeux fixes et un petit filet de sang qui coule sur les plumes.

J'essaye de chasser ces images. J'essaye de les remplacer par d'autres. Comme cette fille dans *Penthouse* de décembre. Elle avait pas des nichons énormes, mais elle avait une façon de vous regarder comme si elle vous disait des trucs superchouettes. Elle a une main derrière la tête, elles font toutes ça. Mais avec l'autre main, elle se caresse en bas, vous voyez. Et elle a une petite boucle de poils enroulée autour du doigt, comme par accident. J'ai essayé d'imaginer ma main à cet endroit, au milieu de ses poils. Au lieu de tenir ce putain de flingue.

Et ça a marché. J'ai même failli pas remarquer la porte qui s'ouvrait. Puis j'ai entendu sa voix. « Chérie ? » il dit. Il pose sa mallette. Il tend le bras pour allumer la lumière. C'est à ce moment-là que Russell le chope par le cou.

« Qu'est-ce que… », il fait le type. Russell lui dit de pas bouger.

Apparemment, c'est le genre de gars qu'aime pas faire des histoires. Il nous dit de prendre tout ce qu'on veut et de foutre le camp. Il se doute pas que c'est lui qu'on veut.

Je sais ce que Russell attend de moi. C'est maintenant que je suis censé lui coller le canon du flingue sur la tête pour lui exploser la cervelle. Y a pas besoin de discuter pendant des heures. Seulement, je suis comme paralysé. C'est comme si on m'avait débranché, je pouvais plus rien faire, à part rester là à regarder ce type.

En fait, je crois que j'avais jamais pensé à lui avant. Ou alors, je l'imaginais comme un père de famille. Un type en costard. Mais en réalité, ce mec aurait pu être au bahut avec moi. D'accord, ce serait pas le genre à me fréquenter. Il serait plutôt du genre à faire partie d'une équipe de sport et à se sortir les plus jolies filles. Mais on voyait que c'était un type cool. C'est pas parce que vous habitiez près des marécages qu'il vous aurait pas dit salut en vous croisant dans le couloir. Le genre de type qu'est pote avec tout le monde.

Russell commence à perdre patience. Il m'appelle par mon

prénom. « Vas-y ! » il me dit. Et à ce moment-là, on voit que le type comprend de quoi il parle. Bon, je me dis. C'est maintenant. J'y vais. Comme si j'étais sur le terrain de basket. Et je vais tirer ce putain de lancer franc. Comme si je jouais à Super Mario 3, et en un dixième de seconde je dois appuyer sur le bouton.

« Attendez ! » il crie. C'est suffisant pour tout foutre en l'air. Je suis tout perturbé, merde. Faut que je me reconcentre.

Russell, il est furax. On sent qu'il a envie de prendre le flingue pour buter le type lui-même, seulement il faut qu'il le tienne. Il me foudroie du regard.

D'accord, je me dis. Je me repasse l'image de Mme Maretto, et aussi celle de la fille de *Penthouse*. Je reviens sur le terrain. J'appuie l'arme contre ses cheveux. Russell lui ordonne de filer sa chaîne en or et sa montre. « La bague aussi, il demande.

– Non, pas la bague, le gars répond. Ma femme me tuerait. »

Ca, ça me file un coup. Même Russell, on voit qu'il s'attendait pas à ce que le type sorte un truc pareil. Lui et moi, on sait plus quoi faire, et on reste là, à le tenir. Larry, il est tombé à genoux, les mains devant lui, comme s'il priait.

« Attendez », il dit. Putain, il est à bout, ça se sent. « Ne faites pas ça, les gars.

– Vas-y, Jim », me dit Russell. Si ça continue, j'ai l'impression qu'il va nous buter tous les deux, Larry et moi. Et je suis pas loin de penser que ça serait aussi bien. Pendant un instant, je me souviens même plus pourquoi on fait ça.

Larry se tourne vers Russell et il le regarde au fond des yeux. « Vous connaissez ma femme ? » il demande. Alors, c'est comme si on m'avait mis des piles neuves. Je me réveille. Finie la paralysie. J'ai les pensées claires. C'est comme si je jouais à la Nintendo de nouveau, et j'ai qu'à appuyer sur le bouton, le reste compte pas. Je presse la détente.

Il s'effondre. Y a du sang partout. Mais ce que je vois, c'est sa bouche, grande ouverte comme ces saloperies de mouettes. Ou comme un gars qui vient de baiser, il a joui et il s'endort. Je vous jure, si vous aviez vu un mort comme moi, vous sauriez : mourir et jouir, ça se ressemble. Seulement, quand vous êtes mort, vous vous réveillez pas, bien sûr. Et y a du sang.

RUSSELL HINES

J'avais jamais vu un macchabée. Un jour, j'ai tué un chat quand j'étais môme, à cet âge vous faites des trucs cons sans raison, je veux dire, personne m'avait payé ni rien. J'ai aussi vu le moignon de ma grand-mère quand ils lui ont coupé le pied parce qu'elle avait marché sur une coquille de palourde et que ça s'était infecté. J'ai même vu un type qu'avait un œil en moins enlever son œil de verre et foutre une olive dans le trou à la place, dans un bar, là-bas, à Little Paradise. Il était complètement bourré ce jour-là, mais faut dire que nous on en tenait une bonne aussi. Mais j'avais jamais vu un mort.

Ça ressemble pas à un type vivant, vous pouvez me croire. Pas seulement parce qu'il lui manquait la moitié de la tête à celui-là. Ça, c'est le côté visible, je dirais. Et pas seulement parce qu'y avait du sang partout dans la pièce, et qu'il bougeait plus, sauf pendant quelques secondes quand ses jambes ont continué à s'agiter comme si elles avaient pas reçu le message.

En général, quand un type a la bouche ouverte, c'est pour parler. Ou bien alors il est en train de bouffer. Lui, il avait la bouche ouverte, mais il faisait pas un bruit. « Vous connaissez ma femme ? » C'est ce qu'il a dit en dernier. Et ses lèvres sont restées dans cette position, écartées, et on se demandait presque ce qu'il dirait maintenant, s'il savait.

S'il savait, il dirait que c'était une salope. S'il savait, il serait fou de rage, mon vieux. Jimmy avait sa petite théorie à la con comme quoi on lui faisait une fleur en le butant parce qu'il aimait tellement sa femme que, s'il apprenait qu'elle l'aimait plus, il voudrait mourir de toute façon. « Hé, redescends sur terre, je lui ai dit. Ce type, il avait juste envie de tirer son coup, comme toi, et si elle l'avait plaqué, il aurait fait la même chose que toi dans une semaine ou deux. Il s'en serait tapé d'autres. »

Mais le truc, c'est qu'il a jamais su. Il avait ce regard abruti, comme un mouflet de cinq ans qui regarde *1, rue Sésame*, et tout ce qu'il veut c'est un bol de Rice Krispies. Ses yeux, ils me faisaient penser au cerf que j'ai écrasé un jour avec la Pontiac, c'est de là que vient la grosse bosse sur le pare-chocs, si vous voulez savoir. Juste avant de le percuter, j'ai vu sa tête dans mes phares, en plein dans le mille. Il savait pas qu'il allait mourir. Un cerf, ça sait même pas ce que c'est la mort. Il sait pas, point. Il sait pas ce qui se passe. Il sait pas ce que ça veut dire. Il sait pas que, douze heures plus tard, je le ferai rôtir au-dessus des braises là-bas chez moi. Ah, la vache ! z'auriez dû goûter cette viande. Il sait pas que son cœur va bientôt s'arrêter de battre. D'abord, il sait même pas qu'il a un cœur.

C'était comme ce type. Il savait rien de rien.

III

DICK PETRIE

Ma femme et moi nous étions couchés et nous regardions *La Loi de Los Angeles* à la télé, lorsque j'ai entendu le hurlement. Quand vous entendez une voix dehors qui crie : « On a assassiné mon mari ! », croyez-moi, vous vous levez dare-dare pour aller voir ce qui se passe. Mais avant, j'ai enfilé une robe de chambre. Quand ça s'est passé, j'étais en slip et en maillot de corps.

C'était elle, Suzanne Maretto ; elle courait de long en large dans l'impasse, en hurlant « À l'aide ! Au secours ! » et ainsi de suite. Ne me demandez pas pourquoi je me souviens de ce détail, mais elle avait des chaussures à talons hauts et elle avait du mal à courir.

« Hé ! J'arrive ! » je lui dis en m'approchant d'elle. Je la prends par les épaules. « Qu'est-ce qui se passe ? je demande.

– Il faut que je téléphone, elle me répond. Un meurtre a été commis. Mon mari est mort. »

Dans ce genre de situation, vous espérez qu'elle a perdu la boule, qu'elle a ses règles ou je ne sais quoi. Ah, si vous voyiez ma femme à cette période du mois ! Vous savez jamais. Dans le cas de Suzanne Maretto, je sentais bien qu'elle n'était pas droguée. Même si elle racontait ces horreurs, même si elle paraissait véritablement bouleversée, elle arrivait à se contrôler, on pourrait dire. Elle s'est présentée. « Je m'appelle Suzanne Maretto, j'habite au numéro six. C'est moi qui ai le petit chien. »

Je me souviens maintenant, je la voyais souvent se promener avec le chien.

« Si seulement il avait été à la maison ce soir, tout cela ne serait jamais arrivé, dit-elle. Mais je l'ai envoyé au toilettage. »

Entre-temps, ma femme nous a rejoints. « Entrez, dit-elle. Vous allez attendre chez nous pendant que Dick appelle la police. »

Ce qu'on fait. Ça ne prend pas longtemps, vous imaginez. Une minute, trois au maximum. Cynthia lui sert un verre de whisky, mais elle n'en veut pas. « J'étais partie auditionner pour un gros poste à la télé, nous explique-t-elle. C'est pour cette raison que je suis habillée comme ça. C'était pour la rubrique arts et spectacles. »

Cynthia lui demande le nom de son mari. « Larry, répond-elle.
– Oh, mon Dieu ! » fait Cynthia. Je crois qu'il avait l'habitude de venir jouer un peu avec notre fils Matthew quand Cynthia l'emmenait se promener sur son tricycle. « Un garçon si sympathique.

– Il tenait le restaurant de ses parents, nous dit-elle. Chez Maretto. On s'était mariés en juin dernier.

– C'est affreux, dis-je. Qui a pu faire une chose pareille ? »

Je n'attendais pas véritablement de réponse de sa part en disant cela, dans un moment comme celui-ci, vous comprenez, mais elle m'a quand même répondu ! Pour elle, il devait s'agir de cambrioleurs qui s'étaient introduits chez eux. La télé avait été débranchée et tous ses bijoux étaient éparpillés sur le sol quand elle était entrée. « Nul doute que Larry s'est trouvé au mauvais endroit au mauvais moment, comme on dit. Il a dû les surprendre. » Elle ajoute qu'ils étaient peut-être drogués ou un truc comme ça. Sans doute des jeunes qui passent leur temps à écouter de la musique de sauvages, comme ces groupes de hard rock. À force, ça leur donne des idées. Les jeunes n'ont plus aucun respect pour la vie humaine.

La police est arrivée à ce moment-là. Deux voitures, des lumières bleues partout. La moitié de la résidence était réveillée, les gens étaient sortis en robe de chambre pour essayer de savoir ce qui s'était passé. Au bout d'un moment, après l'arrivée de la police, je vois un petit attroupement se former près de la porte d'entrée des Maretto, et je me dis, tiens, peut-être qu'un inspecteur a découvert quelque chose, alors je m'approche.

Et devinez qui est au milieu de la foule, pour répondre aux questions ? Il ne s'agit pas d'un policier, non. C'est elle. On aurait cru entendre le porte-parole de la Maison Blanche.

JANICE MARETTO

Ce soir-là, j'étais à Cincinnati. Juste au moment où on quitte la piste de patinage après notre grand final, Pat, une de nos directrices artistiques, m'appelle et m'annonce que je dois rappeler immédiatement chez moi, c'est urgent. Je me précipite vers le téléphone, j'ai encore mes patins aux pieds et mon costume de spectacle. Quand on vous appelle comme ça pendant une tournée, c'est qu'il se passe quelque chose de grave.

C'est mon oncle qui a répondu. Mes parents étaient déjà au poste de police. Quand il m'a dit que c'était Larry, j'ai poussé un hurlement. Toutes les autres patineuses qui se trouvaient près de moi, en train de se changer, ont accouru. Mais pas moyen de parler. Tout ce que je pouvais répéter, c'était : « Mon petit frère… »

Dans des moments pareils, des trucs dingues vous viennent à l'esprit. J'ai repensé à ce jour de Halloween où je m'étais déguisée en sorcière. Larry ne devait pas avoir plus de trois ans. Quand je suis sortie de ma chambre pour lui montrer mon déguisement, il ne m'a même pas reconnue, et il n'a pas arrêté de pleurer tant que je n'avais pas enlevé mon maquillage. « Regarde, c'est moi. C'est Janice. »

Des fois, je traînais avec ses copains et lui, c'était à l'époque où ils avaient formé un petit groupe de rock au lycée. Larry était un batteur épouvantable, mais il adorait ça et personne n'avait le courage de lui dire la vérité.

Je n'ai jamais aimé Suzanne. Même au début quand ils étaient fiancés, que tout le monde disait qu'il avait de la chance d'avoir trouvé une fille comme elle, si jolie, promise à un si brillant avenir. Des filles comme elle, on en voit à la patinoire. Elles vous donnent un coup de patin dans le tibia et font comme s'il s'agissait d'un accident. Ou bien elles vous bousculent pendant un saut et affirment que c'est votre faute. Il y a deux sortes de gens : ceux qui pourraient patiner seuls au milieu d'un lac gelé, juste pour avoir le plaisir de glisser sur la glace, et il y a ceux qui dépériraient dans leur coin s'il n'y avait pas quelqu'un pour les applaudir à chaque seconde, et leur dire qu'ils sont formidables. Suzanne faisait partie de ces gens-là.

J'ai pris l'avion pour rentrer. À mon arrivée, le lendemain, mon oncle m'a expliqué qu'on avait découvert tous les bijoux de Suzanne éparpillés par terre, les tiroirs renversés, apparemment, c'étaient des cambrioleurs qui avaient fait le coup. Moi, je n'ai jamais cru à cette version. Ma première réaction en apprenant la nouvelle, ce fut : Suzanne. En revanche, je n'aurais pas imaginé qu'il y avait un autre type dans le coup. C'est vrai, personne n'avait de raison de vouloir tuer un garçon comme Larry.

Mais j'avais le sentiment que, d'une manière ou d'une autre, il la gênait. Et comme je vous le disais à propos du patinage, il y a des gens qui préfèrent vous bousculer et vous foutre par terre plutôt que de bouger d'un centimètre. Les gens comme ça, il vaut mieux ne pas se trouver sur leur chemin. Et je suis persuadée que, sans le vouloir, mon frère lui barrait la route.

CAROL STONE

C'était un cauchemar, purement et simplement. Dès l'instant où nous avons reçu ce coup de téléphone, Earl et moi nous n'avons quasiment plus fermé l'œil. La première chose à faire, c'est sûr, c'était de courir auprès de notre Susie, vu l'état dans lequel elle devait se trouver. Imaginez un peu, votre mari se fait assassiner par un désaxé alors que vous êtes jeune mariée, vous avez tout juste vingt-cinq ans. La seule chose que je peux vous dire, c'est que la vie est très cruelle parfois. Et je le pensais déjà avant qu'ils essayent de l'impliquer dans ce crime affreux.

Elle a réagi avec beaucoup de courage. Elle est comme ça, notre Susie. Et sous prétexte que c'est une fille qui a du caractère et qui sait garder son sang-froid, les gens l'accusent d'être insensible ou je ne sais quoi. En fait, ils ne la connaissent pas comme nous. Ils ne savent pas combien elle souffre à l'intérieur.

Elle a gardé la tête haute. Le premier soir où ils l'ont montrée aux infos, c'était à vous briser le cœur. On la voyait assise là dans mon canapé, avec son petit chien dans les bras. « Si des personnes détiennent des renseignements susceptibles de nous aider à retrouver les auteurs de ce crime odieux, je les supplie de contacter la police », disait-elle. Son expérience de journaliste de la télé s'est révélée précieuse ; la façon de regarder la caméra en face et tout ça. En restant digne. Je lui disais toujours : « On n'a jamais deux fois l'occasion de faire une bonne première impression. »

Des inconnus nous téléphonaient, pour nous offrir des prières, ils nous envoyaient des lettres de condoléances et ainsi de suite. Des fleurs ? On en a reçu tellement que je n'avais plus assez de vases dans la maison, j'ai dû commencer à les mettre dans des Tupperwares. On le sentait bien, tout le monde soutenait Susie. « C'est une drôle de sensation, maman, elle m'a dit un jour. Penser que partout où je vais, les gens savent qui je suis. Ils me reconnaissent. » Un petit garçon qui l'avait vue au supermarché lui avait même réclamé un autographe. C'était la première personne célèbre qu'il voyait, a-t-il dit. Malgré la tragédie, vous étiez obligée de vous sentir flattée.

Les premiers jours après le meurtre, nous avions l'impression d'évoluer dans le brouillard, il y avait tellement de choses à faire. Des gens à contacter. Et les journalistes qui étaient partout. Susie disait que, dans ce genre de situation, beaucoup de personnes reprochent aux médias de ne pas respecter leur chagrin, mais étant elle-même du métier, elle comprenait très bien le point de vue des journalistes et elle a toujours coopéré de son mieux. Je me souviens du jour où nous nous préparions à assister à l'enterrement de Larry, elle a même fait remarquer à Angela, sa belle-mère, que le chemisier à rayures qu'elle portait risquait de brouiller l'image sur les écrans de télé, et peut-être devrait-elle choisir autre chose.

Susie, elle, était absolument ravissante, comme toujours, dans un genre dramatique. Vous voulez que je vous dise à qui elle m'a fait penser ce jour-là ? À Jackie Kennedy après l'assassinat du Président. La même dignité, la même classe. Elle tenait une rose blanche à la main. Elle a demandé au directeur des pompes funèbres s'il était possible d'enterrer Larry avec la laisse du chien. Malheureusement, le cercueil ne pouvait pas rester ouvert. À cause de l'état du corps, évidemment.

Les gens ont été merveilleux à ce moment-là. Et bien sûr, même si on a du mal à l'imaginer aujourd'hui en voyant comment ils la traitent, les Maretto considéraient Suzanne comme leur propre fille. Nous étions tous unis par le chagrin. Suzanne déclara à Angela qu'elle n'aimerait plus jamais aucun autre homme de toute sa vie. Angela lui répondit qu'elle pouvait au moins se consoler en songeant que Larry avait connu un an de bonheur avec elle avant de nous être enlevé. Joe, le père de Larry, a donné à Suzanne la bague de son fils remportée l'année où son équipe de basket a atteint le stade des finales régionales. Il l'avait toujours gardée, a-t-il dit, mais maintenant, il pensait qu'elle devait revenir à Susie.

Pendant des jours et des jours, on ne parlait que de ça aux informations. L'enquête n'avançait pas à cause du manque d'indices ; apparemment, les cambrioleurs portaient des gants. On n'avait relevé aucune empreinte. Ni traces de pneus. Personne dans la résidence n'avait rien remarqué.

Finalement, les choses se sont tassées. Suzanne n'avait toujours pas le droit de retourner s'installer dans leur appartement, tant qu'on continuait à chercher des indices. Elle ne pouvait pas aller récupérer ses habits ni son maquillage, c'était dur pour elle. Certes, ces choses ne sont pas importantes en soi quand vous venez de perdre l'être que vous aimiez, mais j'ai toujours pensé qu'il était essentiel de soigner les apparences, quoi qu'il arrive. Si vous commencez à vous laisser aller extérieurement, ça agit sur vous intérieurement et vous finissez par vous laisser aller mentalement aussi. Des fois, par exemple, le simple fait d'aller chez le coiffeur me redonne un coup de fouet quand je n'ai pas trop le moral. Et ma pauvre fille, dont on avait sauvagement assassiné le mari, ne pouvait même pas mettre son propre rouge à lèvres. Il a fallu que nous allions lui acheter des nouveaux vêtements, des articles de toilette, et même des dessous. Dans un moment pareil !

VALERIE MERTZ

La première fois où j'en ai entendu parler, c'était à la télé. Ils l'ont annoncé aux infos de dix-sept heures. À cette époque, j'avais même jamais vu cette Mme Parfaite, mais j'ai cru reconnaître le nom. « Hé, Lydia ! j'ai dit. Cette Mme Maretto dont tu me rebats les oreilles ? Elle avait pas un mari qui s'appelait Larry ? »

Liddy elle était dans la cuisine, en train de vider un gros pot de glace. Je savais pas ce qu'était devenu son régime à base de gâteaux de riz, mais tout à coup, voilà qu'elle s'empiffrait comme si elle avait peur de manquer. « Oui, je crois, elle me répond. Pourquoi tu me demandes ça ?

– Il a été tué. Assassiné, On dirait que des cambrioleurs sont entrés chez eux et ils l'ont flingué. »

Moi, j'avais jamais rencontré cette femme, alors je pouvais pas en faire tout un plat, vous comprenez ; tôt ou tard tout le monde a son paquet d'emmerdements, d'une manière ou d'une autre. Apparemment, c'était son tour, à elle. Et à lui aussi. Celle qui m'inquiétait le plus, c'était Lydia. Comment elle allait réagir, vu qu'elles étaient si proches l'une de l'autre. J'ai essayé de passer mon bras autour de ses épaules, en pensant à ce que dirait Ann Landers dans ce genre de situation.

Mais Lydia avait pas envie de parler de ça. « Et alors ? elle me répond. Je le connaissais pas, ce gars-là.

– Oui, je sais bien, je dis. Mais vu qu'elle était ton amie et tout ça, je pensais que ça te ficherait un coup.

– De toute façon, il était pas très gentil avec Suzanne, elle me dit. Il voulait pas qu'elle s'inscrive dans ce cours où elle avait envie d'aller. Et je crois même qu'il se droguait.

– Ah bon ? Dans ce cas, peut-être que c'était pas un cambriolage. C'est peut-être une discussion entre dealers qui a mal tourné. Peut-être qu'il a acheté de la cocaïne ou une cochonnerie comme ça et qu'il a voulu arnaquer le vendeur, et les autres ils ont envoyé un mec pour le buter. Y a toujours des histoires comme ça à la télé.

– J'en sais rien, répond Lydia.

– Si c'est ça, il faut que quelqu'un en parle à la police. C'est un renseignement important. Ils ont donné justement un numéro où faut les appeler si on sait quelque chose.

– Non, maman », elle me dit. J'ai honte de l'avouer, mais ma fille, la chair de ma chair, elle m'appelle jamais maman. La dernière fois, je crois que ça remonte à 1987.

« Tu sais quelque chose sur ce meurtre ? je lui demande. Tu as envie de m'en parler ?

– Je sais rien, elle me répond. Fiche-moi la paix à la fin !

– Une chose est certaine, en tout cas. Tu peux être sûre qu'on la verra plus traîner par ici maintenant, elle viendra plus te chercher pour aller faire des courses. Trop de mauvais souvenirs. Et je te parie qu'elle va toucher un paquet de fric de l'assurance, elle va s'acheter une super bagnole ou je sais pas quoi. Et elle va certainement foutre le camp à Hollywood.

– Tu ne connais pas Suzanne comme je la connais, me dit Lydia. Jamais elle partira comme ça. Elle a tous ses amis ici.

– Des amis ? Oui, c'est ça, je rétorque. Tu vas voir s'ils comptent encore ses amis une fois qu'elle aura les poches pleines de fric. »

À ce moment-là, elle est partie. « Vidéo-gags » commençait à la télé, et ils remontraient cette énorme bonne femme qui danse avec son mari dans un endroit superchic, et tout à coup y a sa jupe qui tombe. Ça me fait mourir de rire.

On n'a pas reparlé de Mme Maretto, ce soir-là. Mais j'entendais Lydia dans la cuisine, le bruit des assiettes, la porte du frigo qui s'ouvre. Je l'ai appelée pour qu'elle vienne voir l'émission, car pour se remonter le moral quand ça va pas, y a rien de mieux que ces vidéos amateurs. Elle a même pas répondu.

« En tout cas, j'ai dit. Avec des criminels comme ça en liberté, des types qui tuent de sang-froid, je suis bien contente d'avoir un pistolet à la maison. »

JIMMY EMMET

Avant qu'on fasse le coup, elle m'avait dit qu'après elle pourrait pas me voir pendant quelques jours. À cause de ses parents, des flics qui fouinent partout et tout ça. Alors au début, j'ai attendu. Le lendemain du truc, vu qu'elle avait passé pas mal de temps au lycée, ils nous ont annoncé que le mari de Mme Maretto était mort, et ils ont fait cette minute de silence où tout le monde est censé penser à Mme Maretto. Moi, j'y pensais, c'est sûr. Mais sûrement pas comme ils l'imaginaient.

Quatre ou cinq jours plus tard, j'avais toujours pas de ses nouvelles et je commençais à avoir les boules. Elle avait pas refoutu les pieds au bahut, ce que je comprends, mais quand même, elle avait forcément un petit moment pour me contacter, au moins. Faut pas déconner.

Lydia, elle est allée à l'enterrement. Pas moi, j'aurais pas supporté. Alors, j'ai demandé à Lydia de transmettre un message à Mme Maretto de ma part. J'avais envie de la voir. On serait pas obligés de baiser ni rien. Fallait juste que je la voie.

Lydia a dit que Suzanne avait pas répondu quand elle lui a dit ça. C'était comme si Lydia était invisible. « Elle est sans doute sous le choc encore, Jimmy, elle m'a dit. Tu imagines, se retrouver veuve tout d'un coup. »

La semaine d'après, je vais chez ses parents, car j'ai appris qu'elle habitait là, et je frappe à la porte. « Faut que je te voie, je lui dis. Je peux pas attendre un jour de plus. »

Ça la fait rire. « Ah bon ? elle dit. Pourquoi ? Qu'est-ce qui va se passer ? »

J'allais exploser. J'allais me mettre à gueuler. Merde, je sais pas, moi. Tout ce que je sais, c'est qu'il faut que je caresse sa peau. Que je mette mon visage dans ses cheveux. Faut que je lui grimpe dessus et que je la baise.

« J'ai bien réfléchi, elle me dit. Ce n'est pas une très bonne idée. De te revoir. Tout bien considéré.

– Ça veut dire quoi ? » Je parle tout bas, mais j'ai envie de hurler.

« Si on considère que tu as seize ans et moi vingt-cinq. Si on considère que le dernier livre que tu as lu c'est le manuel d'entretien d'une Harley-Davidson et que tu n'as sans doute pas pris de douche depuis samedi dernier. Si on considère que j'ai l'intention de suivre un séminaire de formation intensive aux techniques de la télévision cet été en Californie. Qu'est-ce que tu croyais, hein ? elle me dit. Tu nous imaginais allant dîner chez mes parents, par exemple ? Tu t'imaginais m'emmenant à un concert de Phil Collins ou dîner dans un grand restaurant ? Sois réaliste !

– Et ce qui s'est passé ? je réponds. C'était pour quoi alors ? Je croyais que le but, c'était qu'on soit tous les deux.

– Ouais, bien sûr. Mais ça n'a pas marché. Les choses changent. C'est comme ça, la vie.

– Qu'est-ce que je vais faire moi, maintenant ? je lui demande.

– Ça, c'est pas mon problème, elle répond. Je ne suis pas ta mère. »

BUD BAXTER

Une semaine, dix jours peut-être, après la diffusion de notre premier reportage sur le meurtre de Maretto, j'arrive au bureau un matin, à peu près à la même heure que d'habitude, et un message m'attend. Suzanne Maretto veut que je la rappelle. Vous devez bien comprendre une chose : dans mon métier un journaliste se fait très souvent claquer la porte au nez, quand les gens le voient arriver, ils changent de direction. Surtout cette femme qui était assaillie par la presse durant les premiers jours après le meurtre, on aurait pu penser qu'elle aspirait à la tranquillité. Je la rappelle et j'apprends qu'elle a d'autres choses à me raconter. Très bien, je me dis. Écoutons ce qu'elle a à dire. « Je ne peux pas parler de ça au téléphone, elle me dit. Mais si vous vous déplacez, je vous offre l'exclusivité. » Alors on prend rendez-vous pour que je débarque chez ses parents avec un cameraman dans l'après-midi.

Quand j'arrive, elle porte une petite combinaison moulante, avec des chaussures à talons hauts, et on dirait qu'elle sort de chez le coiffeur. Elle me fait entrer, elle me demande ce que je veux boire. Limonade, thé glacé, bière, une demi-douzaine de sodas différents, j'ai le choix. Est-ce que je veux un sandwich ? Un gâteau ?

Elle demande à notre cameraman où il a appris son métier. Qu'est-ce qu'il pense de ces nouvelles minicaméras ultralégères ? Quel genre de micros est-ce qu'on utilise ? Elle me dit qu'elle a vu mon reportage la veille sur cette gamine de dix ans qui a donné un rein à sa mère. Bon boulot, elle me dit.

Il y a quelque chose dans tout ça qui me met mal à l'aise. Les limites sont brouillées, on ne sait plus qui est quoi. Elle se comporte comme si c'était elle la journaliste.

« Eh bien, qu'aviez-vous à nous dire ? je demande.

– Oh… C'est un peu… compliqué », répond-elle. Après m'avoir appelé, elle a commencé à se demander si je ne risquais pas de me méprendre.

« Dites toujours, on verra bien, je réponds. Avez-vous une nouvelle théorie concernant l'identité du meurtrier de votre mari ?

– Non, pas vraiment », dit-elle. Mais elle tient à souligner encore une fois que la police a fait un travail remarquable, bien au-delà de leur simple devoir. « Absolument formidable. On peut tous dormir un peu plus rassurés la nuit, dit-elle, en sachant que des policiers tels que l'inspecteur Mike Warden et sa super équipe veillent sur notre sécurité.

« La caméra ne filmait pas, ajoute-t-elle. Vous voulez que je recommence ? »

Je lui réponds que ce n'est pas nécessaire. Bien que je partage tout à fait son opinion au sujet de la police.

Elle reste assise là un moment, à jouer avec ses boucles d'oreilles. C'est sûr, je ne veux pas un Coca ? Et Rick, mon cameraman ?

« Non, merci, dis-je. Sincèrement. »

À ce stade, je cherche surtout un moyen de prendre congé poliment. C'est vrai, avec une femme comme ça qui vient de perdre son mari, on ne sait jamais ce qui peut se passer. Peut-être qu'elle se sent seule. Elle avait besoin de parler à quelqu'un.

« Je suis sûr que c'était un type formidable, dis-je.

– Qui ça ? dit-elle. Oh, Larry.

– C'est affreux. Mourir si jeune. Alors que vous aviez toute la vie devant vous. Et maintenant…

– Moi, je suis toujours vivante, dit-elle.

– Exact, je réponds. Dieu soit loué, vous n'étiez pas avec lui ce soir-là, sinon il y aurait sans doute eu un double meurtre.

– C'était suffisamment affreux de découvrir le corps, dit-elle. Il y avait du sang partout. J'ai jamais rien vu d'aussi horrible. Vous avez déjà vu à quoi ressemble quelqu'un tué à bout portant comme ça ?

Attention, il ne s'agissait pas d'une petite blessure bien nette dans la poitrine. Quand ils ont assassiné le président Kennedy, la balle lui a fait sauter la moitié de la tête, vous savez bien, dit-elle. Évidemment, ce n'était pas à bout portant comme Larry. Mais le résultat était le même. Une vision de cauchemar ! »

Je lui dis combien j'étais désolé. Et j'ajoute un truc du genre : « Hé, il commence à se faire tard. On ferait mieux de se grouiller de retourner au boulot si on ne veut pas se retrouver au chômage lundi matin, qu'est-ce que t'en penses, Rick ?

– Attendez, je ne vous ai même pas dit pourquoi je vous ai fait venir. »

Je lui réponds que ce n'est pas grave. Nous continuerons à traiter l'affaire sous le même angle.

« En fait, comme vous le savez certainement, dit-elle, je travaille dans la même branche que vous. Présentement., on pense à moi pour un gros poste de journaliste dans le domaine des arts et spectacles, sur une chaîne de télé locale. Remarquez, je n'ai pas eu tellement le temps d'y réfléchir, vous vous en doutez.

« Enfin bref, j'ai travaillé toute l'année avec un groupe d'adolescents défavorisés pour réaliser un reportage sur les aspirations et les rêves d'un groupe de jeunes d'aujourd'hui. J'ai terminé le reportage juste avant… avant ce que vous savez, il y a deux ou trois semaines. Je m'apprêtais à le proposer à mon directeur, mais maintenant, avec tout ce qui se passe, je me suis dit que votre chaîne aurait peut-être envie d'y jeter un œil et de le diffuser dans le cadre d'une émission spéciale. Vous pourriez peut-être montrer un passage, ou bien me filmer en train de travailler sur le montage final dans le studio. Vous auriez bien sûr l'exclusivité. »

Je réponds que je devais d'abord en parler au directeur de la chaîne, mais l'idée me semblait intéressante. Qu'est-ce que vous vouliez dire d'autre ? Vous pensez que cette femme est un peu sonnée par le chagrin. Qui sait comment je réagirais moi-même s'il arrivait une chose pareille à quelqu'un de ma famille ? On ne pouvait pas lui en vouloir, même si elle perdait la boule. Ce qui n'était pas le cas assurément.

On avait remballé notre matériel et on était en train de le charger dans le van quand elle nous a rejoints dehors. « Je vais vous donner un autre angle intéressant, dit-elle. C'est mon chien. Il adorait Larry lui aussi, et du jour au lendemain, non seulement il se retrouve loin de chez lui, de ses jouets et tout ça, mais Larry n'est plus là, et personne peut lui expliquer. On sent qu'il ne comprend pas.

– C'est sûr, dis-je. Les chiens sont des animaux étonnants. Ils ont autant de sensibilité que les humains. Plus, parfois. »

ANGELA MARETTO

Tout d'abord, j'aurais jamais imaginé que Suzanne puisse être mêlée à cette histoire. Même dans mes cauchemars les plus horribles, je ne pouvais pas envisager une chose pareille. C'était son mari ! Larry l'aimait passionnément. Elle était comme notre deuxième fille.

Aujourd'hui, peut-être que, si je pouvais remonter dans le temps et l'observer pendant l'enterrement, ou s'adressant aux journalistes de la télé, je remarquerais quelque chose de bizarre. Mais sur le moment, vous ne pensez pas du tout à ça. Vous êtes tellement abruti par votre chagrin que vous ne savez même pas s'il fait beau ou s'il pleut. Alors, comment pourriez-vous deviner que votre belle-fille, qui est là près de vous, le visage enfoui dans son mouchoir, est une meurtrière ?

À ce moment-là, nous étions tous soudés. Tant que les gens qui avaient aimé Larry restaient ensemble, j'avais l'impression qu'il n'était pas vraiment mort, vous comprenez ? S'il y avait plein de monde, c'était comme s'il avait quitté la pièce pour quelques minutes. Les moments les plus durs, c'était la nuit, quand Joey et moi on se retrouvait seuls dans notre lit ; on se serrait dans les bras l'un de l'autre et on pleurait si fort que le matelas tremblait. C'était le plus terrible.

Les jours passent et vous continuez à vivre, sans savoir comment. Au début, il y a tellement de choses à faire, l'enterrement, la police, les amis qui viennent au restaurant, les journalistes. Vous n'avez pas le temps de réfléchir, et c'est tant mieux. Le matin, je m'habillais, je me maquillais, je préparais le petit déjeuner. Mais je ne me souviens plus de rien.

C'est plus tard, quand les choses se sont calmées un peu, que j'ai craqué pour de bon. Ils n'avaient pas encore arrêté les meurtriers, l'enquête semblait piétiner. En sortant dans la rue, je voyais les gens qui continuaient leur petite vie comme si tout était normal, comme si rien n'avait changé. C'est surtout ça qui me rendait folle. Dans ces moments-là, j'appelais Suzanne parfois, et je lui demandais si elle ne voulait pas passer à la maison, boire un café. Je ne voulais pas rester seule. Je sortais l'album de photos, j'écrivais des mots de remerciement aux gens qui nous avaient envoyé des fleurs, je faisais l'argenterie, n'importe quoi. Heureusement, on avait le restaurant; ça vous occupe.

Mais je me souviens de cet après-midi-là. Suzanne était venue à la maison; elle m'aidait à vider un des placards. J'avais décidé de me débarrasser des affaires de Larry, et je pensais qu'elle aurait peut-être envie d'en récupérer quelques-unes.

Je me souvenais de ce vieux blouson du lycée qui datait du temps où il jouait au basket. Larry l'adorait. Plus d'une fille avait tenté de mettre la main dessus, croyez-moi. Mais il n'avait jamais été assez amoureux d'elles pour le leur donner.

Nous étions là toutes les deux, à évoquer ces vieux souvenirs. Soudain, j'ai ouvert un tiroir, et le blouson était là. « Il est normal qu'il te revienne, Suzanne, je lui ai dit. Essaye-le qu'on voie s'il te va. »

Elle portait un gros pull, je crois, alors elle a commencé par l'enlever. Nous étions dans l'ancienne chambre de mon fils, à l'étage; elle s'est mise en soutien-gorge, ce n'était pas un problème, nous étions entre femmes, non?

Mais c'est ce jour-là que je l'ai vu. Au début, je croyais que c'était juste une feuille ou je ne sais quoi qui était restée collée sur sa poitrine et je m'apprêtais à l'enlever. Mais pas du tout, c'était un tatouage. Une rose. Juste au-dessus de son sein gauche. Vous vous rendez compte?

Ne me demandez pas pourquoi, mais j'ai eu un frisson, comme si je découvrais tout à coup qu'elle n'était pas celle que je croyais. Si pendant tout ce temps, elle avait caché cette chose, que pouvait-elle cacher d'autre ?

Je n'ai rien dit. Elle non plus. Mais elle savait que je l'avais vu. Et pour la première fois, j'ai commencé à me poser des questions. Et si, finalement, elle était mêlée au meurtre de Larry ?

Après ce jour, je ne lui ai plus jamais fait confiance. Même si je l'ai laissée emporter le blouson.

RUSSELL HINES

Je glandais dans mon jardin, je bricolais le pot d'échappement de ma Pontiac, vu que j'avais pas encore touché les mille dollars pour me payer une nouvelle bagnole. Et qui voilà qui débarque ? Miss Cul serré en personne, la veuve éplorée, au volant de sa Datsun. La musique à fond, et son clébard assis sur le siège du passager, avec un nœud sur la tête, le même qu'elle. Croyez-le si vous voulez, elle avait mis la ceinture de sécurité au chien.

C'est pas trop tôt, je me dis. Enfin le pognon. Elle se penche, elle ouvre la portière du côté passager, et elle me dit de monter.

« Bonjour, Russell. J'ai quelque chose pour toi.

– Super. »

Et elle me tend une boîte en carton qu'était sous le tableau de bord. Dedans, y a un walkman et des cassettes. Faith No More, AC DC, des trucs qu'elle aime pas, et ces cassettes à la con qui vous expliquent comment réussir dans la vie rien qu'en vous regardant dans la glace le matin et en vous répétant que vous êtes le meilleur. « Elles appartenaient à Larry, elle me dit. J'aimerais te les donner.

– Hé, attendez un peu ! je dis. Et le fric ?

– Tu comprends bien que je traverse une période difficile, elle me répond. Pour l'instant, je continue de payer les factures de la pierre tombale et de l'enterrement de mon mari, et tout le reste. Plus le prêt de l'appartement. On aurait pu prendre une assurance vie qui aurait tout réglé en cas de décès, mais je ne sais pas pourquoi, Larry ne l'a jamais fait. Une grave erreur.

– Ouais, ouais, d'accord, je dis. Je m'en fous, moi, de ces histoires. Moi, ce que je veux savoir, c'est où sont mes mille dollars.

– Rassure-toi, elle me dit. Une fois que tout sera rentré dans l'ordre, je te ferai un cadeau. Mais pour l'instant, je suis bouleversée. Je ne sais toujours pas où j'en suis.

– Ouais, moi, je sais très bien où j'en suis, je lui rétorque. Je suis dans la merde jusqu'au cou. On avait conclu un marché, je lui rappelle.

– Je fais partie de ces gens qui tiennent leur parole, elle me répond. Simplement, ce n'est pas possible pour l'instant.

– Allez vous faire foutre. Je veux mon fric.

– Tu sais, Russell, qu'elle me sort, j'ai fait de gros efforts pour ignorer ton comportement. Mais si tu continues à t'exprimer de manière grossière et vulgaire, je vais être obligée de te demander de quitter ce véhicule. Je refuse de t'adresser la parole tant que tu ne seras pas calmé.

– Vous en faites pas, je lui dis. Je me barre. J'aime pas écouter du baratin. »

Je descends de voiture, mais elle me rappelle.

« Hé, Russell ! N'oublie pas ta boîte. »

Et moi, comme un con, je l'ai prise.

INSPECTEUR MIKE WARDEN

À première vue, cela ressemblait à un cambriolage, le coup classique du type qui rentre chez lui au mauvais moment. Mais il ne nous a pas fallu longtemps pour commencer à nous poser des questions.

Tout d'abord, nous avons supposé qu'ils étaient entrés par la porte de derrière ; dans ce cas pourquoi n'y avait-il aucune trace d'effraction au niveau de la serrure ? Il y avait également le fait qu'ils ont uniquement débranché le téléviseur ; ils n'ont pas touché au lecteur de CD, ni à l'ampli et ainsi de suite. Les bijoux qu'on a découverts éparpillés sur le sol provenaient de la chambre du haut. Logiquement, ils auraient fini d'embarquer la chaîne stéréo avant de s'attaquer à l'étage.

Tous les gens que nous avons interrogés ont souligné que ce n'était vraiment pas de chance que le chien n'ait pas été dans la maison ce soir-là justement. Comme l'a dit le père de la victime : « S'il avait été là quand quelqu'un essayait d'entrer, toute la résidence l'aurait entendu hurler. » Le genre petit roquet, j'imagine. Un sale coup du hasard, en effet, qu'il soit chez le vétérinaire, ou alors c'était bien calculé.

Mais l'élément principal qui dément la théorie des cambrioleurs surpris par la victime, c'est la façon dont ils l'ont tuée. À bout portant. Quelqu'un tenait le gars, pendant que l'autre lui appuyait l'arme sur la tempe et pressait la détente. Et pas au milieu du salon. Cela a eu lieu juste à côté de la porte. Juste à l'endroit où il avait posé sa mallette. Comme si les types l'attendaient.

Certes, on peut s'interroger sur le mobile. La victime n'avait pas de casier judiciaire, il ne se droguait pas, semble-t-il, pas de dettes de jeu. Apparemment, il n'y avait pas non plus d'autre femme dans le tableau. Mais quand on voit son épouse, on peut se demander s'il n'y avait pas d'autres hommes. Sans oublier le fric de l'assurance. Cent mille dollars, ça peut être une bonne raison de tuer, pour certains, en tout cas. Un jour, j'ai eu affaire à un type qui avait buté un pompiste parce que celui-ci avait eu le malheur de dépasser d'un penny les dix dollars d'essence qu'il avait demandés. Ça fait réfléchir.

À part la nature des blessures par balles, nous n'avions guère d'indices. Aucune empreinte. Personne n'avait aperçu les meurtriers, ni même une voiture. Pas d'arme.

Mais il y avait l'épouse. Elle avait l'air d'une femme solide. Une jolie fille, avec de l'éducation. Pourtant, il y avait quelque chose en elle qui me chiffonnait. Bien entendu, elle avait un alibi en béton. À l'heure où on assassinait son mari, elle passait une audition pour un poste de journaliste à la télé, là-bas en ville. En effet, ils avaient un enregistrement d'elle ; on la voit parler d'un film ou je ne sais quoi.

À vrai dire, c'est surtout une remarque qu'elle m'a faite à propos de cette audition qui m'a conduit à m'interroger. Nous étions en train de discuter des détails de cette soirée, comment elle était entrée dans l'appartement, comment elle avait découvert le corps. Et tout à coup, alors qu'elle me racontait que son mari était couché par terre, la moitié du crâne en bouillie, elle me sort : « C'est ironique, vous ne trouvez pas ?

– Je vous demande pardon ? Comment ça ? »

Le fait que son mari meure le soir même où sa carrière semblait enfin démarrer, elle me répond. Comme si c'était le prix qu'elle devait payer en échange de cette réussite.

« Avez-vous remarqué que chaque fois qu'il vous arrive quelque chose de vraiment chouette, il s'est passé une chose affreuse avant, et vice versa ? me dit-elle. Un peu comme si la vie devait équilibrer la balance. »

Moi, je pensais que la balance n'était pas très bien équilibrée en l'occurrence : décrocher un job à la télé, d'accord, en échange de la vie d'un homme ? Mais qu'est-ce que j'en sais, hein ?

DAN JENNINGS

Quand vous enseignez dans un lycée depuis aussi longtemps que moi, il finit par vous pousser des antennes. Je m'explique. Certains jours, vous entrez à la cafétéria et vous sentez qu'il se passe quelque chose. Une semaine plus tard vous apprenez que c'est ce jour-là qu'une des élèves a fait un test de grossesse et essayé de s'avorter elle-même dans les toilettes. Elle est tombée dans les pommes une semaine après pendant le cours d'économie domestique, suite à une hémorragie interne et à une infection. C'est à ce moment-là seulement que le prof apprend ce qui se passe. Mais les élèves, eux, ils le savaient déjà une semaine avant, à la cafétéria. Et c'est ça que vous aviez senti.

Maintenant que j'y repense, je me dis que c'était la même chose en février dernier. Au début, on aurait pu croire que c'était juste à cause du meurtre du mari de Suzanne Maretto. En effet, il y avait de quoi créer un certain malaise, je dirais. Mais au lieu de se dissiper au bout d'une semaine ou deux, le sentiment s'est amplifié. Juste avant les vacances, toute l'école était sur le point d'exploser tant était forte la tension. Je ne parle pas d'une tension due à la scolarité. Au cas où vous ne le sauriez pas, ce ne sont pas des élèves qui passent tous leurs moments de loisir la tête plongée dans les livres. Malgré tout, on sentait que quelque chose les préoccupait. Dès que vous entriez dans la salle de permanence, le silence se faisait. Dès que vous ressortiez dans le couloir, les murmures reprenaient.

Petit à petit, les rumeurs ont commencé à remonter à la surface. Quelqu'un avait vu une photo de Suzanne Maretto assise sur les genoux de Jimmy Emmet. Un autre avait entendu dire que Suzanne avait offert à Lydia une paire de baskets. Un troisième disait que c'était un lecteur de disques compacts. Ou un blouson en cuir. On disait que Suzanne Maretto était enceinte. Quelqu'un affirmait qu'en réalité, ils ne tournaient pas un reportage sur la vie au lycée, c'était une vidéo porno dans laquelle on voyait Mme Maretto et Jimmy Emmet tout nus dans un lit. Et il paraît que Jimmy lui faisait toutes sortes de choses, avec de la mousse à raser et des concombres. On disait aussi que Lydia et Suzanne étaient lesbiennes. Ou encore que Larry vendait de la drogue à Russell, et Russell s'était mis en colère quand Larry lui avait refilé du mauvais crack. Une fille qui avait couché avec Russell Hines affirmait qu'elle l'avait entendu discuter avec Jimmy de la façon de faire taire Lydia. Quelqu'un d'autre disait que Suzanne Maretto portait un tatouage avec les deux prénoms Jimmy et Suzanne, sur la fesse.

Au mois de mars, nous avons organisé une réunion concernant le sida et les moyens de prévention. Au moment des questions, un élève de terminale a levé la main pour demander s'il est vrai qu'on peut attraper le sida en se faisant tatouer. Le conférencier dut reconnaître que les opinions divergeaient sur ce point. Alors quelqu'un dans la salle s'est écrié : « On n'a qu'à appeler la chaîne câblée pour demander à la fille de la météo. » Cinq cents élèves se sont retenus de rire. Je crois qu'ils étaient tous au courant.

LYDIA MERTZ

Elle a arrêté de me téléphoner. Elle ne m'invitait plus chez elle. Bon d'accord, elle n'habitait plus dans son appartement à ce moment-là, mais on aurait pu aller manger une pizza. On aurait pu traîner toutes les deux. Juste pour être ensemble.

J'ai acheté une couronne de fleurs pour l'enterrement. Des œillets roses. C'est une couleur qui lui va très bien. Après la cérémonie, tout le monde s'est mis en ligne pour serrer les mains des membres de la famille, en leur disant combien on était tristes et tout. C'est sûr que j'avais pas grand-chose à dire aux parents, moi, mais en arrivant devant elle, je l'ai prise dans mes bras et je me suis mise à chialer. On avait vécu tellement de choses ensemble. Et j'avais le sentiment que c'était juste le commencement.

« Ça me touche énormément que tu sois venue », elle m'a dit. Elle avait dit la même chose au type qui faisait la queue devant moi, et à celui de devant aussi.

Bah, c'est pas l'endroit idéal pour parler, j'ai pensé. Elle est obligée de donner le change. C'est comme si elle jouait un rôle. Plus tard, on ira se promener au centre commercial, on essaiera des chapeaux ridicules et tout ça, on fera des bulles de chewing-gum et on chantera des chansons du *Magicien d'Oz.* On fera les folles toutes les deux, comme avant. Alors j'ai attendu de ses nouvelles. Je restais assise chez moi en espérant voir arriver la Datsun à tout moment ; elle descendrait de voiture et dirait : « Si on allait faire un tour au centre commercial, Liddy ? »

Je reste assise dans ma chambre, et j'attends. J'entends la télé, les feuilletons qui défilent les uns après les autres. Et cette putain de publicité pour le Dexatrim qui passe pour la millionième fois. Ma mère beugle au téléphone avec sa sœur pour lui expliquer que Chester était un sale con. Le gosse d'à côté joue à Super Mario. Pas de Suzanne.

Quand elle est partie de chez ses parents pour retourner vivre chez elle, la police ayant fini de relever les empreintes et ainsi de suite, je suis allée la voir tout de suite.

« Si tu savais comme tu m'as manqué, je lui dis. Quand tu es pas là, ma vie devient insupportable. »

Ça la fait rire. Elle me donne un petit coup dans le ventre… pour rire, vous voyez ? et elle me dit : « Tu as recommencé à te goinfrer de glaces, Liddy ? » Elle est comme ça, Suzanne. Elle me connaît si bien qu'elle remarque tout.

Je lui dis que je pensais qu'on pourrait peut-être aller faire un tour en voiture. Comme dans le temps. J'ai tellement de choses à lui raconter. Et surtout, je veux savoir comment ça se passe avec Jimmy. Et parler de notre voyage en Floride cet été.

« Hé, je n'y ai pas encore pensé, elle me répond. Je n'ai pas la tête à ça en ce moment. C'est de la folie, tu sais.

– Et Walter, comment il va ? je demande.

– Le pauvre, il n'arrête pas de renifler partout comme s'il cherchait Larry. » Le chemiser qu'elle portait le soir où elle a découvert le corps de Larry, celui avec du sang dessus, un jour, il l'avait sorti du panier avec sa gueule pour l'emporter sur le lit. Comme s'il reconnaissait l'odeur de son maître. Un autre jour, c'était une vieille paire de chaussettes de sport de Larry. Elle n'avait pas eu le courage de les laver.

« Au fait, je dis, et cette audition que tu devais passer le soir où Larry… est mort ?

– Ça n'a rien donné », elle dit. Ils avaient très envie de la prendre dans leur équipe de journalistes, malheureusement, les termes du contrat étaient trop contraignants. Elle devait rester attachée à la même chaîne pendant deux ans. Elle m'a expliqué qu'elle préférait garder sa liberté de choix.

« Je suppose que tu vas aller suivre ce séminaire en Californie cet été ? je dis.

– Oui », elle répond. Il y aura cette femme qui a une émission le matin où elle reçoit des invités, sur une chaîne de Portland. Et aussi des recruteurs qui s'occupent de placer les gens comme elle dans certaines chaînes de moyenne audience. « Et c'est par là qu'il faut commencer, elle dit.

– C'est super ! Tu sais, je lui dis, rien ne m'oblige à rester toute ma vie dans ce bled. » Si un jour elle voulait que je devienne sa secrétaire, n'importe où, j'étais prête à tout laisser tomber pour la suivre. Elle serait même pas obligée de me payer en attendant de devenir célèbre.

« J'ai lu un article sur Kathy Lee Gifford, elle me dit. Tu sais, celle qui fait l'émission de la matinée avec Regis Philbin ? Elle a épousé un vieux type qui était commentateur sportif, et bien qu'il ait vingt ans de plus qu'elle, ils ont décidé d'avoir un enfant. Elle est restée à l'antenne durant toute sa grossesse, figure-toi. Elle était superbe. Elle montrait même des exercices pour que les femmes enceintes qui étaient chez elles – quand on y pense, c'est une grosse part de l'audience – puissent les faire en même temps. Le jour où elle est revenue à l'antenne, après la naissance de son enfant – deux semaines après, je crois – Regis Philbin a fait le plus gros score d'audience de toute l'histoire de l'émission. Maintenant, elle joue dans des pubs pour les aliments pour bébés et ainsi de suite. Tout s'est formidablement bien passé pour elle. Deborah Norville, en revanche, ça, c'est une autre histoire. Parle-moi de rétention d'eau ! Pas étonnant qu'ils l'aient fichue à la porte. »

Cody. C'était le prénom de l'enfant de Kathy Lee. Adorable.

« Comment va Jimmy ? je lui ai demandé. On le voit plus.

– Jimmy ? Comment veux-tu que je le sache ? »

Je croyais qu'ils étaient amoureux et tout ça, je lui dis. Je pensais qu'ils seraient tout le temps collés ensemble maintenant.

« Oh, les mecs, tu sais, elle me dit. Ils se font un tas d'idées parfois. C'est vrai, ils perdent le sens des réalités. Un jour, tu comprendras.

– Et pour… enfin, tu vois, je bafouille. Pour ce qui s'est passé.

– Laisse-moi te donner un bon conseil, Lydia. Reprends ton régime. Balance à la poubelle tous les M&M's, les paquets de bonbons que tu as certainement planqués dans ton casier. Enlève-moi ces horribles lunettes. Et si Jimmy te plaît tant que ça, je te le laisse. Avec plaisir.

– Tu parles, je dis, il ne s'intéresse pas à moi. Il ne regardera jamais une autre fille que toi. Il me l'a dit.

– Dans ce cas, il risque de s'ennuyer ferme tout seul, elle répond. Parce que sincèrement, c'est pas du tout mon genre. »

JIMMY EMMET

Je mange plus. Je dors plus. Je reste couché dans mon lit, et je revois son visage, son corps. J'ai les mains qui tremblent, j'ai la queue en feu. Chaque fois que je vois une Datsun, je me mets à transpirer.

Je suis pas un abruti. Comme on dit, je vois clair. Et pourtant, je peux pas m'empêcher de me comporter comme un pauvre crétin qui rampe sur le ventre, en suppliant.

Allongé toute la journée, j'essaye de comprendre où j'ai merdé. Peut-être que je jouissais trop vite. Peut-être que je l'embrassais pas assez. Peut-être que j'avais mauvaise haleine. Dans *Penthouse*, ils expliquent comment faire jouir les nanas, c'est vachement important, il paraît. Putain, je sais même pas si je la faisais jouir ou pas. Je sais pas comment ça se remarque. J'ai vu ça dans des films. Mais c'est pas comme avec les mecs, là c'est facile à savoir. Vous vous dites que vous êtes censé savoir et, si vous posez la question, vous avez l'air d'un con. Moi, personne m'a jamais expliqué. C'est pas vraiment le genre de trucs que vous demandez à votre père entre quatre yeux. Pas au mien, en tout cas.

Un jour où j'étais chez elle, la dernière fois même, j'ai pris son foulard. Elle le portait toujours autour du cou. Attaché par une petite épingle. Elle me l'a pas donné ni rien. Je l'ai fauché. Je l'ai fauché parce que y avait son odeur dessus.

Et maintenant, je suis couché sur mon lit, je serre ce putain de foulard dans ma main, et je me branle pour la dixième fois peut-être aujourd'hui. Ma mère gueule dans l'escalier, y a quelqu'un qui veut te parler, Jimmy. Tu ferais mieux de descendre, c'est un policier.

Vous avez déjà vu une queue se ratatiner en un temps record ?

RUSSELL HINES

C'était quand ? Au début du mois d'avril ? Onze heures du soir, onze heures et demie peut-être. J'étais avec une gonzesse à la maison, et on se pelotait en regardant un truc à la télé, rien de spécial. Mon père et ma mère avaient foutu le camp aux courses. Tout à coup, voilà que Jimmy débarque, sans même frapper à la porte ni rien. Je m'en souviens parce que j'avais ma main sous la jupe de Charlène et j'avançais avec prudence. Il a brisé l'ambiance, ce con.

« On est dans la merde, mon vieux, il me dit. Les flics sont venus m'interroger au sujet de Larry Maretto. Le type m'a expliqué qu'ils gobaient pas le coup du cambriolage. Il paraît que des élèves du bahut racontent qu'on sortait souvent avec elle. Il m'a demandé ce que je savais.

– Qu'est-ce que tu lui as dit ? je demande.

– Rien. Tu me prends pour un débile ? » Je vois bien qu'il est inquiet. Une fois que les flics commencent à vous tourner autour, tout peut arriver.

« Écoute, je lui dis. Ça fait des semaines qu'ils enquêtent sur cette affaire, et s'ils ont rien trouvé jusqu'à maintenant, qu'est-ce tu veux qu'ils trouvent ? On a balancé les gants, non ? Personne nous a vus, personne a vu Lydia prendre le flingue. Y a pas de lézard, mec. »

Jimmy me raconte que le flic voulait savoir s'il aimait bien Mme Maretto. « Elle est vraiment jolie, hein, Jim ? il lui sort. – Ah ? J'ai pas fait attention, répond Jimmy. De toute façon, c'est une vieille.

– J'ai entendu dire que tu étais la vedette du reportage, lui dit le flic. Tu as dévoilé toutes tes pensées devant Mme Maretto. Tu lui aurais pas dévoilé autre chose par la même occasion ?

– Qu'est-ce que ça veut dire ? lui répond Jimmy.

– Je dis simplement que tu as dû passer pas mal de temps avec Mme Maretto pour réaliser une enquête journalistique aussi poussée.

– Oui, un peu. Mais pas tant que ça, répond Jimmy. En fait, c'était surtout Lydia.

– Dans ce cas, je crois que nous allons interroger cette Lydia », déclare le flic.

C'est à ce moment-là qu'on a commencé à flipper.

LYDIA MERTZ

En rentrant de l'école ce jour-là, j'ai vu une voiture de police arrêtée devant chez nous. Mon premier réflexe, ça a été de partir en courant. Me précipiter chez Suzanne, pour lui demander ce que je devais faire. Mais évidemment, je pouvais pas. Sans doute qu'ils m'avaient déjà vue. Ils m'attendaient.

J'entre et je découvre trois policiers assis dans le salon avec ma mère. Elle a coupé le son de la télé. Pourquoi regarder les feuilletons quand vous pouvez les avoir en direct chez vous, pas vrai ?

Elle a sorti l'album de photos, y a une assiette de biscuits sur la table basse. On dirait qu'ils sont là depuis un moment. Formidable, je me dis. Ils doivent tout connaître de notre vie à l'heure qu'il est. Y compris que Chester a foutu le camp avec la manucure de Pawtucket et que les médecins disent qu'elle risque de perdre sa jambe. J'aimerais mourir.

« Bonjour, Lydia, me dit le plus petit des trois policiers, le maigre. Ta mère nous a beaucoup parlé de toi. Si tu venais t'asseoir avec nous un moment ? » Il dit ça d'un ton amical, mais vous sentez bien que c'est pas vraiment une question.

« Nous avons cru comprendre que tu étais très amie avec Suzanne Maretto », me dit le grand flic. Celui-là, il a pas l'air sympa. C'est le type que tout le monde trouve super parce qu'ils voient pas comment il est chez lui avec sa femme et ses gosses. C'est le genre à dire : « Écoutez-moi, mademoiselle », et hop ! il vous fout une claque sur les fesses pour s'amuser. Je le sais bien.

« Disons que je la connaissais », je réponds. Ferme-la, je me dis. Je me plante les ongles dans le bras pour penser à me taire. Je sais que je suis pas très maligne, et je risque d'oublier.

« En fait », dit le troisième flic. Celui-là, c'est le plus difficile à cerner. Il a un beau visage. Mais c'est lui qui pose les questions les plus vaches. « Nous croyons savoir qu'elle t'emmenait avec elle pour faire des courses. Il paraît même qu'elle t'achetait des vêtements.

– Non, pas vraiment, je réponds. Je veux dire, c'était pas la bonne taille.

– Vous deviez être rudement copains tous les quatre, dit le gros. Toi, elle, Jimmy Emmet et Russell Hines. »

Merde, je me dis. Ils sont repérés, eux aussi. Je me demande ce qu'ils ont dit, les autres. S'ils ont tout balancé, je risque d'avoir encore plus d'ennuis si je mens. Ou bien ils ont rien dit, et j'aurai des ennuis si je cafarde. J'ai la tête qui tourne. C'est comme quand la radio se met à déconner, et vous recevez un autre programme en même temps. J'entends toutes ces voix qui se mélangent. Le petit flic me dit que j'ai pas à m'inquiéter, ils savent que je suis une brave fille, pas de la mauvaise graine comme ces deux garçons. Le gros policier me demande si je sais que c'est un crime grave de cacher des informations à la police dans une affaire de meurtre. Le troisième policier, celui qui a un beau visage, demande où j'étais la nuit du 21 février. Ma mère leur explique que je viens d'un foyer brisé et que j'ai eu une année affreuse. En plus, je suis un régime à base de liquides, et ça me fait perdre un peu la tête. À l'instant même où elle a entendu parler de Mme Maretto, elle a su qu'il y aurait des histoires. Si on pense qu'elle habite au numéro 6 et ainsi de suite. Et les gâteaux de riz. A-t-on jamais entendu parler de gâteau de riz au petit déjeuner ?

« Russell est un menteur, je dis. Tout le monde connaît sa réputation. Ce qu'il veut, c'est causer des ennuis à Mme Maretto. Jimmy… je sais pas ce qu'il a fait ou pas. C'est Russell qui lui a bourré le crâne, j'en suis sûre. » Je leur ai expliqué combien Mme Maretto, elle aimait Larry ; elle avait sa photo sur son bureau et tout ça. Je leur ai dit qu'elle était complètement effondrée après sa mort. « Vous la connaissez pas comme moi je la connais », j'ai ajouté.

Le policier, il a dit qu'il venait pas pour m'arrêter, il voulait juste discuter. « Rassure-toi, je ne vais pas te conduire au poste. Si on allait faire un tour en voiture ? Je t'offre une glace. – Non, j'ai répondu. Je suis au régime. »

J'avais pas envie d'y aller, mais si je refusais, je me disais qu'ils risquaient de se faire de fausses idées. Alors, pendant qu'on roule, je lui parle de Suzanne et moi, je lui explique quel genre de fille c'est. Je lui raconte qu'elle m'a acheté un bracelet de cheville. Je lui dis qu'on se confie tous nos secrets, elle et moi, comme deux sœurs. « C'est une fille qu'a du cœur ; elle ferait pas de mal à une mouche, je lui dis. Vous devriez la voir avec son chien, Walter. C'est comme si c'était un être humain ; elle ferait n'importe quoi pour lui.

– En tout cas, elle est très mignonne, me dit le policier. Je suis sûr que Jimmy Emmet en pinçait pour elle, non ?

– Tout le monde la trouvait super », je réponds. J'aimerais avoir plus de cervelle. À force de regarder la télé, je sais que les policiers vous tendent des pièges quand ils vous interrogent. Si mon cerveau fonctionnait mieux, je pourrais être plus futée qu'eux. Mais tout ce que je peux faire, c'est m'obliger à parler lentement, et à réfléchir longtemps avant de répondre.

« Lui aussi, il est mignon, dit le policier. On dirait un de ces gars des New Kids on the Block. » Même moi, je vois où il veut en venir en disant ça. Il veut me faire croire qu'il est cool, qu'il sait ce qu'aiment les jeunes. Mais on voit bien que c'est du bidon.

« Suzanne, c'est plutôt Aerosmith qu'elle préfère », je réponds. Pour pas qu'il pense que Jimmy plaisait à Suzanne.

« Sans doute que Larry ne la comprenait pas, il dit. Dans certains couples, les gens finissent par ne plus communiquer. On voit ça tout le temps. »

Là, je sais pas quoi répondre. Ce serait peut-être une bonne idée de lui faire comprendre que Larry n'était pas un homme parfait. Comme ça, ils sauraient que c'était dur pour elle. Surtout qu'il la soutenait pas dans son métier et ainsi de suite. Mais si elle divorçait, elle se retrouverait à la rue. Elle perdrait Walter et tout le reste.

« Possible, je réponds. Tout le monde a des problèmes.

– Peut-être même qu'elle n'avait pas l'intention d'avoir une liaison avec Jimmy, il ajoute. Ça fait partie des choses qui arrivent quand deux personnes passent pas mal de temps ensemble et que l'une d'elles n'est pas heureuse en mariage, alors que l'autre se montre attentionnée et attentive. Ça peut arriver à n'importe qui.

– Je sais pas si on peut parler d'une liaison, je réponds. On travaillait sur le reportage, c'est tout.

– Oui, bien sûr. Mais Jimmy est tombé amoureux d'elle. Et elle, elle ne voulait pas lui faire de la peine. Vu que c'est une fille qui a du cœur.

– Elle voulait vraiment l'aider, vous savez. Avant de la connaître, c'était un garçon qui se foutait complètement de l'école. Mais elle disait qu'avec la tête qu'il avait, il pourrait peut-être faire carrière à la télé. Elle le voyait bien commentateur sportif, présentateur météo ou un truc comme ça. Ou le type qui fait le tirage du loto.

– Oui, et elle se sentait seule, ajoute le policier. Larry travaillait sans doute très tard. Et quand il était là, il ne la comprenait pas.

– C'est vrai. Suzanne voulait s'inscrire dans des cours pour augmenter ses capacités, mais lui, il était pas d'accord. Et en plus, il la battait, des fois. Mais elle, elle le protégeait, elle en a jamais parlé à personne. Sauf à moi, bien sûr. Et à Jimmy.

– Ce devait être affreux, il dit.

– J'aurais jamais cru que je verrais pleurer quelqu'un comme elle. Mais au bout d'un moment, c'était plus une simple journaliste de la télé avec moi. On était comme deux vieilles amies. On passait des soirées entières à tout se raconter, tous nos problèmes, jusque tard dans la nuit. On n'a jamais eu de secrets l'une pour l'autre.

– Et je parie que Jimmy l'a aidée à oublier tous ses soucis, et à redevenir jeune. Les élèves du lycée racontent que vous aviez l'habitude de partir vous promener en voiture tous les trois, au centre commercial, à la plage et ainsi de suite. On raconte même une histoire insensée comme quoi Mme Maretto se serait fait faire un tatouage là-bas, à Little Paradise. Remarque, c'est facile à vérifier, je suppose, en temps voulu. Mais les jeunes aiment inventer des histoires. »

Une fois de plus, je savais pas quoi dire. Je suis restée muette un long moment. On était arrivés à la plage, je regardai la mer ; j'avais envie de courir dans l'eau et de m'enfuir à la nage. Comprenez-moi. J'aimais Suzanne. C'était ma meilleure amie. J'aimais beaucoup Jimmy aussi. Je me suis mise à pleurer.

Le policier m'a prise par l'épaule, comme mon beau-père ou je sais pas qui. Pas de la même façon heureusement. « Tu n'avais pas l'impression de faire quelque chose de mal, il me dit. Quand deux personnes s'aiment et que les circonstances se dressent sur leur chemin, ça peut conduire au drame.

– Oui, comme Roméo et Juliette, je dis. On a vu le film en cours d'anglais. On savait qu'ils étaient faits pour s'aimer, mais leurs familles ont tout gâché. Ils pouvaient pas vivre l'un sans l'autre.

– Jimmy nous a dit que c'était ça qu'il ressentait pour elle. Et on voit bien que c'est une femme passionnée, elle aussi. Une femme de cœur, comme tu le disais.

– Elle m'avait expliqué que c'était plus fort qu'eux. Peu importe s'ils venaient de deux milieux différents et tout ça. C'était comme Billy Joel avec Christie Brinkley, lui c'est un chanteur de rock et elle une mannequin. Ou encore Van Halen et Valerie Bertinelli, autre exemple.

– Oui, c'est une personne très émotive. Elle ne pouvait pas lutter contre ses sentiments.

– Jimmy, il disait que depuis qu'ils étaient ensemble, il ne faisait même plus attention aux autres filles. » D'accord, je savais bien que tout était fini entre eux. Mais il fallait au moins que j'essaye de lui faire comprendre. C'étaient pas des criminels. Ils avaient perdu la tête, ils s'étaient laissé entraîner. C'était comme une vague qui vous renverse ou je sais pas quoi. Ça peut faire ça, l'amour, chez certaines personnes.

Il a dit qu'il comprenait ce que je voulais dire. Il voyait bien que je n'avais jamais voulu faire de mal à qui que ce soit. Je voulais juste aider mon amie. On était si proches l'une de l'autre.

« Exact, je lui dis. C'est à ça que servent les amis. À s'aider dans les moments difficiles. » Après ça, je suis restée assise là sans rien dire.

« Au fait, il me dit. J'ai parlé avec ta mère tout à l'heure. Elle m'a confié qu'elle était soulagée que vous ayez un pistolet à la maison. Avec ce meurtrier en liberté. Je lui ai dit que j'aimerais emporter ce pistolet pour un examen balistique. Simple routine. Ne t'inquiète pas, on vous le rendra le plus vite possible. Comme ça, vous vous sentirez en sécurité. »

À cet instant, je pensais qu'à une chose : manger une glace. Et dès qu'il m'a redéposée chez moi, c'est ce que j'ai fait. J'ai ouvert le frigo direct et j'ai vidé le pot de deux litres que ma mère venait d'acheter. Vanille avec des pépites de chocolat.

INSPECTEUR MIKE WARDEN

On se rend donc au domicile de la famille Hines. Quand je parle de domicile, il s'agit en fait d'une caravane installée près de la plage. Avec une demi-douzaine d'épaves de voitures dans le jardin, et deux gamins qui s'amusent à balancer des vieux tubes de téléviseur contre le mur. Ils me disent que leur frère n'est pas là. Leur père est parti ramasser des palourdes.

Ce n'était pas la première fois que nous avions affaire à la famille Hines. Russell n'a que dix-sept ans, mais il avait déjà fait deux séjours en maison de correction. Il a un cousin qui purge une peine de prison pour attaque à main armée, et un oncle pour incendie criminel. Pas mal comme arbre généalogique. On imagine que ce n'est pas le genre de famille horrifiée à l'idée qu'il y ait un criminel parmi eux. Ces gens sont forcés de se montrer réalistes ; comment pourraient-ils espérer que leur fils reste dans le droit chemin ? Alors, peut-être qu'ils seront sensibles à une promesse d'allégement de peine s'il accepte de passer aux aveux. Surtout en sachant que, si Russell ne crache pas le morceau, quelqu'un risque fort de le faire à sa place. C'est comme un jeu. Qui sera le premier à se dégonfler ?

On roule jusqu'aux marais. On est obligés de patauger dans plusieurs centimètres d'eau pour aller discuter avec le père. Lui expliquer qu'on peut peut-être encore inculper son fils en tant que mineur. Ce n'est pas parce qu'il sait voler des voitures et qu'il a un fils de deux ans qu'on doit forcément le considérer comme un adulte, pas vrai ?

Le type ne dit pas grand-chose. Mais j'ai l'impression qu'il a bien saisi le message.

« Si on l'inculpe en tant qu'adulte, il est bon pour la prison à vie sans remise de peine, je dis. Mais on pense que c'est Jimmy qui a appuyé sur la détente, étant donné que d'après les témoignages, l'épouse Maretto et lui étaient amants. Un élève les a vus s'embrasser derrière les poubelles au lycée. Quelqu'un d'autre les a aperçus dans une salle de jeux à Little Paradise Beach. »

Il y a également cette chaîne en or que son fils a mise au clou la semaine dernière, en ville. Sait-il que cette chaîne appartenait à Larry Maretto ?

Le père dit qu'il va avoir une discussion avec son fils. Peut-être qu'ils viendront nous rendre visite au poste de police.

JIMMY EMMET

J'étais en train de me fumer un pétard tranquillement dans les marais quand ils sont venus me chercher. J'ai tout de suite pigé. J'ai même pas essayé de foutre le camp quand j'ai vu la voiture de flics. Mais pas question d'aller vers eux. Quand ils rentreront chez eux retrouver leurs bonnes femmes, ils pueront la palourde crevée, je me dis. Mais à quoi bon s'enfuir ? Pour aller où ?

Un des deux flics me demande : « Vous êtes bien James J. Emmet habitant au 10 Foundry Street ? » Et il me sort la réplique habituelle : « Vous avez le droit de demander un avocat » et bla-bla-bla... Et il me passe les menottes. « Hé, je peux même pas finir mon joint ? » je dis. Il est pas d'accord.

Ils me foutent sur la banquette arrière. La radio est branchée, et c'est de moi qu'on parle ! Vous vous rendez compte ?

Et Russell ? je me dis. Est-ce qu'on va aller le chercher, lui aussi ? Et Lydia ? Mme Maretto, je veux même pas imaginer ce qui va lui arriver. Pour l'instant, je pense pas à la prison, ni au procès. Je me dis juste : merde c'est pas encore cette semaine que je pourrai coucher avec elle.

Mais on s'arrête pas pour prendre Russell ni personne d'autre. Merde, je commence à me dire, ils croient quand même pas que j'ai fait le coup tout seul, hein ? En tout cas, je leur balancerai rien. On cafarde pas un pote. Même si c'est un connard de première.

Devant chez les flics, y a des photographes et tout le tintouin. Des caméras de télé à la pelle. Je baisse la tête au maximum, je veux pas que ma mère voie ça.

Ils me coffrent. Ils prennent mes empreintes et toutes ces conneries. Comme à la téloche. Et après, ils m'emmènent dans un grand couloir, pour l'interrogatoire qu'ils disent. « Vous avez le droit de vous faire assister par votre avocat », me dit le flic. Mon avocat ? Laisse-moi rire.

Et tout à coup, je vois Russell. Il est assis sur un banc avec son vieux et un autre type en costard qui ressemble à Perry Mason. Je vais pour dire un truc du genre « Ils t'ont chopé, toi aussi ? », mais je comprends tout brusquement. C'est pas du tout ça. C'est pas les flics qui nous ont pincés. C'est Russell qui m'a vendu. Cet enfoiré a passé un arrangement avec les poulets pour sauver sa peau. Et moi, je suis le roi des cons. Mais j'ouvre pas ma gueule, parce que je veux pas causer d'ennuis à Mme Maretto. Je crois encore qu'elle m'aime.

SUZANNE MARETTO

J'ai été aussi surprise que tout le monde en apprenant que la police avait arrêté Jimmy et Russell pour le meurtre de mon mari. Certes, on sait bien de quel milieu ils viennent et, bien entendu, je n'ignorais pas que Jimmy était amoureux de moi. Mais même dans mes pires cauchemars, je n'aurais pu imaginer que sa jalousie envers Larry le conduirait au meurtre. Dans son cerveau malade, sans doute croyait-il véritablement qu'en éliminant Larry il pourrait m'avoir pour lui.

Naturellement, dès que la police a capturé ces deux individus, ils se sont empressés de me désigner du doigt, en racontant que l'idée venait de moi. J'aurais dû me douter qu'ils agiraient ainsi. Ce qui me choque le plus, c'est que la police ait pu ajouter foi à leurs accusations. Alors que n'importe quel imbécile pouvait s'apercevoir que ces deux garçons étaient de vrais criminels en puissance.

On aurait pu croire que le meurtre sauvage de mon mari serait une peine suffisante, sans parler du fait de devoir habiter chez mes parents, comme une vulgaire sans-abri, privée de tous mes vêtements et même de ma brosse à dents. On aurait pu penser que les gens me laisseraient en paix ensuite, ou qu'ils essaieraient de m'apporter un peu de soutien moral. Et voilà qu'au contraire, ils m'accusent de complicité de meurtre.

Quant à cette fille, Lydia, je n'en ai jamais parlé jusqu'à maintenant, car elle avait déjà suffisamment de problèmes sans que j'en rajoute. Je vous ai raconté qu'elle en pinçait pour Jimmy, vous vous en souvenez. En vérité, je crois qu'elle était beaucoup plus perverse. Peu à peu, à force de passer du temps avec elle, j'ai fini par comprendre qu'elle était attirée sexuellement par moi, bien plus encore que par Jimmy.

N'ayant jamais fréquenté jusqu'alors une personne dotée de ce penchant, il m'a fallu longtemps pour comprendre. Mais un jour, c'était au centre commercial, elle a insisté pour que nous entrions dans cette boutique où on trouve de la lingerie cochonne. Ce n'est pas exactement le genre d'endroit où vous emmenez une amie qui est à la fois votre mentor et un peu votre grande sœur.

Elle m'a dit qu'elle devait s'acheter des dessous. Elle a choisi une culotte. Rouge, je m'en souviens. Un peu plus tard, j'ai découvert qu'elle avait acheté quelque chose pour moi également. Un porte-jarretelles. Elle m'a demandé de le mettre un de ces jours, et de le lui montrer. J'ai fait semblant de ne pas comprendre ce qu'elle voulait dire. Et là, elle a essayé de m'embrasser et de me caresser. À partir de ce jour, j'ai décidé de ne plus la fréquenter. Comprenez-moi bien, je n'ai rien contre ces gens-là. Simplement, ce n'est pas ma tasse de thé.

Je le lui ai dit clairement. Bien entendu, cela l'a rendue furieuse et aigrie. À tel point qu'elle a élaboré cette histoire pour essayer de gâcher ma vie. Quand on y songe, c'est pathétique, n'est-ce pas ? Mais il ne faut pas s'en étonner, venant de la part de gens qui ont une vie vide et sans espoir. Ils se vengent en essayant de gâcher celle des autres. Ce type qui a tué John Lennon en est le parfait exemple. Il croyait devenir une star à son tour, simplement en tuant quelqu'un de célèbre. Comme Lydia.

LYDIA MERTZ

Après le départ du policier, je pouvais plus penser qu'à une seule chose : Suzanne allait avoir des ennuis à cause de moi. Bien sûr, je lui avais pas dit, au policier, qu'elle était dans le coup. J'avais pas dit qu'elle avait laissé la porte de derrière ouverte, et qu'elle avait demandé à Jimmy et Russell de mettre des gants. Mais je ne savais plus où j'en étais, je pouvais pas savoir ce que Jimmy leur avait dit ou pas. Je savais plus quoi faire.

Alors j'ai appelé Suzanne. « Il faut que je te parle, je lui ai dit. Je crois que j'ai dit des choses qu'il fallait pas à la police, et je sais plus où j'en suis ; je veux surtout pas que tu me détestes à cause de ça, je le supporterais pas. Tu es ma seule amie sur terre. »

Je m'attendais à ce qu'elle me réponde : « Ne t'inquiète pas, Liddy. Nous sommes amies pour la vie, quoi qu'il arrive. » Mais non.

« Que leur as-tu dit ? » elle m'a demandé.

Je lui ai raconté qu'apparemment Jimmy leur avait dit qu'ils étaient amoureux l'un de l'autre. La police était au courant. Et merde, la moitié du lycée le savait. Mais ça voulait pas dire que tout le monde allait croire qu'elle avait tué Larry ou je sais pas quoi. De toute façon, les gens auraient fini par savoir pour Jimmy et elle, quand les choses se seraient tassées et qu'on serait tous partis en Floride cet été. Jimmy et elle seraient toujours fourrés ensemble, et tout le monde nous verrait nous promener en voiture. Un tas de gens tombent amoureux sans pour autant tuer leur mari. D'ailleurs, personne a jamais dit qu'elle l'avait tué.

Mais Suzanne, elle est devenue folle de rage, quand j'ai dit ça. « J'aurais dû me douter que je ne pouvais pas te faire confiance, elle a dit. Une fille qui n'a pas assez de volonté pour arrêter de s'empiffrer de chocolat quand elle pèse déjà quatre-vingts kilos et qu'elle a le visage couvert de boutons, comment peut-elle avoir assez de jugeote pour savoir quand il faut la boucler ? »

En entendant ça, je savais plus quoi dire. Je crois que j'étais sur le point de m'évanouir.

« Je t'en prie… j'ai dit. Essaye de comprendre…

– Tu veux me faire plaisir ? elle a répondu. Crève ! »

Je suis restée assise là, avec le téléphone à la main. Et j'aurais voulu crever, en effet. C'est la première chose à laquelle j'ai pensé. Je vais me suicider. J'ai même pensé à récupérer l'arme de ma mère. Je pourrais laisser un mot expliquant que j'avais tué Larry. Comme ça, Suzanne aurait de la peine. Elle saurait que j'étais une véritable amie.

Vous ressentez la même chose que quand vous avez mangé une énorme pizza, avec un demi-litre de glace par-dessus. J'avais l'impression que je me sentirais plus jamais bien jusqu'à la fin de ma vie. Et c'était sans doute vrai. En plus, je savais que j'avais même pas le courage de me suicider. Pour vous dire à quel point j'étais méprisable, pas même capable de me tuer.

J'entends la télé dans la pièce d'à côté, et ma mère qui parle à sa sœur au téléphone. J'ouvre mon tiroir de commode pour prendre la culotte en soie que Suzanne m'a offerte, et qui sentait encore les fleurs séchées vu que je la mettais jamais. Je la gardais précieusement. À la télé, Oprah parle de cette femme tellement obsédée par la poussière qu'elle veut plus sortir de chez elle, et elle est obligée de porter une combinaison spéciale, avec un masque et tout ça. Dans le temps, elle était normale, maintenant elle est complètement cinglée. Rien que pour la faire venir sur le plateau de l'émission, ils ont dû faire appel à une équipe de nettoyage spéciale pour shampooiner la moquette et ainsi de suite. Je regarde la photo de Suzanne et moi posée à côté de mon lit, et les vêtements de chez Gap qui m'iront jamais, je le sais, et je sens la ceinture de mon jean qui me rentre dans le ventre à cause de toutes les saloperies que j'ai bouffées. Je pense à la reprise des classes en septembre, maintenant que Suzanne me déteste, et que Jimmy sera plus là, les deux seuls qui m'adressaient la parole. Je me dis que j'irai sans doute jamais à Disney World maintenant. Et je deviendrai jamais la secrétaire particulière de Suzanne, pour répondre au courrier de ses fans.

Quand on était amies, c'était la première fois de ma vie où j'avais l'impression d'exister vraiment. Le simple fait d'être avec quelqu'un comme elle me faisait croire que j'avais peut-être des qualités, moi aussi, tout compte fait, vous comprenez ? Et brusquement j'avais plus rien, j'étais plus rien.

MARY EMMET

Depuis que Jimmy est tout petit – je vous parle quand il avait trois ou quatre ans – j'ai toujours dit qu'il devait pas essayer de me mentir, parce que je le saurais tout de suite. Ça se voit sur son visage, c'est plus fort que lui, vous comprenez ? Vous lui demandiez « C'est toi qui as pris l'argent qu'était dans la cuisine ? », « Ces bonbons, tu les as volés ? » On aurait dit qu'il allait vomir. Il pouvait même pas vous répondre. « Regarde-moi dans les yeux, je lui disais. Dis-moi que c'est pas toi, et je t'embêterai plus. » Attention, je dis pas qu'il s'est jamais fourré dans un tas d'ennuis, malheureusement. Mais on lisait en lui comme dans un livre. J'ai connu des gamins, ils étaient devant vous, le portefeuille à la main, et ils vous disaient : « L'argent ? Quel argent ? J'ai pas pris d'argent, moi. » Des gamins qui pouvaient voler le chapelet du curé et venir à l'église le lendemain. Mais pas Jimmy. C'était comme s'il avait peur d'être frappé par la foudre ou je ne sais quoi, s'il me mentait. Alors des fois, il répondait pas. Mais jamais il mentait.

Après le meurtre de Larry Maretto, je me suis posé des questions évidemment. Vu que c'était le mari de la prof avec qui Jimmy passait tellement de temps, et le fait qu'il arrêtait pas de prendre des douches et tout ça, toujours en train de comploter avec Russell et cette fille-là, Lydia, parlant de Dieu sait quoi. Et puis cet inspecteur a commencé à venir à la maison. Faudrait être rudement stupide pour pas se poser de questions.

Pourtant, jamais je l'ai pris entre quatre yeux pour lui demander franchement : « Est-ce que tu es mêlé à ce meurtre ? » Sans doute que je ne pouvais pas imaginer qu'il ait fait une chose pareille. Mais quand j'y repense maintenant, en sachant que Jimmy était incapable de me mentir, j'avoue que j'avais peur d'entendre la vérité.

Quand ils l'ont emmené, et que je me suis retrouvée seule ici, je savais ce qui me restait à faire. Vous êtes tranquillement chez vous en train de lire un article dans un magazine, sur Tom Selleck ou quelqu'un d'autre, et tout à coup, voilà qu'ils passent les menottes à votre fils et qu'ils l'embarquent, comme un délinquant dans un feuilleton. Vous avez l'impression que c'est pas pour de vrai, vous comprenez. C'est comme si vous étiez dans un feuilleton, vous aussi. Seulement, y a pas de pubs. Et ça se termine jamais.

Alors, il a bien fallu que je me pose la question : est-ce qu'il pouvait avoir fait ça ? J'avais beau me dire que c'était un garçon qui pleurait quand il voyait un raton laveur mort sur la route, je savais que c'était une possibilité. Jamais il aurait pu tuer quelqu'un pour de l'argent, et pas par haine non plus. Mais par amour ? Là, c'est une autre histoire.

Je suis allée au poste de police. Ils ont amené Jimmy dans cette pièce, avec juste une table et deux chaises, et une odeur de transpiration. Ils l'ont fait asseoir devant moi, et je voyais sa main qu'arrêtait pas de trembler. Vous aviez envie de le prendre dans vos bras, mais c'était pas possible, à cause de la vitre.

Alors je suis restée assise là, à le regarder. Je suppose qu'en voyant mon fils, y a des gens qui remarqueraient surtout son tatouage ridicule et son T-shirt Guns N' Roses. Mais moi, ce que je voyais, c'était son visage si doux. Il a les yeux de son père, très bleus, avec des cils noirs. Il se rasait pas depuis longtemps, et les poils de sa moustache étaient encore tout fins. Je regardais son oreille percée, où il n'avait jamais mis de boucle d'oreille parce qu'on lui avait dit qu'il s'était trompé de côté : il s'était fait percer l'oreille comme les homos. C'est à cette époque-là qu'il a commencé à garder les cheveux longs. Pour masquer le trou.

Je me souviens que j'ai regardé la pendule au mur, la lumière qui entrait par la fenêtre, j'entendais les appels du haut-parleur, et les voix des policiers à l'extérieur. Et je me suis dit : « Souviens-toi bien de cet instant. C'est peut-être ton dernier moment d'espoir. Le dernier moment où tu peux encore croire que tout va s'arranger. »

Alors je lui ai posé la question : « C'est toi qui l'as tué ? » Comme je vous l'ai dit, Jimmy ne m'a jamais menti.

LYDIA MERTZ

Le policier plus sympa, le grand, il m'a dit que je pouvais l'appeler Mike. Il a dit qu'il comprenait combien c'était difficile pour moi, mais je devais pas me faire de souci, parce qu'il serait avec moi du début à la fin. Il avait une fille qu'avait à peu près mon âge. Il savait ce que c'était, faire confiance entièrement à quelqu'un au point de se laisser entraîner sur la mauvaise pente. Quand on est jeune et influençable, ça arrive très facilement. Mais le plus important, c'est que j'étais venue leur parler.

Je ne savais plus ce qui était bien ou pas. Je savais seulement que je devais faire quelque chose. Je pouvais plus rester enfermée chez moi, j'allais devenir folle. Au moins comme ça, j'aurais quelque chose à faire. Quelqu'un à qui parler en dehors de ma mère qu'arrêtait pas de me casser les pieds avec ses questions.

Alors, ils m'ont équipée d'un magnétophone qui se met sous les vêtements. Il y a un petit micro, mais il est tellement petit qu'on le sent à peine. De toute façon, c'est pas comme si je portais des mini-T-shirts supermoulants. Moi, je porte toujours des machins vachement amples.

J'ai appelé Suzanne, comme ils me l'ont demandé. Au début, elle répond qu'elle veut plus entendre parler de moi et elle me demande de lui foutre la paix. Mais j'insiste, je lui dis que je dois absolument causer avec elle. Je me demande si je devrais pas aller tout raconter à la police, je lui sors. Ça me fait mal de dire ça, de lui mentir, vu que j'ai déjà raconté pas mal de choses à la police. Mais Mike m'a expliqué que parfois, on est obligé de dire un petit mensonge, pour faire apparaître la vérité au bout du compte. J'étais devenue une sorte d'auxiliaire de police. Une espionne. Seulement, je travaillais pour le bon camp.

Si je menaçais d'aller tout raconter à la police, je savais qu'elle serait obligée de me voir. « D'accord, elle dit. On se retrouve au centre commercial. Mais surtout, tu ne préviens pas la police ou une autre bêtise de ce genre. » Je suppose qu'elle a choisi le centre commercial exprès, pour me rappeler les bons moments qu'on a passés là-bas toutes les deux. Peut-être même qu'elle avait l'intention de m'acheter encore des dessous. Mais je voulais plus rien accepter d'elle. Je mets même plus mes baskets, si vous voulez savoir ce que je ressens.

Elle était déjà là à m'attendre quand je suis arrivée. Mike aurait voulu me déposer en voiture, mais Suzanne risquait de se douter de quelque chose. Alors je me suis fait amener par une amie de ma tante qui travaille au Wendy's pas très loin de là. Il faisait chaud ce jour-là, et je vais vous dire, je transpirais tellement que j'avais peur de faire un court-circuit avec le magnétophone.

Suzanne avait un petit paquet pour moi. C'étaient des petites boucles d'oreilles en or, les mêmes que les siennes. « Tiens, j'avais envie de t'offrir ça, elle me dit. C'est de l'or 14 carats, rien à voir avec du toc. Le genre de petit détail que les gens remarquent. »

J'aurais voulu lui rendre ses boucles d'oreilles, mais elle se serait demandé ce qui m'arrivait, alors je lui ai dit merci et je les ai prises, mais je savais que je les mettrais jamais.

« Bon, elle a dit, c'est quoi cette histoire d'aller tout raconter à la police ?

– J'ai beaucoup réfléchi, j'ai répondu. Ils ont arrêté les garçons et maintenant ils sont au courant pour toi et Jimmy, et pour tout le reste. On peut être sûres que Russell va leur dire que c'est toi qui l'as embarqué dans ce coup-là, à moins qu'ils aient déjà deviné. Le mieux, ce serait peut-être de tout leur raconter, comme ça, peut-être qu'ils seraient plus indulgents, en sachant qu'on leur a dit la vérité.

– Tu es folle ? elle a répondu. Il ne s'agit pas du vol d'un paquet de chewing-gums ou je ne sais quoi. Tu sais quelle peine on risque pour un meurtre ?

– C'était juste une idée, je dis. Je me posais la question.

– Écoute. Le plus important, c'est de ne pas paniquer. Ce n'est pas parce qu'ils ont arrêté Jimmy et Russell que nous devons nous inquiéter, toi et moi. Tout le monde sait que ces deux types sont des voyous. Personne ne les croira jamais. La police n'a aucune preuve contre nous, c'est ça le point capital. Aucune empreinte. Aucune arme. Rien.

– Oui, peut-être, je réponds. Mais tu peux pas laisser Jimmy et Russell endosser toute la responsabilité alors qu'ils sont pas les seuls coupables. Après tout, l'idée venait de toi. T'as pas le droit de les laisser croupir en prison.

– Écoute-moi bien. Ils ne seraient pas dans ce pétrin s'ils l'avaient bouclée. J'avais tout prévu à la perfection; ils n'avaient qu'à suivre les instructions au lieu de se mettre à jacasser. Ils ont merdé, voilà tout. Je n'y peux rien s'ils ne sont pas capables de fermer leur putain de grande gueule. Mais ça ne veut pas dire que je vais les laisser nous entraîner au fond toutes les deux.

– J'ai du mal à dormir la nuit, je dis. Des fois, je reste éveillée dans mon lit, et je pense à lui. À Larry, je veux dire. Je me demande s'il est là-haut quelque part et s'il nous déteste. Et des fois, je me dis que quelqu'un va venir pour me punir, comme dans ce film, *Carrie*.

– Les seuls dont tu dois avoir peur, c'est les flics, Liddy, elle me fait. Tu ne comprends pas que c'est toi qui aurais les plus gros ennuis si jamais ils apprennent la vérité?

– Qu'est-ce que tu veux dire? je demande. J'étais même pas sur place au moment où ça s'est passé. Souviens-toi, j'ai même essayé de te faire changer d'avis au dernier moment.

– Pas du tout, elle rétorque. Moi, je me souviens que c'est toi qui as tout manigancé. D'ailleurs, si tu n'avais pas apporté ce pistolet, Larry serait encore vivant aujourd'hui.»

Là, je proteste. «Mais c'est toi qui m'as demandé de prendre cette arme! Et c'est toi qui as demandé à Jimmy de s'en servir. C'est toi qui as offert de l'argent à Russ.

– Quel argent? elle répond. Russ a reçu de l'argent venant de moi? J'ai plutôt l'impression que Jimmy était amoureux de moi, comme un adolescent, et il s'était mis dans la tête cette idée insensée qu'en tuant Larry il pourrait m'avoir. Russell, lui, il a fait tout ça pour s'amuser, ce type est une bête. Et toi, tu étais tellement folle de Jimmy que tu aurais fait n'importe quoi juste pour être près de lui. Sachant que tu ne pourrais jamais l'avoir. J'ai l'impression que tu prenais ton pied en nous imaginant, Jimmy et moi. C'est un truc courant chez les gens frustrés sexuellement, quand ils savent que personne ne s'intéressera jamais à eux. Soyons honnête, Jimmy savait à peine que tu existais, avant ça. »

J'avais la tête qui tournait. J'aurais voulu avoir un morceau de chocolat, pour me calmer les nerfs. Je me souviens d'avoir regardé fixement ces boucles d'oreilles qu'elle venait de m'offrir, de la même façon que je regardais la photo de ce chaton jouant avec une bobine de fil, qui était accrochée sur notre mur à la maison. Pendant que Chester me tripotait. Pense au chaton, je me disais. Continue à penser au chaton.

« Je croyais qu'on était amies », j'ai dit. Et la vérité c'est que, même à cet instant, même assise là avec ce magnétophone fixé à mon soutien-gorge, j'aurais voulu qu'on soit encore amies, et j'avais honte de ce que je faisais. Mais tout à coup, je prenais conscience d'une chose : quoi que je lui fasse, c'était rien comparé à ce qu'elle pouvait me faire.

« Le soir du meurtre, je passais une audition, elle m'a dit. J'ai l'impression que tout t'accuse, Lydia.

– Tu es la meilleure amie que j'aie jamais eue, j'ai répondu. Ma seule amie. » Je pleurais. Et c'était pas du cinéma pour les flics. Je pouvais pas m'en empêcher.

« Dans ce cas, je vais te donner un conseil d'amie, elle m'a dit. Ferme ta grande gueule. C'est la parole de ces deux types contre la mienne. Et qui sont-ils ? Deux minables de seize ans qui ont grandi dans des taudis, avec des parents qui passent leur temps à boire et à baiser leurs cousines ? Moi, je suis une femme honnête, bon Dieu. Je viens d'une famille respectable. À ton avis, qui le jury croira ? »

IV

SUZANNE MARETTO

J'étais en train de faire ma gymnastique dans mon salon. Je m'en souviens parce que j'avais mis une vidéo de Jane Fonda, et nous en étions arrivées au travail des abducteurs. On a frappé à la porte. Je suis allée ouvrir, j'étais en collant, vous imaginez un peu. Avec des poids fixés autour des chevilles. Je devais avoir une sacrée allure.

Et là, je me retrouve nez à nez avec une caméra de télévision. Plus deux officiers de police. « Suzanne Maretto, me dit l'un d'eux, je vous arrête pour incitation au meurtre. Vous avez le droit de garder le silence », etc. Comme dans un feuilleton policier, à part que ce n'était pas de la fiction.

Je n'arrivais pas à y croire. « C'est une plaisanterie, hein ? j'ai dit. Je suis veuve. J'ai enterré mon mari il y a juste six semaines, et vous venez m'annoncer que vous voulez m'envoyer en prison ? » Même une personne solide a ses limites.

Mes parents sont arrivés au poste de police quelques minutes après, bien entendu. Une fois que mon père leur aurait parlé, j'étais certaine que tout rentrerait dans l'ordre. Je l'imaginais, notant des noms, passant des coups de téléphone. C'est vrai, quoi, mon père a certainement vendu des voitures à la moitié de ces gens. Il n'était pas question qu'il me laisse pourrir dans cette prison infâme au milieu de ces drogués et toutes ces maladies qui traînaient dans les coins.

Le véritable choc s'est produit plus tard, quand mes parents ont été autorisés à me voir et quand mon père m'a annoncé que je devais rester enfermée jusqu'à l'audition de remise en liberté provisoire. Dix jours encore avant que tout rentre dans l'ordre.

J'avoue que j'étais effondrée. Mais je me suis vite ressaisie. Très bien, je me suis dit. Je vais tirer bénéfice de cette expérience. Je tiendrai un journal. Je ferai de l'exercice. Je vais me mettre au régime, et croyez-moi, une fois que vous avez vu ce qu'ils vous servent à manger, ce n'est pas très difficile. J'ai décidé de considérer cette détention comme une sorte de séjour en cure. Non, pas une cure. Plutôt une retraite religieuse, ou bien prisonnière de guerre. Quelque chose qui élargisse le champ de mon expérience. Et une fois que tout serait terminé, j'aurais de la matière de premier choix à exploiter.

CAROL STONE

Aucun commentaire. Voilà ce que j'ai à dire. Vous voyez votre fille emmenée en prison avec les menottes aux poignets et un type vous colle son micro sous le nez. Qu'est-ce que j'y connais, moi, à ces magnétophones ? Peut-être que ces journalistes sont capables de truquer la bande pour faire dire aux gens des choses qu'ils n'ont jamais dites. Ah, ils s'y entendent pour déformer vos paroles ! Ils font croire que vous avez fait ou dit des choses, alors que c'est faux ! Ils se font une idée de quelqu'un et tout ce qui les intéresse ensuite, c'est de convaincre les gens que c'est la vérité. Ils sont prêts à tout pour que les spectateurs regardent leurs journaux télévisés et leurs reportages. Ils pourraient appeler ça des émissions de divertissement.

Je vais vous dire ce que je pense des journalistes de télévision. C'est la lie de l'humanité. Des vautours. Pour commencer, ils vous arrachent le cœur. Et ensuite, ils le montrent à la terre entière au journal de vingt heures.

SUZANNE MARETTO

Je n'ai jamais aimé Jane Pauley. Avez-vous déjà remarqué que les deux côtés de son visage ne sont pas symétriques ? La prochaine fois que vous regarderez son magazine, mettez votre main sur l'écran pour masquer un œil et la moitié de la bouche, et vous verrez ce que je dis. Et ses cheveux ! Je comprendrais si elle faisait le premier journal du matin ou les toutes dernières nouvelles du week-end. Mais le « Today show » quand même ! Il y a un tas de gens qui sont à l'écoute !

En ce qui concerne Deborah Norville, j'avoue que mon opinion peut en choquer certains. Je sais que beaucoup de gens trouvent qu'elle n'est pas intelligente, mais ils ne connaissent pas les réalités de ce métier comme quelqu'un qui y travaille. Toutes ces choses qu'il faut savoir, la complexité. Quelle caméra regarder. Surveiller à la fois l'éclairage et les écrans de contrôle, savoir combien il reste de secondes avant l'écran publicitaire. Les gens croient que ces présentateurs sont simplement assis dans leur salon pour discuter de la pluie et du beau temps. Ils ne savent pas la dose de talent et de pratique nécessaire pour réaliser ce genre d'émissions. Et selon moi, Deborah Norville est la meilleure.

J'ai envoyé une lettre racontant mon cas à l'émission « 20/20 » ; j'ai aussi écrit à « 60 Minutes », mais je préférerais passer à « 20/20 ». Barbara Walters a toujours été une sorte d'idole pour moi. D'accord, elle est âgée maintenant, mais souvenez-vous de tous les gens qu'elle a rencontrés. Billy Joel. Donald Trump et Marla Maples. Tom Hanks.

Elton John. Vous ne pouvez qu'avoir du respect pour une personne comme elle.

Mon idée était de faire une reconstitution filmée du coup monté par ces adolescents afin de gâcher la vie de quelqu'un. Mais comme je l'ai déjà dit, je pense de manière positive et donc je refuse de dire qu'ils ont gâché ma vie. Ils ont simplement essayé.

Mon avocat m'a parlé de cette pièce écrite par un auteur célèbre. Je n'en suis pas certaine, mais je crois qu'ils en ont fait un film ou un feuilleton, je ne sais plus. Ça se passe dans cette ville qui s'appelle Salem, dans le Massachusetts, il y a environ deux cents ans ; une bande d'adolescentes décide un jour d'accuser des femmes d'être des sorcières et tout le monde se met à les croire. Les filles s'ennuyaient ou je ne sais pas quoi ; elles cherchaient quelque chose à faire, il faut dire qu'en ce temps-là, y avait pas beaucoup de distractions. Mais à la fin, les pauvres femmes ont été reconnues coupables et on les a brûlées vives. L'auteur de la pièce a été marié avec Marilyn Monroe, si ça vous dit quelque chose.

Dans mon cas, on devine facilement ce qui s'est passé. Ces deux voyous, Russell et Jimmy, ils avaient le béguin pour moi. Ou appelez ça comme vous voulez. Je n'ose même pas vous répéter certaines choses qu'ils me disaient quand je passais devant eux dans le hall du lycée. Sous prétexte que je n'ai pas cent ans ni vingt-cinq kilos de trop, ils s'estiment autorisés à me lancer des remarques obscènes. Si vous voulez mon avis, je pense que c'est à cause de cette musique qu'ils écoutent. Des groupes comme 2 Live Crew, Guns N' Roses et ainsi de suite. Je ne dis pas que je suis une fan de Lawrence Welk, mais je trouve que ces groupes sont dangereux. Un garçon comme Russell, à force d'entendre toute la journée des chansons qui parlent de tuer sa mère ou sa petite amie, il a fini par se mettre cette idée dans la tête. Tout le monde savait bien que c'était déjà un voyou. En voyant que je tenais à maintenir certaines barrières entre nous, ils se sont imaginé qu'en tuant Larry, je leur appartiendrais. Voilà comment fonctionnent leurs cerveaux pervers.

Quant à Lydia, vous avez vu à quoi elle ressemble. Pourtant, j'ai essayé de lui venir en aide. Je l'ai emmenée avec moi au cours d'aérobic deux ou trois fois, et je lui répétais sans cesse de ne pas manger de chocolat. Mais elle n'avait aucune volonté. En fait, c'est une pauvre fille. Finalement, je crois qu'elle est devenue tellement jalouse qu'il fallait qu'elle me fasse du mal d'une manière ou d'une autre. Alors elle a manigancé tout ça.

D'ailleurs, on dirait que le juge l'a bien compris. Pendant l'audience pour la remise en liberté provisoire, le procureur a essayé de faire croire que j'allais m'enfuir du pays s'ils me libéraient. Comme si j'étais une criminelle n'ayant plus rien à perdre. Le juge n'a eu qu'à me regarder pour voir que je n'étais pas vraiment le genre à ficher le camp, parce qu'il a autorisé la remise en liberté sous caution, en dépit de toutes ces insinuations ridicules contre moi. Je vais enfin pouvoir dormir dans mon lit ce soir et non plus dans cette misérable prison de femmes. Il me suffit maintenant d'attendre le procès pour que ma réputation soit blanchie.

Je pense envoyer une lettre à Billy Joel aussi. Peut-être aura-t-il envie d'écrire une chanson sur mon histoire. Ou peut-être même qu'il donnera un concert de soutien pour payer les frais de ma défense. J'ai également écrit à Walter Cronkite et j'ai glissé dans l'enveloppe la photo du journal, celle où je tiens Walter dans mes bras, quand il était tout petit. Je me suis dit qu'il adorerait ça. D'ailleurs, je ne serais pas étonnée d'avoir de ses nouvelles d'un jour à l'autre.

ANGELA MARETTO

Nous sommes allés assister à l'audience. Même si rien ne peut atténuer la douleur provoquée par la perte de notre fils. Mais nous voulions la regarder droit dans les yeux. Nous voulions que le juge nous voie assis devant lui, pour que pas un seul instant il n'oublie que cet être humain assassiné à vingt-quatre ans avait une mère et un père qui l'aimaient de tout leur cœur et qu'aujourd'hui ces cœurs sont brisés. Nous ne voulions pas qu'il puisse penser, ne serait-ce qu'une seconde, que la vie de notre fils valait peut-être moins que les droits si précieux de cette fille, sa précieuse liberté, la présomption d'innocence et tout ça. On savait bien que ses avocats allaient crier haut et fort qu'il était injuste de la garder enfermée dans l'attente du procès. Quand le juge entendrait ces protestations, nous voulions qu'il nous regarde, assis devant lui. Parlez-moi de la douleur de l'emprisonnement, je vais vous en donner de la douleur, moi. La douleur de se rendre au cimetière pour déposer des fleurs sur la tombe de votre fils. La douleur d'entrer dans le restaurant, en s'attendant à le voir derrière le bar, en train d'astiquer le comptoir. Il fallait que le juge voie ça de ses propres yeux.

J'essayais de me concentrer sur les paroles du procureur, mais j'avais la tête ailleurs. Je sais qu'il a parlé d'une chaîne en or retrouvée chez le prêteur sur gages. Du tatouage aussi. D'un gamin qui avait vu Suzanne en voiture avec le fils Emmet un jour. De la position du corps sur la moquette. Ça ne collait pas avec la thèse du cambriolage. Et pourquoi ces soi-disant voleurs n'avaient-ils pas cherché à emporter la télé ?

Le grand fait nouveau, c'était bien sûr l'enregistrement de ce qu'avait dit Suzanne à Lydia ce jour-là, au centre commercial, quand la police avait caché un magnétophone sur elle. Avec cette preuve, nous étions persuadés que Suzanne ne pourrait échapper à la prison. Au moment où elle dit « … nous envoyer dans un putain de pénitencier jusqu'à la fin de nos jours », je me suis tournée vers les parents de Suzanne et j'avais envie de leur hurler : « Alors, vous croyez toujours que votre fille est un petit ange ? » Mais je me suis retenue.

Ce qui m'a achevée, c'est ce qui s'est passé ensuite. Ses avocats ont évoqué un point de procédure concernant la manière dont la fille avait piégé Suzanne au centre commercial. À ce moment-là, j'ai commencé à avoir des vertiges. Ils discutaient sur des détails stupides, des choses insensées, la façon dont elle avait posé la question, la manière de faire allusion à l'arme. Et tout à coup, voilà qu'un des avocats de Suzanne, un de ces as du barreau, demande de classer l'enregistrement comme preuve non recevable pour cause de manipulation policière. Et figurez-vous que le juge accepte ! Mise en liberté sous caution accordée : 200 000 dollars. À ce moment-là, Joey a été obligé de me faire sortir de la salle de tribunal, mais notre fille nous a expliqué que les Stone étaient allés voir le juge après l'audience pour lui remettre l'acte notarié de leur maison, et croyez-moi, elle vaut bien plus que 200 000 dollars.

Mon mari et moi nous étions partis depuis longtemps quand la séance a été levée, mais on a regardé la suite à la télé, le soir. On la voit sortir du tribunal, libre comme l'air, avec un grand sourire comme si elle allait annoncer le bulletin météo. Elle s'arrête pour s'adresser à un journaliste qui lui tend un micro sous le nez. « La décision du juge de m'accorder la liberté sous caution ne fait que renforcer ma foi dans la justice américaine », elle déclare, et bla-bla-bla… « J'aimerais remercier tous ces gens merveilleux dont les pensées et les prières m'ont soutenue pendant cette terrible épreuve. La première chose que je vais faire en rentrant chez moi ? Promener mon chien. » J'avais envie de vomir.

« Que projetez-vous de faire durant ces prochains mois, dans l'attente du procès ? demande le journaliste.

– Je sais que mon mari aurait voulu que je continue à vivre comme avant, elle répond. Mes avocats et moi allons préparer activement ma défense, bien entendu. Et puis, j'ai tellement de propositions pour la télévision et le cinéma à étudier que les journées seront trop courtes. »

SUZANNE MARETTO

Je ne suis pas inquiète. Je sais que la vérité finira par triompher et que je pourrai enfin tirer un trait sur ce chapitre ridicule de ma vie. Je suis une battante. Mais comment expliquer ça à son chien ? Personne ne pense jamais aux animaux dans ce genre de situation, pourtant les chiens ont des sentiments, eux aussi. Vous imaginez le traumatisme pour Walter, quand j'étais en prison ? Si vous voulez parler d'un crime, en voici un : les animaux n'ont aucun droit dans ce pays.

Il faut que je m'occupe de mes cheveux. On voit les racines. C'est ignoble ! Je suis une vraie blonde, mais disons que j'aide un peu la nature. Et avec toute cette histoire, je n'ai pas eu le temps de m'en occuper. Il faut que je fasse une couleur.

L'apparence n'est pas la seule chose qui compte. Mais soyons réalistes. Quand vous rencontrez une personne couverte d'acné ou qui pèse cent cinquante kilos, réagissez-vous de la même façon que si vous avez affaire à une personne qui prend soin d'elle, une personne agréable à regarder ? Ma mère nous répétait toujours, à ma sœur et moi : « On n'a jamais deux fois l'occasion de faire une bonne première impression. » Je n'oublie jamais ça. J'ai toujours eu l'intention de broder cette phrase sur un coussin, un oreiller ou je ne sais quoi. C'est le genre de chose qui vous fait réfléchir, pas vrai ?

Prenez mon cas. Très franchement, je sais que mon physique constitue un de mes atouts. Quand les gens voient dans le journal la photo d'une jolie fille, ils ont tendance à se dire : Hé, attendez un peu, ce n'est pas le genre à se fourrer dans de sales histoires. Elle a l'air d'une personne convenable. Pourquoi est-ce qu'une fille comme elle qui a tout pour réussir ferait cette chose horrible dont on l'accuse ? Ça n'a aucun sens.

Bon, il y a toujours la réaction inverse. Je veux parler des personnes aigries. Celles qui ont de l'acné et pèsent cent cinquante kilos justement, celles qui ont toujours rêvé de devenir majorettes ou de réaliser un truc dans le même genre, sans jamais y parvenir. J'ai connu des filles comme ça au lycée et plus tard à la fac. Des filles tellement jalouses qu'on sent bien qu'elles passent leur temps à espérer que vous aurez un bouton ou je ne sais quoi. Peut-être que ces gens-là sont contents aujourd'hui de voir ce qui m'arrive. C'est pour cette raison que je dois continuer à offrir la meilleure image possible, sans me laisser aller. Pour conserver ma dignité.

Il faut que j'achète quelques bricoles pour le procès. Je fais un 36 parfait, je n'ai jamais besoin d'essayer les vêtements, du moment que c'est de la qualité. Deux ou trois petits ensembles, sobres, mais élégants. Avez-vous vu l'interview de Marla Maples par Diane Sawyer ? J'adore le genre de chemisier qu'elle portait. Et aussi des petites boucles d'oreilles en or, pour faire ressortir le balayage dans mes cheveux. Quand je me serai occupée de mes racines.

Certaines personnes disent qu'on va certainement faire un film avec cette histoire. Dans ce cas, j'aimerais que Julia Roberts joue mon rôle. Ou bien cette actrice qui vient d'épouser Tom Cruise dans la vie… j'ai oublié son nom. Dans le rôle de mon avocat, je vois bien Harrison Ford. Ou Mel Gibson. Je me disais aussi qu'ils pourraient choisir Billy Joel pour écrire la musique. À ma connaissance, il n'a jamais composé de musique de film, ça lui plairait sans doute.

J'ai commencé à écrire un livre. L'autre jour, j'ai trouvé un titre parfait. *Risque d'orages*. C'est une sorte de jeu de mots, vous comprenez, vu que je suis journaliste météo et tout ça. Avec les bénéfices de mon livre, je fonderai une bourse au nom de Larry pour les étudiants en communication de Sanders College. Mon *alma mater*.

Voilà comment il faut réagir. Il faut faire ressortir les aspects positifs. Je pense que chaque expérience dans la vie peut vous apporter quelque chose. Dans ce cas précis, peut-être est-ce le point de départ de ma carrière. Même si, bien sûr, je n'avais pas prévu que cela se ferait ainsi.

Mais soyons francs. Dès que le procès débutera, je serai sous le feu des projecteurs d'une certaine façon. Je sais maintenant ce que ressentent des gens comme Madonna ou la princesse Diana. Vous devez être parfaite à chaque instant. Si jamais vous plissez le nez une seconde, si vous retirez un morceau d'épinard coincé entre vos dents, vous pouvez être sûr que quelqu'un sera là pour vous prendre en photo. Vous devez rester vigilant en permanence. C'est mon professeur de vidéo-journalisme qui m'a appris cela.

Personnellement, si j'étais le procureur général, je mettrais Lydia au régime. Mais ça m'étonnerait qu'il réussisse. J'en sais quelque chose, j'ai essayé moi-même de lui faire perdre des kilos, sans résultat. Remarquez, l'assistante du procureur n'est pas maigre non plus, si vous voyez ce que je veux dire. Pour moi, c'est le signe d'une personne qui n'a aucun contrôle sur sa vie. Alors, je vous le demande, de quel côté pencheriez-vous ?

JUNE HINES

Vous voudriez que je sois dans tous mes états parce qu'une petite bourgeoise a poussé mon fils à l'aider à supprimer son mari ? Vous voudriez que je fasse comme si j'étais sous le choc ? Je vais vous dire une bonne chose, m'en faudrait plus que ça maintenant pour me foutre un choc.

Là d'où je viens, vous chiez dans un trou dans le sol jusqu'à ce qu'y soit plein. Et après, vous allez chercher votre pelle.

On était treize gosses à la maison. Ma mère, elle avait seize ans quand je suis venue au monde, et j'étais pas sa première, je vous dirais. Mon père ? Comment savoir ?

À Noël, quand j'étais gamine, ils débarquaient de l'église en apportant des paquets que les gens préparent pour les gosses comme nous, avec des étiquettes dessus où c'est marqué « Garçon sept ans » ou « Fille dix à douze ans ». Quand j'avais six ans, j'ai dit que je voulais une poupée. Dans le paquet, y avait bien une poupée, seulement elle avait qu'un seul bras. « Faut pas s'étonner, elle m'a dit ma mère. Et méfie-toi du Père Noël au grand magasin, sûr que c'est un vieux dégueulasse qui veut te fourrer son doigt dans le cul. » Vous croyez peut-être que je guettais les grelots ? D'abord, qui avait une cheminée ?

Y a quand même un truc dont j'étais vachement fière. C'est mes cheveux. Jusqu'à l'âge de dix ans, j'avais des cheveux blonds comme les blés, plus bas que les fesses ils tombaient, et bouclés naturellement. Même qu'on était pauvres, ils étaient toujours propres et brossés. Pendant trois semaines de suite je me suis privée de lait à midi pour pouvoir me payer un joli nœud. Je me disais toujours, ces gosses de riches là-bas en ville, ils ont peut-être des millions de dollars, mais ils ont pas des cheveux aussi beaux que les miens. C'était ma richesse à moi, et personne pourrait jamais me la prendre.

Le jour de la rentrée des classes, à l'école primaire, l'infirmière, elle est venue inspecter toutes les têtes, comme toujours. En arrivant à moi, elle fait une grimace comme si elle venait d'avaler un noyau de prune. « Qu'est-ce qui se passe ? » je lui demande, mais au lieu de répondre, elle écrit quelque chose sur un papier et elle me dit : « Tiens, donne ça à ta mère. » Elle sait pas, et moi je lui dis pas, que ma mère, elle sait pas lire.

Moi, je sais. Sur le papier y a marqué que j'ai plein de poux qui grouillent dans mes beaux cheveux dorés. Et des œufs aussi. Faut que j'utilise un shampooing spécial tous les jours pour les tuer. En plus de ça, faut qu'on lave tous nos draps et nos serviettes (ça, y en a pour une minute, je me dis), et passer l'aspirateur dans toute la maison aussi. Y a une longue liste d'autres « précautions », comme ils disent.

J'avais pas envie d'en parler à ma mère, vu qu'elle allait se mettre à hurler et à lancer des insultes. D'un autre côté, fallait bien que je fasse partir ces poux. Fallait acheter le shampooing. J'ai attendu, attendu, finalement, j'ai tout dit : « Maman, j'ai des poux. Faut acheter un shampooing spécial, sinon les autres enfants, ils risquent d'en attraper. Peut-être même qu'ils en ont déjà. »

Ma mère, elle dit rien. Elle va simplement chercher les ciseaux. Je me mets à hurler. « Non ! Non ! Me coupe pas les cheveux ! », alors elle demande à mes frères de me tenir et ils se mettent au travail, au niveau des racines carrément. Une fois que c'est terminé, je suis presque chauve. Sur ce qui me reste de cheveux, elle verse de l'essence. « Tiens, elle me dit. Laisse ça dessus un moment. »

Quelques mois après, mes cheveux, ils ont commencé à repousser, mais ils étaient plus blonds comme avant ; ils étaient châtains, comme tout le monde.

C'est un de mes frères qui m'a baisée le premier. Je saurais pas dire lequel, il faisait noir.

Vers les treize ans, je commence à avoir des démangeaisons comme si j'avais encore des poux. Seulement, c'est à l'intérieur que ça grouille. Je m'allonge par terre et ça s'agite dans mon ventre. J'avais pas remarqué de retard dans mes règles vu que j'avais encore jamais eu mes règles. Ma mère, elle a tout de suite pigé. « T'es en cloque », qu'elle m'a dit. Elle m'a même pas demandé de qui, vu que c'était forcément quelqu'un de la famille. Pourquoi s'emmerder ?

Le bébé est mort-né. Étranglé avec le cordon sûrement. Je l'ai vu avant qu'ils l'emmènent. Le portrait craché de mon frère Arnie. Enfin, c'est ce que j'ai pensé.

Quand c'est arrivé une fois, c'est plus qu'une question de temps ensuite avant que ça recommence. Quatre ou cinq mois plus tard, voilà que j'ai les mêmes sensations dans le ventre. Cette fois, c'est une fille. Regina. Celle-là, elle m'a faite grand-mère quand elle avait même pas quatorze ans. À trente balais, j'étais déjà grand-mère. Ça vous dit quelque chose ?

Après Regina, y a eu Russell, si vite que j'avais Regina qui tétait encore pendant que je pondais Russell. Une bouche affamée sur chaque nichon. J'avais l'impression d'être plus que des trous. Un trou pour mettre la queue, et deux pour faire sortir le lait. Je pourrais même vous parler de mon oncle qu'aimait faire ça par-derrière, mais y a des enfants qu'écoutent.

Après Russell, y a eu Sheila, Roseanne et Clyde. Non, d'abord Vera, et Clyde après. Clyde, il avait un jumeau, mais y a une femme à Greeenfield, là-bas, qu'est venue me voir quand elle a su que j'en avais deux. Elle avait entendu dire que je venais d'avoir un enfant de plus que j'attendais pas – c'est le moins qu'on puisse dire – et est-ce qu'éventuellement je serais d'accord pour qu'un des deux soit confié à ce charmant couple sans enfant chez qui elle travaillait, vu que la femme, elle avait eu une opération qui fait qu'on peut plus avoir d'enfant. « Où c'est qu'on se fait opérer ? » j'avais envie de lui demander.

Elle m'a filé cinq mille dollars en liquide du moment que je faisais faire un test sanguin pour prouver que c'était bien Babe le père et pas un de mes frangins. C'était la vérité, c'était Babe le père. À cette époque, mes frères étaient tous en prison, ça pouvait donc pas être eux.

Je sais pas pourquoi, mais Russell, il était complètement toqué de sa petite sœur, Crystal on l'avait appelée, pendant les deux mois qu'on l'a gardée à la maison, avant qu'ils viennent la chercher. Me demandez pas pourquoi, avec tous les gamins qui traînaient ici, il a fallu qu'il s'attache à celle qui restait pas. C'est comme ça.

Le jour où ils sont venus chercher Crystal, il était assis sur les marches, il la tenait dans ses bras. Il pleurait pas ni rien. Il la serrait de toutes ses forces, c'est tout, jusqu'à ce que la femme vienne la prendre. Laisse jamais personne te dire que l'argent compte pas, je lui ai dit. L'argent, c'est le plus important. Quelqu'un qu'a de l'argent, il peut faire tout ce qui lui plaît. Aller où il veut. Sans aucun problème.

La première fois où ils l'ont arrêté, c'est quand il jetait des pierres sur les voitures sur l'autoroute. Il avait douze ans. Ils l'ont envoyé en maison de correction pendant deux mois environ. C'est là-bas qu'il a appris à voler des bagnoles.

À quatorze ans, il est retourné en maison de correction parce qu'il avait menacé un prof avec un couteau. Il est sorti quelques semaines et ils l'ont arrêté encore une fois pour effraction. Après ça, il a eu ce qu'on pourrait appeler une période de calme. C'est à cette époque que Charlene, la nana de mon cousin, annonce qu'elle est en cloque et que c'est Russell le père. Comment savoir ? Le bébé est normal à la naissance, mais y a pas eu de bébé depuis cette petite Crystal que mon fils voulait garder. Son regard a changé, à mon fils, comme si plus rien pouvait lui faire peur maintenant. Je lui ai dit un jour. « À quoi bon s'angoisser pour rien ? il m'a répondu. Qu'est-ce qu'on peut me faire de pire ? Me tuer ? Je serais bien débarrassé. » La vie, c'est de la merde, et ensuite vous mourez. C'était ce qu'on pourrait appeler sa philosophie, il m'a dit une fois.

Vous me demandez comment il a pu faire ça ? La réponse est simple. Cette fille cherchait quelqu'un pour buter son mari de toute façon, n'importe qui. Si Russell, il avait pas tenu le gars au sol, c'est quelqu'un d'autre qui l'aurait fait, et c'est lui qu'aurait touché le fric. Alors, puisque ça doit arriver, pourquoi pas en profiter, hein ?

Vous voulez savoir si je pleure dans mon lit la nuit à cause de toute cette histoire ? Je vous réponds que j'ai pleuré mes dernières larmes y a longtemps déjà. Peut-être que c'est lui qu'a fait le coup, peut-être que c'est pas lui. Si c'est pas lui, c'est seulement parce qu'il avait autre chose à faire. Y a longtemps que je sais que j'avais peu de chances de le voir vieillir, celui-là. Ou alors, faudrait qu'ils l'aient enfermé quelque part où il peut pas faire de conneries. Maintenant, je me dis que je vais peut-être le voir vieillir finalement.

MARY EMMET

Aux infos, ils racontent que mon fils est un monstre. « Un tueur impitoyable », a dit le procureur en parlant de lui. Mais ce qui m'a fait le plus mal, c'est quand ils ont interrogé ce psychologue qu'a dit que c'était pas étonnant. « Quand on pense comment sont élevés ces enfants. Sans aucune notion des valeurs ni de la morale. Vous voyez bien ce que je veux dire, ces garçons ne sont pas véritablement ce qu'on peut appeler des enfants modèles, il a dit. Là où ils habitent, il n'y a même pas l'eau courante. » Comme si y avait un rapport entre le fait d'avoir une chasse d'eau et aller au paradis.

J'ai toujours fait de mon mieux avec mon Jimmy. C'est pas parce qu'on n'a pas un gros compte en banque qu'on n'aime pas son enfant.

Ça a toujours été un brave garçon. Quand je pouvais pas lui acheter un jouet, il faisait jamais la comédie. Il pleurait pas. Il réclamait jamais. Vous lui donniez un tas de sable et une cuillère pour creuser, il était heureux. Apprends-lui à pas trop espérer et il sera pas déçu, je me disais. Si vous commencez à leur faire croire qu'ils auront un beau métier, qu'ils iront dans un collège technique ou je sais pas quoi, ils sont furieux en voyant que c'est pas possible.

Moi, ma théorie c'était : jamais faire croire qu'un miracle va se produire. C'est pas parce que vous soufflez toutes les bougies sur votre gâteau d'anniversaire que votre vœu va se réaliser. Jimmy a grandi en sachant que tous ces jouets qu'on voit dans les publicités à la télé, c'était pas pour lui, pas plus que ces jolies filles qu'ils font voir dans les magazines. Faut être réaliste. Si vous visez trop haut, ça fait encore plus mal quand vous retombez.

C'est pas la première fois que j'entends des gens faire allusion au milieu d'où vient mon fils. Toute sa vie les gens lui ont dit, d'une façon ou d'une autre, qu'il pouvait rien lui arriver de bien dans la vie, vu qu'il était pas né dans le bon environnement. C'est ça qu'on appelle un pays libre ? Tout le monde a ses chances ? Ah, me faites pas rire. Ce gamin, on aurait pu raconter l'histoire de sa vie quand il avait six ans. Comme disait ce psychologue : compte tenu de son milieu, il pouvait que mal finir. Et si ça finit toujours mal, c'est à cause des gens qui répètent toujours ça justement.

En fait, mon fils, il a eu qu'une seule surprise dans sa vie, c'est quand cette Suzanne Maretto s'est intéressée à lui. Pour mon fils, c'était comme une princesse de conte de fées qui descend du ciel en scintillant et qui lui file un coup sur la tête avec sa putain de baguette magique. Parmi tous les pauvres jeunes abrutis de la terre, elle a choisi mon fils pour s'envoyer en l'air. Inutile de vous dire qu'il faisait n'importe quoi pour lui plaire. C'était la première personne qui lui disait qu'il pouvait arriver à quelque chose. Le seul problème, c'est qu'elle l'appâtait. Y a pas que ses espoirs qu'elle faisait gonfler, si vous voyez ce que je veux dire.

Ça prouve bien que j'ai raison. Dites à un garçon comme Jimmy qu'il a une chance de décrocher le gros lot – peu importe s'il s'agit d'aller à la fac ou d'avoir une jolie blonde dans son lit –, c'est le meilleur moyen de lui briser le cœur. Et c'est ce qui s'est passé. C'est comme si elle l'avait emmené chez un marchand de bonbons, elle lui a montré toutes les bonnes choses, elle lui en a fait goûter quelques-unes, et ensuite, elle l'a foutu dehors, et lui il est resté le nez collé au carreau. Avant, il savait pas ce qu'il manquait. Après, ça l'a rendu dingue.

Maintenant, il est enfermé jusqu'à la fin de ses jours. Il pourra même pas avoir de pauvre gamin à son tour, pour lui gâcher la vie comme j'ai paraît-il gâché la sienne. Mais je vais vous dire une bonne chose : même si je vis pas dans une grande maison, même si je vais pas à la prison en limousine, vous croyez que je souffre moins ?

SUZANNE MARETTO

Jusqu'à maintenant, je n'ai jamais voulu parler de ça, car je voulais épargner cette douleur aux parents de Larry. Et bien sûr, je voulais préserver la mémoire d'une personne aimée. Vous essayez toujours de conserver un souvenir parfait, sans la moindre tache.

Mais maintenant que circulent toutes ces allégations qui laissent entendre que je suis mêlée à ce meurtre d'une manière ou d'une autre, je m'aperçois que je n'ai plus le choix. Je dois me défendre.

Mon mari se droguait. Il prenait de la cocaïne. Ça y est... je l'ai dit. Jamais il ne m'aurait battue s'il n'avait pas été aussi perturbé. Mais je ne veux pas parler de ça. Je veux que les gens se souviennent de Larry tel qu'il était avant que la drogue ne s'empare de lui.

À l'époque où je l'ai rencontré, il touchait déjà un peu à la drogue, mais j'étais trop innocente, trop naïve pour en reconnaître les signes. Vous imaginez, la présidente du mouvement « Non à la drogue » du campus qui fréquentait un drogué ? Eh bien, c'est arrivé. Ce qui vous montre bien les dangers de ce fléau. L'aspect insidieux de cette maladie. Pour qu'un garçon droit et honnête comme mon mari puisse succomber à la tentation. Comprenez-moi : si Larry a pu sombrer dans la drogue, alors personne n'est à l'abri. Ni vous, ni moi. Pas même Tom Brokaw.

À force de réflexion, j'en suis arrivée à la conclusion que Larry a commencé à fréquenter Jimmy et Russell pendant que je réalisais mon reportage. Peut-être qu'il n'avait plus son dealer habituel. Ou peut-être préférait-il traiter avec eux. Peu importe.

Bref, ils sont devenus copains. C'est vrai que la voiture de Russell était garée devant la résidence un soir. Et vous savez pourquoi ? Il était venu vendre de la drogue à mon mari. Jimmy sait comment venir chez nous, mais pas à cause de cette histoire insensée comme quoi nous aurions eu une liaison. La seule activité illicite qui se déroulait chez moi, c'était mon mari qui sniffait de la coke.

J'ai commencé à avoir des doutes à l'automne dernier. Son manque de motivation, et ainsi de suite. Je sentais qu'il se laissait aller, il renonçait aux buts qu'il s'était fixés pour faire véritablement quelque chose de sa vie. Voilà pourquoi j'ai essayé de me lier d'amitié avec ces deux garçons, pour gagner leur confiance, leur faire comprendre qu'ils devaient laisser Larry en paix. J'ai même été assez bête pour faire appel à leur gentillesse et à leur honnêteté. Je leur ai promis de ne pas les dénoncer s'ils cessaient de fournir de la drogue à mon mari. Finalement, j'ai enfin réussi à convaincre Larry de m'avouer la vérité.

Ce fut un moment merveilleux entre nous. Je lui ai dit que je l'aimais plus que jamais et que je l'aiderais à décrocher. Il m'a dit qu'il avait honte de m'avoir abandonnée. Il m'a suppliée de lui pardonner pour toutes les fois où il m'avait frappée et, bien sûr, j'ai dit oui. Jamais nous n'avons été aussi proches que cette nuit-là. Il a promis de suivre une cure de désintoxication, juste après notre anniversaire. Je le vois encore pleurer dans mes bras, comme un enfant. Et Walter, notre chien, qui léchait les larmes sur son visage. À cet instant, j'ai juré de consacrer toute ma vie de journaliste à faire tout ce qui est en mon pouvoir pour informer le public sur les ravages de la drogue. Dès que j'aurais sorti mon mari de cet enfer.

Et on aurait pu réussir, vous savez. Notre amour était assez fort. Hélas, Larry devait énormément d'argent à Jimmy et à Russell. Nous leur avons dit que nous ferions tout pour leur rendre leur argent : vendre notre voiture, hypothéquer l'appartement, je prendrais un deuxième travail, n'importe quoi. Mais ils ne voulaient pas patienter. De plus, James faisait une sorte de fixation sur moi, et c'était une raison supplémentaire de détester Larry.

Je crois maintenant qu'ils le menaçaient depuis un certain temps déjà, avant ce fameux soir. Mais pour ne pas m'inquiéter, il ne m'en a jamais parlé. Il se sentait suffisamment coupable. Il pensait pouvoir se débrouiller seul. Seulement, ils ont frappé les premiers.

Je m'en veux de raconter tout cela. Joe et Angela ont déjà beaucoup souffert. Croyez-moi, ils nieront. Qui peut croire que son fils battait sa femme et prenait de la cocaïne ? Mais le moment est venu de dévoiler la vérité. Et si notre triste histoire peut empêcher un jeune couple comme le nôtre, qui a tout pour être heureux, de commettre les mêmes erreurs que Larry, alors peut-être qu'il ne sera pas mort en vain.

Peut-être comprenez-vous mieux maintenant le sens des remarques que j'ai faites à Lydia, sur cet enregistrement ridicule que le procureur espère utiliser pour me faire condamner. Peut-être ai-je dit des choses qui pouvaient paraître étranges, mais j'essayais seulement de protéger la réputation de mon mari. Maintenant qu'on veut me traîner dans la boue, je suis contrainte de raconter toute la vérité.

RUSSELL HINES

Voilà que cette salope veut maintenant nous faire passer pour des gros dealers de coke, Jimmy et moi. Me faites pas rire.

Soyons clairs. Vous êtes pas en train de parler à Nancy Reagan, c'est vrai. Jimmy et moi, on crache jamais sur un joint dès qu'on peut s'en fumer un. Si un type venait me dire : « Hé, mec, tu veux te faire un rail ? », est-ce que je dirais non ? Je sais pas.

Mais je vais vous dire un truc, la coke c'est pas pour des gars comme Jimmy et moi. Nous, on est des petits consommateurs de rien du tout. Un peu d'herbe. Pas mal de bière. Pour la coke, faut du fric.

Attendez un peu que ma mère entende dire que je suis un gros dealer. Un homme d'affaires, comme qui dirait. Putain, elle sera vachement fière, elle qui a toujours cru que j'étais un bon à rien, elle se retrouve avec un fils qui fourgue de la coke aux bourgeois, avec du pognon plein les poches, et une petite mallette peut-être pour transporter la came. Ouais, pas mal. Elle va mourir de rire.

Écoutez, j'ai fait un tas de trucs dans ma vie, j'ai jamais dit le contraire. C'est sûr, j'ai niqué ma cousine. J'ai volé un distributeur de capotes au Sunoco. Et j'ai aidé à buter Larry Maretto, c'est vrai. J'ai jamais dit que c'était pas vrai. Mais j'ai jamais fourgué de la coke à ce pauvre crétin. Si vous voulez mon avis, ce type était accro à une seule substance dangereuse : la chatte de sa femme.

EARL STONE

Toute votre vie vous essayez de protéger vos enfants de la douleur, de faire en sorte que tout soit parfait. Quand ils tombent, vous embrassez l'endroit où ils se sont fait mal. Un élève de l'école fête son anniversaire, mais ils ne sont pas invités, vous les emmenez manger une glace à la place. Peut-être qu'ils n'ont pas remporté le premier prix du concours de majorettes, tant pis, vous leur achetez une nouvelle poupée Barbie. Ou même toute la foutue Maison des Rêves de Barbie. Vous êtes là pour ça, pour tout arranger.

Avant, quand un problème se présentait, je pouvais toujours le régler. Comme la fois où ils ont diminué les crédits destinés aux transports en car pour les matchs à l'extérieur, ce qui faisait que les majorettes ne pourraient plus accompagner l'équipe. Suzanne ne l'a jamais su, mais j'ai donné les cinq cents dollars pour que les autres filles et elle puissent partir. Si vous aviez vu comme elles étaient heureuses. Est-ce que je pouvais la laisser comme ça, après tout le mal qu'elle s'était donné pour apprendre les numéros ?

Attention, je ne dis pas qu'elle n'était pas capable de se débrouiller par ses propres moyens. Notre Susie possédait à la fois le talent et la volonté, on savait qu'elle réussirait, quoi qu'il arrive. Mais ça ne fait jamais de mal d'avoir quelqu'un qui vous file un petit coup de main. Et ce quelqu'un c'était moi. J'estime qu'il faut savoir mettre toutes les chances de son côté. On vit dans un monde sans pitié.

Prenez son nez, par exemple, quand elle était petite. Je ne dis pas qu'elle ressemblait à Barbra Streisand. Mais on savait en la regardant que ce serait une jolie fille. Qui pourrait être encore plus belle si un chirurgien esthétique s'occupait de son nez. Et connaissant son envie de faire de la télévision, cela ne pouvait que nous inciter à aller jusqu'au bout, non ? Il faut toujours faire le maximum. Ma femme et moi avions la chance de pouvoir offrir certains avantages à nos enfants. L'opération de son nez en est un exemple.

Dieu sait qu'il y en a eu d'autres. Nous avions installé un réfrigérateur dans la salle de jeux, toujours rempli de Coca et ainsi de suite. Elles n'avaient même pas besoin de demander. On leur avait acheté une chaîne stéréo, une table de ping-pong, tout le tintouin. Comme ça, on savait au moins où elles étaient, et quel genre de jeunes gens elles fréquentaient.

Suzanne voulait apprendre à monter à cheval. Pas de problème. Les claquettes, la gymnastique, les cours de mannequin, pareil. Faye devait aller chez le dermatologue, cinquante dollars chaque fois? aucun problème non plus. Les enfants avaient leur télé, leur téléphone. Vous les emmenez visiter le Grand Canyon et Washington. Vous leur payez des appareils dentaires, vous leur confiez votre carte de crédit, les clés de la voiture, vous leur offrez le mariage dont rêvent toutes les filles. C'est ça, avoir une famille, non ? Veiller à ce que vos gosses ne manquent de rien.

Avec Faye, on a dû rapidement se faire à l'idée qu'elle ne brillerait jamais dans la vie. Il fallait la prendre comme elle était et l'aimer de notre mieux. Mais Suzanne, c'était différent. On savait qu'elle irait loin, qu'elle nous rendrait fiers.

Et voilà où on en est. Je ne suis pas un imbécile. J'ai écouté cet enregistrement. Il paraît que ça ne peut pas servir de preuve, mais je l'ai entendu et je sais ce que signifient ces mots, encore que je n'aurais jamais pensé les entendre un jour dans la bouche de ma fille, c'est certain. Et peu importe ce que vous pensez, y a de quoi se poser des questions.

Malgré vous, vous vous surprenez à vous demander : se peut-il qu'elle ait fait ça? Cette petite fille qui s'asseyait à l'arrière de votre voiturette au golf et qui vous disait que, quand elle serait grande, elle voulait se marier avec vous?

Et à partir du moment où vous ouvrez la porte au doute, je vais vous dire, plus possible de faire marche arrière. Vous y pensez du matin au soir, vous pensez combien vous aviez confiance en cette enfant et, si ça se trouve, peut-être qu'elle n'est pas celle que vous imaginiez, loin s'en faut.

Laissez-moi vous dire une chose. À partir du moment où vous en arrivez à croire que votre fille adorée a pu tremper dans un truc pareil, c'est difficile de croire à tout le reste. Peut-être que le ciel n'est pas vraiment bleu. Peut-être que les voitures japonaises sont réellement meilleures que les voitures américaines. Peut-être que ces gens avaient raison de dire que personne n'a jamais marché sur la lune, tout a été tourné en studio. Si ma petite fille chérie a pu prononcer les mots que j'ai entendus sur cet enregistrement, j'ai peur de ne plus croire à beaucoup de choses. Plus rien ne me semble réel, à part l'humiliation.

Je me souviens encore de ce soir de Noël où je suis resté debout toute la nuit pour assembler la Maison des Rêves de Barbie. L'année dernière, je conduisais ma fille à l'autel pour son mariage. Aujourd'hui, je paye la caution pour sa remise en liberté et j'engage des avocats pour convaincre un jury qu'elle n'a pas organisé le meurtre de son mari. Alors qu'en réalité je n'en suis plus certain moi-même.

SUZANNE MARETTO

Un jour, j'ai entendu un truc dans une émission de télé qui m'a fait réfléchir ; je crois que c'est Cher qui a dit ça. Est-ce parce qu'une femme s'habille bien et se rase les jambes plus d'une fois par an qu'elle est forcément superficielle ?

De toute évidence, Cher est quelqu'un qui me ressemble beaucoup et en écoutant cette émission, j'ai découvert que c'était en réalité une femme très spirituelle. Elle a dit aussi cette chose que je n'ai jamais oubliée. En fait, c'était une question : « Si un arbre tombe dans une forêt, là où il n'y a personne pour le voir, est-il vraiment tombé ? »

J'ai beaucoup réfléchi à ça. À quoi bon faire quelque chose si personne ne vous voit ? Ça n'a pas plus de sens qu'un formidable repas sur une table, sans personne pour le manger. Cela me rappelle un article que j'ai lu dans le *National Enquirer* – un magazine que je n'ai pas l'habitude de lire, mais il n'y avait que ça chez l'esthéticienne ce jour-là – au sujet de ce pasteur dans le Nevada qui faisait des sermons tous les dimanches depuis des années alors qu'il ne restait plus aucun fidèle dans sa paroisse. Si vous voulez mon avis, ce n'est pas une preuve de sainteté. C'est débile.

Selon moi, tout ce que font les gens à travers le monde, c'est pour avoir un public, pour que quelqu'un les voie. Prenez les artistes, ils aiment exposer leurs œuvres dans les musées, non ? Et généralement, les musiciens aiment que les gens écoutent leur musique. S'il n'y a personne, c'est un peu comme l'arbre qui tombe dans la forêt. Vous me suivez ?

C'est ça, la magie de la télévision. C'est comme un œil posé sur vous en permanence. Qui vous regarde même quand il n'y a personne autour de vous et qui enregistre ce que vous faites. Et sachant qu'il est là, vous vous comportez mieux, sur tous les plans. Un peu comme avec Dieu, en exagérant.

Supposons que vous soyez dans une cabane au milieu des bois où personne ne vous verra pendant tout le week-end. Avez-vous une raison de prendre une douche et de vous maquiller ? Maintenant, supposons que vous passiez à l'émission « Today ». Vous faites un peu plus attention à votre apparence.

S'il y avait des caméras de télévision dans toutes les maisons, tout le temps, comme celles qu'ils ont dans les banques et dans les boutiques pour surveiller les voleurs, croyez-vous que les mères continueraient à crier après leurs enfants et à les frapper ? Vous croyez que Deborah Norville était toujours aussi gentille avec son mari qu'elle l'était avec ses invités ? Et pour quelle raison ? Parce qu'il n'y avait pas de caméra de télévision dans son salon.

Prenez le régime d'Oprah. Regardez ce qui lui est arrivé. Elle était grosse, alors elle a suivi un régime draconien et elle a perdu plus de trente kilos. Elle est revenue sur son plateau en traînant derrière elle un chariot rempli de trente kilos de viande hachée, vêtue d'un jean moulant, superbe. Et pendant un moment, tout le monde ne parlait que de son régime, on disait que c'était formidable, apparemment elle allait enfin épouser Steadman Graham et ce serait formidable.

Et qu'est-ce qui s'est passé ? Elle a recommencé à manger n'importe quoi. Pas à la télé, bien sûr. Vous n'avez jamais vu Oprah manger une assiette de frites pendant son émission. Le problème, c'est qu'elle n'était pas à l'antenne à chaque instant de sa vie. Parfois, ils éteignaient les caméras. C'est là que les ennuis ont commencé. Et regardez-la maintenant, elle est redevenue obèse.

Vous pouvez dire : oh, c'est sa véritable nature qui ressort, la personnalité qu'elle montre à la télé n'est qu'une façade, ou appelez ça comme vous voulez. Personnellement, ça ne me gêne pas que ce soit une façade, du moment qu'elle est belle. Si suivre sa vraie nature, ça veut dire grossir de trente kilos, je préfère tricher un peu.

Voilà pourquoi j'ai toujours rêvé de faire de la télévision. Cela fait ressortir ce qu'il y a de meilleur en vous. Tant que vous êtes à la télé, il y a toujours quelqu'un qui vous regarde. Si les gens pouvaient passer à la télé tout le temps, nul doute que la race humaine dans son ensemble s'en porterait beaucoup mieux. Cela pose un problème : si tout le monde passait à la télé, il n'y aurait plus personne pour la regarder. Je deviens folle à force de réfléchir à tout ça. Ça peut me poser des problèmes parfois. Un jour, j'étais tellement absorbée par mes pensées que j'ai oublié de me retourner sous la lampe à bronzer. Si vous aviez vu le désastre !

JOE MARETTO

Nous sommes au restaurant. Moi je suis au fond, occupé à vérifier les commandes. Angela est devant, et soudain, on entend la nouvelle à la télé, située au bout du bar. Personne ne nous a prévenus ni rien, on l'a appris aux infos, comme tout le monde.

« Nouveau rebondissement dans l'affaire Maretto. Les détails dans notre édition de dix-huit heures. » En entendant ça, vous vous approchez du bar. Mais après, vous devez supporter encore dix minutes d'un feuilleton à la con, plus cinq ou six pubs, avant de savoir ce qu'ils ont à dire sur le meurtre de votre fils. Ça fait quel effet, à votre avis ?

Mais le pire est à venir. Car quand la nouvelle arrive enfin, voilà que j'apprends que mon fils était soi-disant un homme qui battait sa femme et prenait de la cocaïne, et ces voyous l'ont tué parce qu'il leur devait de l'argent. Mon fils qui n'a jamais fini une bouteille de bière de toute sa vie, un drogué ? Quant à battre sa femme, voilà un garçon qui était incapable de lever la main sur qui que ce soit. Et encore moins sur elle. Il la vénérait.

Pendant une minute, on est restés devant l'écran sans bouger. Vous ne savez plus ce qui se passe autour de vous. Vous n'entendez plus que les voix qui viennent de la télé. Quelqu'un me tend un verre de whisky : « Tiens, Joe, bois ça, ça te fera du bien. » Mais je reste là avec mon verre à la main. Pétrifié.

Puis elle apparaît sur l'écran. Suzanne. Notre belle-fille. Elle est assise sur son canapé, dans cette pièce où mon fils est mort. Un petit micro est épinglé à son chemisier. Avec son petit nez retroussé qui m'a toujours fait penser qu'on l'avait sortie trop tôt du four. On dirait qu'elle est allée chez le coiffeur pour l'occasion. Le chien est assis sur ses genoux, elle le caresse. Le journaliste qui l'interroge se comporte comme s'il avait devant lui la First Lady ou la reine d'Angleterre. « Je sais que cela doit être très pénible pour vous, madame Maretto, il dit. Mais sachez que tout le monde vous soutient dans cette épreuve. »

Elle fixe la caméra, comme si elle nous regardait droit dans les yeux, Angela et moi. « Mon mari était dépendant de la cocaïne, dit-elle. Il devait énormément d'argent aux deux jeunes gens actuellement inculpés. Il devenait violent, il ne se contrôlait plus. Je crois que c'est pour cela qu'ils l'ont tué. »

Là, c'est plus fort que moi. Je ne réfléchis même pas. J'attrape la table la plus proche et je la lance. Je frappe du poing sur le bar, je renverse tous les verres, toutes les bouteilles. Et je m'en prends aux chaises. Angela m'a dit que je hurlais aussi. Possible. Je ne m'en souviens pas.

Quand ma femme réussit enfin à me calmer, enfin presque, ils sont arrivés à la fin de cette saloperie d'interview. « Que ressentez-vous, maintenant, madame Maretto ? » demande le journaliste.

Elle essuie une larme au coin de son œil avec le Kleenex qu'elle tient à la main. « J'essaye toujours d'être une personne positive, Bud, elle lui répond. Je suis une battante. Depuis le début de cette terrible épreuve je m'efforce de continuer à vivre, de m'accrocher à mes rêves. Je sais que mon mari l'aurait voulu ainsi. Mais je dois bien avouer que, parfois, j'aurais préféré mourir moi aussi, ce soir-là. Parfois, j'aimerais être morte. »

En l'entendant prononcer ces mots, on a eu une étrange réaction, Angela et moi. On n'a rien dit, mais je sais qu'on pensait tous les deux à la même chose. Certes, il faudrait régler les détails, mais on avait le temps pour ça, et on savait que c'était possible. Vous ne tenez pas pendant vingt ans un restaurant dans le quartier italien de la ville sans vous faire quelques amis qui peuvent vous aider dans un moment comme celui-ci. Le plus important, c'est qu'on savait ce qu'il nous restait à faire, et j'étais convaincu qu'on le ferait.

SUZANNE MARETTO

Je ne devrais sans doute pas en parler. C'est censé rester secret. À vrai dire, ce n'est pas encore officiel, et on m'a demandé de n'en parler à personne avant d'avoir réglé tous les détails noir sur blanc. Mais de vous à moi, sachez que j'ai reçu un appel d'un très important producteur de New York hier. Il veut qu'on se rencontre ce soir, il vient exprès en avion. Il travaille pour ABC. Ils veulent faire une émission spéciale d'une heure sur mon histoire. Il paraît que certaines personnes à la tête du service infos sont très excitées par cette idée. Il ne m'a pas donné de nom, mais à sa façon de s'exprimer, j'ai cru comprendre qu'il faisait allusion à Barbara Walters.

Comme il me l'a expliqué, mon histoire possède tous les ingrédients. Un beau couple de jeunes gens, amoureux, avec toute la vie devant eux et tout ce qu'il faut pour vivre heureux. Des rêves brisés par la drogue. Une famille détruite par des voyous désœuvrés, des meurtriers, élevés sans aucun sens moral, capables de presser la détente d'une arme aussi facilement qu'ils allument un joint. Peut-être même pourraient-ils en faire le téléfilm de la semaine. Il m'a également demandé d'apporter quelques-unes de mes vidéos. Ils sont toujours à la recherche de nouveaux talents pour affronter la caméra. Et un des participants à la conférence à laquelle j'avais assisté lui avait dit que j'ai tout ce qu'il faut.

Il m'a demandé de ne pas en parler à mes parents. Si la nouvelle se répand, tout risque de tomber à l'eau. Ils préfèrent négocier tous les détails avec moi d'abord, en privé. Voilà pourquoi il veut qu'on se rencontre hors de la ville, dans un endroit tranquille. C'est drôle, vous savez, mais depuis qu'on me voit dans le journal et aux infos, je suis presque devenue une célébrité. Je ne peux aller nulle part sans que quelqu'un me désigne du doigt ou me dévisage. Un jour, une fillette m'a même demandé un autographe ; sa mère a tenté de la retenir, de crainte de m'offenser. Je lui ai dit de ne pas s'en faire. J'ai trouvé ça adorable.

Nous avons rendez-vous sur la plage. « Comment vous reconnaîtrai-je ? » je lui ai demandé. Et il m'a répondu : « Je doute qu'il y ait plus d'une limousine. »

Il ne faut pas exagérer, mais tout cela m'a fait réfléchir. Au fonctionnement de la vie, je veux dire, son côté étrange. D'abord, il vous arrive une chose affreuse. Puis, au moment où vous vous y attendez le moins, un coup de chance rétablit l'équilibre. C'est un peu comme dire « Après la pluie vient le beau temps ». Vous me comprenez ? Larry qui se fait assassiner et tout ça, jamais je n'oublierai ce drame aussi longtemps que je vivrai. Mais il faut savoir replacer les événements dans leur contexte aussi et se souvenir que, si certaines choses ne se produisaient pas, un tas d'autres ne se produiraient pas non plus.

Ce matin, je suis allée au salon de bronzage. Histoire de me donner meilleure mine. On ne peut pas dire que plusieurs semaines passées en prison soient bénéfiques pour votre aspect physique. Et vous voulez que je vous dise ? C'est sous la lampe à bronzer que je réfléchis le mieux. C'est calme, tranquille, chaud, avec toutes ces lumières. Une sorte de méditation.

Et pendant que j'étais allongée, j'ai eu cette révélation, on peut dire. Tout ce qui m'est arrivé jusqu'à maintenant fait partie d'un plan beaucoup plus vaste. C'est comme quand vous vous approchez trop près de la télé, vous ne voyez plus que des petits points blancs et noirs. Pour voir l'image, vous devez reculer. Et à ce moment-là, tout s'explique. Tout devient net.

OZZIE WARD

D'habitude, je vais ramasser les palourdes un peu plus loin dans les marais, mais le vent était mauvais ce jour-là, alors j'ai préféré rester dans la crique, près du pont. La chance était pas avec moi. J'étais en train d'allumer une clope quand j'ai vu ce machin. Un truc couché sur la plage, empêtré dans les algues. J'étais trop loin pour voir ce que c'était.

D'abord je me suis dit, c'est peut-être encore leurs saloperies de déchets d'hôpitaux qu'arrêtent pas de s'échouer sur le rivage depuis quelque temps. Le mois dernier, j'ai ramassé un paquet de gants chirurgicaux et d'autres merdes. Des pansements avec du sang, des seringues usagées, des tubes en plastique, vous pouvez pas imaginer tout ce qu'ils balancent de nos jours. C'est pour ça qu'en approchant, et en voyant une main qui dépassait, je me suis dit : Merde alors, maintenant ils amputent un bras et ils le balancent à la flotte, pour que nous, les pauvres types, on le ramasse. Je parie qu'ils font la même chose avec les bébés morts à la clinique d'avortement, là-bas. En tout cas, j'ai déjà vu un appendice, un cordon ombilical.

Seulement, c'était pas juste un bras coupé. Y avait tout le corps attaché après, et un joli corps même, enfin, dans le temps.

Je l'ai pas reconnue tout de suite malgré les photos qu'ils ont montrées à la télé. De toute façon, personne est très beau à voir après avoir trempé dans l'Atlantique pendant une dizaine de jours. Mais ensuite, je me suis souvenu que j'avais entendu aux infos que tout le monde cherchait cette journaliste de la télé libérée sous caution et qui devait être jugée pour le meurtre de son mari. Et sa mère qui disait : « Je sais que ma fille est incapable de s'enfuir. Il s'est passé quelque chose de louche. » Et le père du gars qui disait : « Cela prouve sa culpabilité. Ils n'auraient jamais dû la laisser sortir de prison. » Pendant dix jours, on n'entendait que ça. Où est Suzanne Maretto ? Apparemment, je l'avais retrouvée, moi.

Elle portait encore presque tous ses vêtements. Ses chaussures avaient disparu, mais elle avait encore ses collants. Il y avait un tas d'algues et tout ce que vous voulez emmêlés dans ses cheveux, mais on voyait qu'elle était blonde. Ses yeux étaient ouverts. Bleus.

Y en a certains que je connais, s'ils avaient vu cette superbe alliance qu'elle portait, ils l'auraient piquée. Je vous parle d'un gros diamant. Remarquez, ç'aurait pas été facile. Il aurait fallu lui couper le doigt.

Moi, j'ai juste étendu ma veste sur son visage, pour empêcher les mouettes de continuer à la becqueter, et j'ai prévenu les flics.

INSPECTEUR MIKE WARDEN

La première personne à qui j'ai pensé quand on a sorti le corps de Suzanne Maretto de la rivière, c'est Lydia. Toutes les horreurs que Suzanne disait sur elle à la fin, tout ce qu'elle a enduré, et pourtant, je savais que Lydia continuait à idolâtrer cette femme. Cette nouvelle risquait de lui filer un sacré coup.

Elle était chez elle avec sa mère quand je suis arrivé. Elle écoutait de la musique dans sa chambre. « Viens, je lui ai dit. On va faire un tour en voiture, toi et moi.

– Tout ça, c'est ma faute, m'a-t-elle dit. Si j'avais pas pris le pistolet, rien de tout ça serait arrivé. Elle serait toujours en vie, et lui aussi. Peut-être qu'on serait tous à Disney World en ce moment. »

J'ai tenté de la raisonner, mais je sentais que c'était vain. « Non, ne crois pas ça, j'ai dit. Si tu ne lui avais pas donné l'arme, elle en aurait trouvé une autre ailleurs. D'une façon ou d'une autre, les gens comme elle obtiennent toujours ce qu'ils veulent.

– C'est pas comme moi, elle a répondu. J'ai été une minable toute ma vie et ça changera jamais. » C'est étrange d'envier quelqu'un qu'on vient de retrouver flottant dans la baie, mais c'est ainsi que Lydia continuait à voir Suzanne. Et ça ne changerait jamais.

« Vous savez c'était quoi son problème ? m'a-t-elle demandé. Elle était trop sensible. Elle avait un tas d'idéaux, mais la vraie vie était pas à la hauteur. Personne était assez bien pour elle. Elle était trop parfaite. Trop parfaite pour ce monde merdique. Le seul qui l'a jamais déçue, c'est son chien. »

CAROL STONE

J'espère qu'ils sont satisfaits, maintenant. Je parle de la police. Et de ces deux voyous minables qui ont traîné le nom de ma fille dans la boue, et leur pitoyable copine qui se prétendait l'amie de Suzanne, et qui ensuite a voulu la faire passer pour une dévergondée et une meurtrière. Sans oublier les journalistes. Ce sont eux les plus grands coupables, selon moi, car ils ont voulu faire du sensationnel, et tous les soirs ils ont montré le visage de ma petite Susie aux informations en la présentant comme une meurtrière !

C'était une personne forte, mais chacun a ses limites, et Suzanne a fini par atteindre les siennes. Elle avait réussi à surmonter la douleur de la toxicomanie de son mari, et même les agressions physiques. Jamais elle n'en a parlé à Earl ni à moi ; elle était si courageuse. Elle a réussi à continuer à vivre, après qu'on lui eut pris son mari. Elle a réussi à garder la tête haute quand ils lui ont passé les menottes pour la conduire en prison. Elle a même réussi à affronter les soupçons et l'abandon de sa belle-famille. Ce qui l'a détruite, finalement, c'est de se voir dépeinte sous les traits d'une meurtrière de sang-froid, chaque soir à la télé. Ces soi-disant journalistes n'ont pas hésité à déformer la vérité, pour rechercher le sensationnel. Ils sont aussi responsables de sa mort que s'ils l'avaient poussée eux-mêmes du haut du pont.

La nuit, quand je n'arrive pas à dormir, je me lève parfois et je descends. Je m'assois dans le salon où nous avons passé tellement de moments heureux avec ma Suzanne. Je prends les albums de photos.

Des fois même, je me passe une de ses vidéos, je la regarde faire la météo, ou chanter sa chanson préférée, *High Hopes*.

J'essaye de m'en empêcher, mais je l'imagine en train de s'habiller le dernier jour. Elle se maquille, elle se fait les ongles. Vous saviez que son vernis n'était pas écaillé quand on l'a retrouvée ? Vous vous rendez compte ? Elle était sur le point de mettre fin à sa vie, mais elle voulait encore être séduisante. Elle refusait de se laisser aller, elle voulait toujours offrir la meilleure image d'elle-même.

Elle avait mis sa robe préférée. Les petites boucles d'oreilles en perles qu'Earl et moi lui avions offertes pour ses vingt et un ans. Et son alliance, évidemment. Ça représentait tellement de choses pour elle.

Les gens se demandent pourquoi elle n'a pas laissé de mot. Mais Earl et moi, nous comprenons. Il n'y avait plus rien à ajouter. Son geste parle de lui-même. Elle avait le cœur brisé. Le procès n'avait pas encore débuté, mais déjà les journalistes l'avaient déclarée coupable.

C'est plus fort que moi. Je me repasse sans cesse la même scène dans ma tête, je regarde une émission que je ne peux pas arrêter. C'est comme en 1963, quand ils nous montraient toujours les mêmes images de l'assassinat de Kennedy à la télévision, encore et encore et encore. Ou les images du décollage de *Challenger* qu'on voyait tout le temps aussi ; la fusée s'élève dans le ciel, et puis elle explose. Seulement cette fois, c'est ma propre fille que je vois mourir devant mes yeux.

Je la vois garer sa voiture. Je la vois ouvrir la portière, en regardant la mer. Puis elle monte sur le parapet. Elle hésite une seconde. Ah, si seulement nous avions été là pour la retenir. Mais nous n'étions pas là. Et elle saute.

INSPECTEUR MIKE WARDEN

Naturellement, nous avons dû demander une autopsie du corps de Suzanne Maretto. Procédure habituelle. À ce niveau-là, on ne s'attendait plus à d'autre surprise. On voulait juste boucler définitivement cette sale affaire. On tenait la coupable. Elle nous avait même rendu service en se supprimant ; elle nous avait épargné cette peine.

À partir du moment où il s'agissait de coincer Suzanne Maretto, tous nos inspecteurs étaient prêts à se démener à deux cents pour cent. On avait hâte d'épingler cette véritable salope.

Mais quand on a reçu le rapport du légiste, je vous prie de croire que ça a fichu un sacré coup à mes hommes. Et le fait que la moitié des types de la brigade soient d'origine italienne nous a uniquement permis de prendre une décision plus rapidement. Étouffer les conclusions de l'autopsie. Balancer le rapport du légiste dans le broyeur à papier et oublier qu'on l'avait vu.

Il était clair pour nous tous que la famille Maretto avait suffisamment souffert. Il fallait bien que ça s'arrête quelque part, et cet endroit nous semblait bien choisi. Parfois, la justice prend d'étranges formes qu'aucun juge ni jury ne peut susciter.

Parlons franchement : si cette Suzanne Maretto avait entubé mon fils comme elle a entubé le fils Maretto, j'aurais peut-être fait la même chose que les parents, sans que cela m'empêche de dormir une seule nuit. Essayez donc de trouver un flic qui ne partage pas mon avis. Voilà pourquoi le premier rapport du légiste ne verra jamais le jour.

Pour ce qui concerne les journalistes, Suzanne Maretto est morte noyée, c'est un suicide. C'est tout ce qu'ils savent et ils n'ont pas besoin d'en savoir plus.

La vérité, c'est que Suzanne Maretto n'avait pas une seule goutte d'eau dans les poumons quand on l'a repêchée. Autrement dit, cette femme était déjà morte quand elle est tombée du pont. D'ailleurs, vous en connaissez beaucoup des gens, vous, qui se suicident avec leur curriculum vitae dans leur poche ?

JIMMY EMMET

Ils ont laissé Russell conclure un arrangement avec le juge : trente ans de prison avec une remise de peine de douze ans pour bonne conduite vu qu'il a mouchardé et que c'est pas lui qu'a appuyé sur la détente. Moi, ils m'ont remis les menottes et ils m'ont emmené à la prison des mineurs. Dans la bagnole, pendant le trajet, un flic me sort : « Crois pas que tu vas t'en tirer parce que t'as que seize ans. Le mec qu'a l'âge de baiser, il a l'âge de griller sur la chaise. » C'est la première fois qu'ils me disent ce que je risque pour un meurtre. Perpète sans réduction de peine.

Je crois que je vais vomir. J'ai peur de me mettre à chialer. Jusqu'à maintenant, je pensais qu'à Mme Maretto, j'avais envie de la voir, mais à ce moment-là, j'ai réalisé. C'est pas juste que je pourrai plus jamais baiser avec Mme Maretto, je pourrai plus jamais baiser avec personne. Me demandez pas pourquoi, mais j'aurais voulu que ma mère soit là. Même si elle a jamais rien pu faire pour moi. Et encore moins maintenant.

Ce putain d'endroit est entouré d'un grillage comme un poulailler, avec des fils barbelés en haut et tout. En arrivant, ils commencent par vous enlever vos pompes et votre ceinture. Après, ils vous conduisent dans une petite pièce où vous devez enlever le reste et prendre une douche. J'étais content qu'y ait pas d'autre type avec moi. Russell m'a raconté ce qui se passait dans ces endroits-là. Faut ouvrir l'œil à chaque instant, si vous voulez pas qu'un type se pointe pour vous la coller dans le cul.

Ils me coupent les cheveux à la tondeuse. Ils me filent des grosses pompes qui pèsent au moins dix kilos chacune. Et aussi un paquet enveloppé de papier marron. Dedans, y a une serviette, un savon, un rouleau de papier cul et deux rasoirs jetables. Un type me conduit dans un long couloir ; on passe devant tous ces gars dans les cellules. Imaginez un peu : trente postes de radio qui beuglent en même temps, vous vous entendez même plus penser.

J'entends un mec qui dit : « C'est lui. Il a baisé une femme mariée et il a buté son mari. » « Connard », dit un autre.

Quand je passe devant sa cellule, un type me lance : « Elle était bonne au moins ? »

La nuit, allongé sur ma couchette, quand je peux pas dormir, j'essaye de me souvenir. Pas tout le temps, je veux pas que ça s'use trop vite. J'en garde pour quand je me sens vraiment mal, et c'est comme un cadeau que je me fais. OK, je me dis. Tu te gares devant chez elle. Elle t'ouvre la porte. Elle enlève sa robe. Tu défais ta ceinture, t'enlèves ton jean. Tu vois ses seins. Elle te fait son numéro de majorette. Après, elle se couche sur le lit. Tu fourres ta langue dans sa bouche. Tu la pénètres. Ça y est, t'es au ciel.

Seulement, c'est comme un film que tu regardes à la télé sans avoir le décodeur ou un truc comme ça ; la réception est si mauvaise que t'entends à peine ce qu'ils disent. C'est flou. C'est de plus en plus flou chaque fois.

Y a des jours où j'ai l'impression que je suis comme un putain de prisonnier de guerre qui veut pas perdre le contact avec la réalité et devenir dingue. J'essaye de m'accrocher, vous pigez ? Alors je me pose des petites questions, pour voir si je me souviens. « Le tatouage, il était sur le nichon droit ou le nichon gauche ? » « C'était quoi, son odeur ? » « Elle était blonde de partout ? »

J'ai l'impression que je le savais. Mais ça m'échappe. Qu'est-ce que vous dites de ça ?

ED GRANT

Vous voulez entendre un truc marrant ? Avec tout ce qui s'est passé, voilà que toutes les chaînes de télé des trois États voisins cherchent à mettre la main sur des bouts de films. N'importe quelles images : Suzanne entrant au tribunal, Jimmy en train de se curer le nez, absolument tout, je vous dis. Et moi, pauvre petit directeur d'une chaîne locale minable, je me retrouve avec une vidéo de trois heures, un reportage commenté par Suzanne Maretto en personne, et dans lequel on les voit tous les quatre assis sur un canapé, en train de se confier à cœur ouvert, dans l'appartement même où, de toute évidence, elle a couché avec Jimmy Emmet, l'appartement où son mari a trouvé la mort.

On voit Russell Hines qui dit : « Quand vous avez une sale réputation, et quand tout le monde pense que vous passez votre temps à foutre le bordel, autant s'en donner à cœur joie, non ? » On voit Lydia qui explique combien c'est important pour elle de pouvoir prendre exemple sur une autre femme. Il y a même une séquence où Jimmy Emmet regarde la caméra bien en face, et il dit : « Les gens se trompent quand ils croient que les mecs pensent qu'au sexe, et qu'ils se foutent des sentiments. La personne avec qui je sors en ce moment, c'est pas juste pour baiser, c'est une histoire d'amour. Je ferais n'importe quoi pour elle. N'importe quoi. »

Les avocats de Suzanne Maretto ont demandé la saisie de la vidéo. Quel dommage. Pas uniquement parce que cela aurait fait exploser notre audimat. En fait, elle a réalisé du beau boulot avec son idée de reportage. Attention, ce n'est pas du Mike Wallace, mais je l'aurais sûrement diffusé.

En fait, avant que cette sale affaire éclate, je me disais qu'il était temps de lui faire passer un essai pour lire les infos. Remarquez, question infos, elle est servie maintenant. On ne voit plus qu'elle. D'une certaine façon, on peut dire que son rêve s'est réalisé.

PHIL DONAHUE

Attachez votre ceinture, mesdames et messieurs. Joe et Angela Maretto sont parmi nous – et permettez-moi de le dire, ça ne doit pas être facile pour eux – leur fils, Larry, un jeune homme que certains d'entre nous ont peut-être eu la fierté de connaître – je parle ici d'une de ces histoires de réussite à l'américaine, un jeune restaurateur, séduisant, populaire et promu à un bel avenir – dites-moi si je me trompe, Joe, votre fils n'avait-il pas été enfant de chœur ? comme moi-même – et ne jouait-il pas au golf avec son beau-père qui, soit dit en passant, n'a pu venir aujourd'hui, mais son épouse, Carol, est parmi nous, et je peux dire, chère madame Stone, que beaucoup de gens dans votre situation n'auraient pas eu le courage de venir s'asseoir ici sur ce podium, face à ces gens mêmes qui accusent votre fille d'avoir commis un meurtre de sang-froid – la fille dont je parle étant bien évidemment – vous pouvez regarder vos écrans de contrôle, cher public – Suzanne Maretto, journaliste télé débutante et future présentatrice du journal télévisé – sur le point d'atteindre le grand rêve américain, autrement dit – une jeune femme qui avait tous les atouts de son côté, une honnête famille pratiquante – votre mari est concessionnaires d'automobiles, si je ne m'abuse, Carol ? – étudiante brillante et, comme vous pouvez le constater, le genre de personne que n'importe lequel d'entre nous aimerait voir son fils lui présenter comme sa fiancée, ce qui est exactement ce qu'a fait Larry Maretto, ce jour-là, qui, comme le dit sa mère Angela – et permettez-moi de vous adresser toutes mes sincères condoléances, madame Maretto, ce ne doit pas être facile de revivre ce cauchemar familial à la télévision, sur une chaîne nationale – aurait mieux fait de ne jamais exister, et qui aurait pu être évité si Lydia Mertz – Lydia, merci d'être ici avec nous, je suis conscient que vous avez dû vous absenter de l'école pour venir ici, et je crois que c'est votre mère – Valerie me dit qu'elle ne manque jamais notre émission – si je comprends bien, les droits de votre histoire ont été achetés par une grande chaîne de télévision pour en faire un téléfilm, et permettez-moi de signaler, au cas où votre participation à cette émission figurerait dans le film, que j'aimerais que mon rôle soit tenu par Kevin Costner – mais plaisanterie mise à part, laissez-moi vous rappeler que deux jeunes gens purgent actuellement des peines de prison – une jeune femme s'est apparemment suicidée, son mari a été sauvagement assassiné – et la vie ne sera plus jamais la même pour vous, est-ce que je me trompe, madame Maretto – et si nous vous avons réunis tous ici aujourd'hui, c'est mus par le désir spécifiquement humain de savoir, pas uniquement ce qui s'est passé, mais pourquoi ? Carol Stone, votre fille est morte elle aussi – et cela doit être une douleur insupportable pour vous également, Faye – et je dis que, ayant diffusé la semaine dernière un reportage – grand nombre d'entre vous l'ont peut-être vu – traitant du traumatisme de la disparition d'un frère ou d'une sœur – tout comme Janice Maretto, actuellement en tournée avec les Ice Capades – sœur du jeune mari défunt de Suzanne, elle aussi tragiquement décédée, de sa propre main – qu'y a-t-il de plus absurde que le suicide – et qui nous amène à nous reposer la question : pourquoi ?

Suzanne Maretto est-elle morte le cœur brisé, ou est-ce la culpabilité d'avoir comploté avec son jeune amant de seize ans qui l'a conduite à mettre fin à ses jours, au moment même où elle était sur le point de réaliser ce rêve – un avenir prometteur à la télévision, en l'occurrence – qu'elle poursuivait depuis toujours avec ardeur et obstination. Pour finir, nous avons M. et Mme Hines – M. Hines, vous avez bien voulu abandonner vos responsabilités de ramasseur de palourdes pour être ici aujourd'hui, et vous Mme Hines, je sais que ce n'est pas facile – j'aimerais donc vous remercier d'avoir accepté de venir pour nous faire partager la douleur d'un couple de parents dont le fils, Russell, purge actuellement une peine de prison à perpétuité avec trente ans de sûreté, pour le meurtre de Larry Maretto. Et je vous pose la question, mesdames et messieurs, n'est-il pas ironique de songer que, avec toutes les personnes réunies sur ce podium aujourd'hui, celle dont l'absence se fait le plus ressentir est justement celle qui serait le plus à sa place ici, je veux parler bien évidemment de Suzanne Maretto elle-même, qui – sa mère me l'a confié – m'a toujours considéré comme un de ses modèles, et permettez-moi de dire que je suis toujours flatté et ému de penser que des jeunes gens d'aujourd'hui ont pour moi la même estime que celle que je portais à mes propres idoles, dans ma jeunesse. Sur un plan plus personnel, puis-je ajouter que nous tous dans ce métier possédons le pouvoir terrifiant de guider la vie de jeunes gens, et nous pouvons seulement espérer que nous leur montrons la bonne voie. Ne partez pas, nous revenons après ces quelques messages.

JOE MARETTO

Comme je l'ai dit à Phil Donahue, je me contrefiche de ce qui se passe maintenant, quand un père ou une mère doit enterrer son enfant, son cœur est brisé. Y a rien d'autre à ajouter. Brisé. Broyé. Vous avez envie de mourir. La mort vous paraît douce. Enterrer son enfant, c'est mille fois plus terrible que si vous mourriez vous-même.

Mais si terrible que ce soit pour n'importe qui de perdre un enfant, ceux qui le perdent à la guerre par exemple peuvent au moins s'accrocher à l'idée qu'il existe une raison. S'il conduisait en état d'ivresse, cela ne vous empêche pas de devenir fou de chagrin. Ça ne vous empêche pas de le pleurer et de l'aimer. Mais vous pouvez vous dire : « Comme on fait son lit on se couche. »

Mais là ! J'y repense sans cesse, et je vais vous dire, à la limite je pourrais accepter de le perdre. J'accepterais de ne plus aller à la pêche avec mon fils. J'accepterais de ne plus venir m'asseoir dans un gymnase pour le voir réussir un lancer franc, et se tourner ensuite vers moi avec son grand sourire, en levant le pouce. Je ne dis pas que je m'en remettrais, comprenez-moi bien. J'accepterais, voilà tout. La question qui me donne envie de défoncer un mur à coups de tête – et j'ai essayé, croyez-moi –, c'est : pour quelle raison ?

S'il s'agissait vraiment d'un cambriolage : Larry rentre au mauvais moment chez lui ; un abruti prend peur et le tue, même comme ça, je pourrais peut-être me dire que c'était un accident. Ils ne voulaient pas tuer mon fils, ils pensaient juste à sauver leur peau. Ils ne savaient pas ce qu'ils faisaient. Ils ne savaient pas qui était ce gars à qui ils faisaient sauter la cervelle. Juste un type qui ouvre la mauvaise porte au mauvais moment. Ni visage. Ni nom.

Mais dites-moi donc ce que je dois penser de tout ça ? Ils savaient et ils l'ont fait quand même. Ils savaient que c'était un type ordinaire qui aimait sa femme, qui rentrait chez lui après une longue journée de travail, en se disant qu'une bière ou un bisou l'attendaient ; au lieu de cela, c'était le canon d'une arme.

Je peux même comprendre les deux salauds qui l'ont tué. Ils ne connaissaient pas mon fils Larry. Ce n'étaient que deux paumés dont la propre vie a si peu de valeur qu'ils ont pensé que la sienne ne valait pas mieux. À force de vivre dans un monde de merde, tout devient de la merde à vos yeux. Ne vous méprenez pas. Si j'en avais l'occasion, je leur cracherais à la gueule et je cracherais sur leurs parents qui ont mis de telles ordures au monde. Je pourrais les voir pendus sans sourciller. S'ils étaient devant moi à cet instant, je leur tordrais le cou à mains nues. Mais même s'ils me dégoûtent, ce n'est pas à eux que je pense quand je me réveille en pleine nuit avec l'envie de crier.

C'est à elle que je pense. Elle connaissait mon fils. Elle dormait avec lui chaque nuit, dans le même lit. Elle savait qu'il aurait fait n'importe quoi pour la rendre heureuse. Il lui a offert son cœur sur un plateau, et elle l'a jeté à la poubelle. Et pas parce qu'il était cruel avec elle. Même pas parce qu'elle le détestait. Simplement, il se trouvait sur son chemin. Et pof, elle s'est débarrassée de lui.

Elle mangeait à notre table. On l'appelait notre fille. Même après le drame, brisée par le chagrin, à qui ma femme prenait-elle la main, à qui téléphonait-elle quand la douleur devenait trop forte et qu'elle avait besoin de pleurer ? À elle. La seule capable, croyait-on, de comprendre la profondeur de notre perte, la seule qui, pensait-on, pouvait sonder l'abîme de notre douleur.

Et tout à coup, on découvre que c'était de la comédie. Un gigantesque numéro.

Croyez-moi, elle nous a eus. On a marché à fond. Mon fils aussi.

C'est le genre de chose qui vous fait douter de ce que vous voyez autour de vous. Comme ces gens qui affirment que personne n'a jamais posé le pied sur la lune, et que tout a été truqué en studio. Ou ces gens qui disent que Kennedy n'est pas vraiment mort, c'est un légume quelque part dans une maison de retraite. À qui faire confiance ? Comment savoir si d'autres personnes, que vous prenez pour des amis, n'attendent pas le moment propice pour vous planter un couteau dans la gorge ? Comment quelqu'un peut-il faire une chose pareille ? Et comment s'en remettre ?

Comme j'ai dit chez Donahue, mon fils lui a offert son amour, et la promesse de rester avec elle pour toujours. Pour elle, je suppose que sa vie valait autant que cette chaîne en or qu'on lui a offerte quand il a décroché son diplôme de fin d'études. « Mais je vais vous dire ce qu'il en est pour Angela et moi, Phil, je lui ai dit. Nos vies sont foutues. Elle aurait pu tout aussi bien nous tirer une balle dans la tête à nous aussi. J'aurais voulu qu'elle le fasse, Phil. J'aurais voulu. »

INSPECTEUR MIKE WARDEN

À force de travailler à la criminelle comme moi, vous finissez par voir émerger certaines constantes. Au point que vous devinez les mobiles du crime, et la plupart du temps, c'est un de ces trois-là : l'argent, le sexe et l'ambition. Dans cette affaire, on a les trois réunis. En fonction des protagonistes. L'argent pour le minable qui a filé un coup de main. Pour elle, c'est l'ambition. Mais pour le pauvre crétin qui a buté le mari, c'était le sexe bien évidemment.

Parlons du sexe. Dès que vous introduisez cet élément dans n'importe quelle situation, tout change. Une femme veut quitter son mari. Le mari ne veut pas divorcer. Elle est obligée de s'en débarrasser, mais il s'accroche. Personne ne sait quoi faire. Puis le sexe entre en jeu. Elle a une liaison avec un adolescent de seize ans. Ça y est, elle a franchi la frontière. Elle a brisé les règles. À partir de là, c'est facile de passer à l'étape suivante. Une fois qu'elle s'est déshabillée, qu'elle a dansé pour lui en porte-jarretelles, une fois qu'il l'a baisée, tout peut arriver. Après ça, ils savent tous les deux que c'est une immense comédie, se promener dans la rue en ayant l'air de citoyens ordinaires. Une fois que vous avez entendu les choses insensées qu'une personne dit quand elle est au lit avec une autre, que vous avez connu les pensées folles qui traversent la tête d'une personne à ce moment-là, c'est comme si vous pénétriez dans un autre pays où il n'y a plus de lois. Une fois que le sexe se met de la partie, vous ne pouvez plus appartenir à cette autre race de gens qui font comme s'ils ne transpiraient pas. Enfin quoi, sous nos vêtements nous ne sommes que des bêtes, non ? Une fois que deux personnes font l'amour, elles ne peuvent plus prétendre le contraire.

Donc, après avoir baisé avec lui, je suppose que l'étape suivante est venue facilement. Ils sont fous d'excitation, et qu'est-ce qui empêche la fille, un beau jour, de dire : « Suppose qu'on se procure une arme pour liquider mon mari ? » Rien de plus facile que de parler d'acheter des balles et de simuler un cambriolage, une fois que vous avez fait le reste.

Quant à son rôle à lui – on parle de l'amant – vous pouvez tout aussi bien filer à un gamin de seize ans une dose de crack ou une jolie femme de vingt-cinq ans à baiser. Dans les deux cas, il deviendra esclave, vous comprenez ? Un putain d'esclave. Il fera n'importe quoi juste pour retourner dans son lit. Réparer votre voiture ? Tondre votre pelouse ? Tuer votre mari ? Pas de problème. Il lui faut sa dose, vous pigez ?

Personne n'aime le reconnaître, mais nous savons tous que c'est vrai. Le sexe est une chose tellement curieuse. Nous sommes en train de faire nos courses au supermarché, de déposer de l'argent à la banque, ou de parler de bagnoles avec quelqu'un chez le coiffeur. En faisant comme si nous étions tous normaux. Tout le monde joue la comédie. Comment ça va ? Très bien. Et vous ?

Et pendant ce temps-là, nous baisons, notre autre vie continue, cette vie que nous menons derrière les portes closes, seul, ou pas, dans le noir, quand nous ne sommes plus qu'un corps nu qui brûle d'un désir animal. Suis-je donc le seul sur terre à trouver ça bizarre ? Dites-moi, suis-je seul à l'avoir remarqué ?

Je vais faire enregistrer ma voiture. L'employée du service des mines me tend un formulaire, elle coince son crayon derrière son oreille, elle tape le formulaire. « Il fait lourd aujourd'hui, elle me dit. Vous croyez qu'il va pleuvoir ? » On voit qu'elle sort de chez le coiffeur. Elle a des petites boucles d'oreilles en perles. Une alliance. Des photos des enfants sur son bureau.

Et moi, à quoi est-ce que je pense ? De quoi a-t-elle l'air une fois qu'elle a ôté sa gaine et qu'un type s'agite au-dessus d'elle ? Est-ce qu'en rentrant chez elle le soir elle enfile une culotte fendue et une paire de menottes, puis elle attend l'arrivée du meilleur ami de son mari ? Ou est-ce qu'elle se couche seule en écoutant ce bon vieux Frank Sinatra et en se caressant ? Voyons les choses en face, à partir du moment où vous jetez le sexe dans la balance, n'importe qui peut devenir cinglé. Nous sommes tous capables d'avoir un comportement bizarre. Qui suit les règles ? Quelles règles d'abord ?

VALERIE MERTZ

On va rencontrer Oprah, vous vous rendez compte ? Ils nous ont appelées la semaine dernière, quand *USA Today* a repris l'histoire du suicide de Suzanne. On est passées à « Good Morning America » et « Evening Magazine ». Je parle même pas des émissions locales. J'ai voulu les enregistrer, mais on passait sur trois chaînes en même temps, alors on n'a pu en voir qu'une. Mais c'est pas grave, parce que c'est qu'un début. Sally Jessy Raphael veut qu'on vienne dans son émission, elle aussi. On a des contacts avec Geraldo. Ah, Suzanne Maretto en crèverait de jalousie si elle savait. Je veux dire, elle se retournerait dans sa tombe.

La première chose qu'on a faite après que les collaborateurs d'Oprah nous ont appelées, on a couru acheter une grosse boîte d'Ultra Slim Fast pour Lydia. Comme lui disait toujours Suzanne, la caméra fait grossir de cinq kilos. Mais on a huit jours pour essayer de lui faire perdre du poids, si elle se tient au régime Slim Fast, avec peut-être quelques gâteaux de riz. On va aller faire un tour au centre commercial pour s'acheter quelque chose à se mettre pour l'émission. Pas de rayures, ils nous ont dit. Mais Lydia le savait déjà. Grâce à Suzanne.

Attendez, c'est pas le plus incroyable. Hier, y a une femme qui vient nous voir. De Hollywood. Elle est productrice. Vous avez déjà vu ce téléfilm avec la fille défigurée qui doit se balader avec un sac sur la tête, jusqu'au jour où un top-model atteinte d'un cancer lui fait don de son argent pour s'offrir une opération ? C'est elle qui s'en est occupée. Et aussi l'histoire du garçon qu'on apprend qu'il est allergique aux membres de sa famille. Je l'ai pas vu, celui-là, mais c'était avec le gamin qui joue dans *It's All in a Day*. Le petit mignon.

Elle veut acheter les droits de l'histoire de Lydia. On a déjà signé un contrat. Ils ont versé 10 000 dollars à Lydia, et elle en touchera beaucoup plus si la chaîne décide de produire le film. D'après Ellen – c'est la productrice – c'est quasiment certain, vu que, comme elle nous a dit, notre histoire possède tous les éléments pour séduire Hollywood. Elle a surtout adoré quand Lydia lui a raconté la scène où elle a surpris Suzanne et Jimmy dans la chambre. Suzanne qui faisait son numéro de majorette en porte-jarretelles.

Au début, après tout ce qui s'est passé, je crois que Lydia était complètement déboussolée. Elle se disait que Suzanne l'avait jamais aimée en fait, elle pensait à Jimmy en prison, et en plus elle devait affronter les autres élèves du lycée qui parlaient tout le temps d'elle dans son dos, alors que personne voulait s'asseoir à côté d'elle à la cantine. Comme si elle avait la peste.

Mais on dirait que les choses vont s'arranger maintenant. La productrice, Ellen, elle a dit qu'ils nous paieraient l'avion jusqu'à Los Angeles quand ils commenceraient le tournage. Pour être consultantes. On va rencontrer les vedettes et tout ça. Ces gosses au lycée qui veulent pas être copains avec ma fille, est-ce qu'on les voit dans le magazine *People*, eux ? Est-ce qu'ils rencontrent Oprah ? Je vous pose la question.

Et tout ça incite Lydia à suivre son régime. Comme disait toujours Suzanne, on n'a jamais deux fois l'occasion de faire une bonne première impression.

FAYE STONE

Croyez-le si vous voulez, j'étais maigre. À l'époque où j'allais à la maternelle, avant la naissance de Suzanne, les gens disaient que je ressemblais à un tableau de Walter Keane, vous savez, ceux où on voit une petite fille avec des grands yeux et des jambes comme des allumettes qui donne l'impression d'arriver du Biafra ou d'un camp de concentration ?

En ce temps-là, mes parents n'arrêtaient pas d'essayer de me faire grossir, incroyable, non ? Aux heures des repas, ils s'asseyaient avec moi pendant toute la durée des infos de Huntley-Brinkley, plus le « Jeu des jeunes mariés », chacun à un bout de la table, et moi au milieu. « Voilà l'avion qui entre dans le hangar. Une cuillerée pour tante Pamela. Une cuillerée pour l'oncle Roger. Si tu finis tes légumes, on t'achètera une poupée Skipper… » Rien n'y faisait.

Et un jour, ils sont revenus de la maternité avec Suzanne et tout a changé. Suzanne par-ci, Suzanne par-là. « Avez-vous déjà vu un plus beau bébé ? » « Vous savez, je suis sûre qu'elle pourrait faire de la publicité. Gerber, par exemple. Ou peut-être Pampers. Brooke Shields a commencé de cette façon, figurez-vous. » Je me souviens d'un jour où nous l'avions emmenée se promener au supermarché ; une femme a abordé ma mère pour lui demander si elle avait jamais pensé à envoyer une photo de Suzanne à Ivory Snow. Pour l'emballage. Elle a dit qu'elle n'avait jamais rien vu d'aussi ravissant que Susie avec sa petite robe. Elle a dû remarquer que j'étais là, car elle a dit que j'étais mignonne moi aussi. « Mais pour l'amour du ciel, mettez-lui un peu de chair autour des os ! » elle a ajouté.

À partir de ce jour, je me suis obligée à manger mes légumes. J'ai rejoint le club des assiettes vides. J'en réclamais même une seconde. Une troisième. Un dessert. Des petits gâteaux. Oui, je veux bien une pomme de terre. Beurre ou crème fraîche ? Les deux, s'il vous plaît.

Je croyais que mes parents seraient contents, mais vous savez quoi ? Ils n'ont rien remarqué. Quand je suis allée chez le médecin et qu'il a dit que j'étais dans la bonne moyenne de poids, je pensais qu'ils seraient fiers. Mais ils n'avaient plus qu'une seule préoccupation : le poids insuffisant de Suzanne. Maintenant, ils passaient leur temps à faire entrer l'avion dans sa bouche à elle. Une cuillerée pour tante Pammie. Une cuillerée pour l'oncle Roger. Ils promettaient à Suzanne de lui acheter une poupée ballerine si elle restait dans le club des assiettes vides pendant une semaine entière. « Et moi ? » j'avais envie de hurler. Mais je ne disais rien. Je me répétais qu'ils finiraient bien par remarquer mes efforts, combien je grossissais.

J'ai commencé à manger de plus en plus. À tel point que je me suis aperçue que j'étais trop grosse. J'étais boudinée dans mes vêtements, je sentais les élastiques de ma culotte qui me coupaient les cuisses et le ventre. Mon tricot de corps me laissait de petites marques rouges aux aisselles, à cause du frottement. Mais je ne pouvais pas m'empêcher de manger.

Le soir, quand mon père rentrait du travail, il posait sa serviette dans l'entrée, et il s'écriait : « C'est qui la grande fille à son papa ? » On accourait toutes les deux. Mais celle qu'il prenait dans ses bras, c'était Susie.

« C'est moi la grande fille ! j'avais envie de hurler. Je suis plus grande qu'elle ! » Mais je ne disais jamais rien.

Le samedi matin, il l'emmenait avec lui au golf. Elle s'asseyait à l'arrière de la petite voiture. Moi, je restais à la maison et je regardais les dessins animés, avec une grosse assiette de pancakes et beaucoup de sirop d'érable. Tant que j'avais la bouche pleine, tout allait bien.

Quand vous êtes deux sœurs comme nous, les gens finissent par vous considérer comme les deux moitiés d'un tout. Suzanne était la blonde, moi la brune. Elle était le bébé, moi la grande sœur. C'était la maigre, j'étais la grosse. Elle était la vedette, le point de mire. J'étais la coiffeuse. Elle jouissait d'une grande popularité. Moi… devinez.

Quand toute cette affaire a débuté, après l'assassinat de Larry, j'ai eu l'impression que c'était reparti pour un tour. Suzanne à la télé tous les soirs, se faisant interviewer, ayant sa photo dans le journal. Tout le monde était si triste pour elle. Ma mère est allée lui acheter une nouvelle garde-robe, nom d'un chien ! Sous prétexte que ses anciens vêtements lui rappelaient trop combien elle avait été heureuse et tout ça.

Partout où nous allions désormais, c'était toujours : « Alors, comment va Suzanne ? » « Pauvre Suzanne ! » « Y a-t-il quelque chose que l'on puisse faire ? » « Elle est si courageuse. »

Après l'arrestation des deux garçons, mes parents ont continué. Ils n'arrêtaient pas de répéter combien c'était injuste, ce harcèlement des médias et ainsi de suite. Et bien sûr, si quelqu'un avait eu l'idée de me coller un micro sous le nez, j'aurais débité les mêmes phrases. Mais personne ne l'a jamais fait.

Mais puisque vous me posez la question, je vais vous le dire. C'était ma petite sœur, et c'est vrai, je l'idolâtrais. Vous connaissez le proverbe : quand tu es chez le roi…

Elle était irrésistible. Prenez mon exemple ; j'avais quatre ans quand elle a débarqué et gâché ma vie, et pourtant je l'adorais. Elle avait un don pour manipuler les gens. Comme ces publicités que vous voyez parfois, vous savez bien qu'ils vous racontent du baratin, qu'ils essayent de vous embobiner, mais c'est plus fort que vous. Une fois que la pub est terminée, vous vous levez pour vous servir un Coke ou ajouter le savon Dove hydratant sur votre liste de courses. Vous savez, je suis esthéticienne, je connais bien les produits pour les cheveux. Pourtant, quand je regarde Cybill Sheperd m'expliquer pourquoi elle utilise le shampooing L'Oréal, je suis prête à courir aller en acheter une bouteille. Suzanne avait ce même genre de pouvoir sur un individu. Mon père était incapable de lui résister. Larry Maretto non plus. Vous croyez qu'un gamin de seize ans pouvait dire non à une fille comme elle ?

Je vais vous raconter une histoire. Quand j'avais dix ans – Suzanne en avait donc six – ma grand-mère m'a offert ce médaillon qui avait appartenu à sa mère. Étant donné que j'étais l'aînée des deux filles. Voilà au moins une chose que Suzanne ne pourrait jamais m'enlever.

C'était un médaillon magnifique. Il s'ouvrait et l'on pouvait mettre une petite photo à l'intérieur. Sur le dessus, le mot « Fille » était gravé dans l'or en lettres tarabiscotées, avec un petite cercle d'éclats de diamants tout autour. La première chose que j'ai faite en recevant ce médaillon, ce fut de trouver une petite photo de ma mère pour la mettre à l'intérieur. Et ce médaillon ne m'a jamais quitté.

Suzanne était littéralement folle de rage. Habituellement, lors des distributions de cadeaux, il y en avait toujours deux. Une poupée Madame Alexander Cissy brune pour moi, une blonde pour Suzanne. Une robe en organdi bleue pour moi, une rose pour Suzanne. Nous avions les mêmes chapeaux de printemps, les mêmes bicyclettes Schwinn Traveller avec des rubans, les mêmes téléphones Princess dans nos chambres, même si je ne me servais pas beaucoup du mien.

Mais pour ce qui est du médaillon, impossible bien évidemment de ne pas faire de jalouse. Pourtant, mon père a tout essayé. Bien qu'il s'agisse de mon cadeau d'anniversaire, il a promis, en voyant dans quel état était Suzanne, de lui acheter à elle aussi un médaillon, avec le mot « Fille » gravé dessus également. Elle lui a répondu que ce ne serait pas pareil, alors il lui a acheté un bracelet avec un tas de petites breloques porte-bonheur en argent de ce qu'elle aimait : un chausson de ballerine, un téléphone miniature, une voiture de sport, et même une toute petite télé avec des boutons qui tournaient vraiment. Mais elle n'était toujours pas contente.

Elle m'a proposé d'échanger son bracelet contre le médaillon. C'était un très beau bracelet. Mais c'était une chose qu'on pouvait acheter dans une boutique, pas comme un médaillon que vous a offert votre grand-mère, un cadeau destiné à l'aînée des filles de la famille depuis trois générations. De toute façon, les breloques correspondaient aux goûts de Suzanne, pas aux miens. Alors, j'ai refusé.

Deux ou trois mois après qu'on m'eut offert le médaillon, nous sommes partis visiter Cape Cod, et je l'ai laissé dans une petite boîte à la maison de peur de le perdre dans la mer. En rentrant, j'ai cherché partout, il avait disparu. J'ai mis la maison sens dessus dessous pour le retrouver et, des années plus tard, j'espérais encore le voir réapparaître, mais en vain. J'ai fini par faire un trait dessus. Je l'avais même oublié.

Et vous savez quoi ? Après la mort de Suzanne, ma mère m'a demandé d'aller débarrasser l'appartement. Elle n'en avait pas le courage, vous comprenez. Et en vidant ses tiroirs, devinez ce que je trouve sous une pile de soutiens-gorge et de culottes Victoria's Secret ? le médaillon de ma grand-mère ! Je l'ai ouvert. À la place de la photo de notre mère, il y avait une photo de Suzanne.

C'est étrange la vie, parfois, non ? Je me retrouve de nouveau fille unique. Le dimanche soir, j'essaye toujours de dîner avec mes parents anéantis par cette histoire. Et nous revoilà réunis, rien que tous les trois. Je ne suis plus la grande sœur. Juste la fille. Soit dit en passant, j'ai perdu neuf kilos. Le stress, pourrait-on dire. Le plus drôle, c'est que je ne fais même pas de régime, et pourtant, je continue à maigrir. Bizarre, hein ?

JIMMY EMMET

Et voilà. Vous voulez savoir c'est quoi mon avenir ? Cent ans passés à regarder ces quatre putains de murs, si je vis jusque-là. D'accord, j'ai jamais pensé que je serais élu Président ni rien. Mais quand même, je pensais pas finir comme ça. Ma queue peut se pétrifier et tomber, elle me servira plus.

L'autre nuit, je peux pas dire laquelle vu qu'elles commencent à se mélanger, j'étais couché et j'ai décidé de compter les fois où on avait baisé. En commençant par la première fois sur la plage. Pour finir par une nuit chez elle. C'était la dernière fois.

Et vous savez quoi ? Ça faisait quatorze. Quatorze fois en tout. Deux heures de baise, au maximum. Et ce qui me tue, c'est que je me souviens même plus ce qu'il y avait de si génial. Ça devait être super pourtant ; je disais que j'étais prêt à mourir pour baiser avec elle. Mais je me souviens plus.

Postface

Au printemps 1990, dans la ville de Derry, New Hampshire, à un peu moins d'une heure de Boston, Massachusetts, un dénommé Gregory Smart fut retrouvé mort, abattu à bout portant, dans l'appartement qu'il partageait avec sa jeune et belle épouse, Pamela, « spécialiste des médias » dans un lycée local, et qui avait rêvé, manifestement, de devenir une célèbre animatrice de télévision.

Apparemment, le meurtre était la conséquence d'un cambriolage qui avait mal tourné, l'appartement ayant été mis à sac. Mais quelque chose clochait. Des rumeurs commencèrent à parvenir aux oreilles des policiers, via des élèves du lycée où travaillait Pamela Smart, rumeurs selon lesquelles elle aurait eu une liaison avec un garçon de quinze ans. Une des élèves accepta de porter un micro afin d'enregistrer une conversation avec Pamela Smart sur ce garçon, leurs relations et son implication dans le meurtre.

À la fin de l'été, Pamela Smart fut arrêtée pour avoir orchestré, aidée de son jeune amant, la mort de son mari, cela dans l'espoir (aux yeux du garçon, du moins) qu'ils pourraient enfin être réunis une fois Gregory Smart éliminé.

Le procès de Pamela Smart, qui se déroula au mois de mars de l'année suivante, connut un énorme retentissement, non seulement dans le New Hampshire, mais bien au-delà, marqué par les comparutions théâtrales des adolescents avec lesquels Pamela Smart s'était liée d'amitié ; parmi eux, plusieurs avaient obtenu un allégement des chefs d'inculpation en échange de leur témoignage à charge. Bien qu'elle ait nié toute implication dans ce crime, Pamela Smart fut reconnue coupable de meurtre et condamnée à la prison à perpétuité.

Vivant moi-même dans le New Hampshire à cette époque, je pris connaissance de ce meurtre longtemps avant l'arrestation de Pamela Smart. De fait, je me souviens de l'avoir vue interviewée à la télévision, où elle avait lancé un appel : si quelqu'un connaissait l'identité du meurtrier, il devait se manifester.

Après son arrestation, je repensai souvent à cette image d'elle, la jeune veuve éplorée, blonde et jolie, et au pouvoir irrésistible de son histoire sur les spectateurs. Dont je faisais partie.

Plus tard, quand commencèrent à apparaître les détails sur la relation improbable de Pam Smart avec les adolescents soupçonnés d'avoir commis le meurtre, je fus fascinée par ce qui avait pu inciter ces garçons à tuer un homme qu'ils n'avaient jamais vu. (Ils avaient été payés, mais modestement.) Celui qui passait pour l'amant de Pam Smart avait l'air d'un gamin qui se rasait depuis peu.

Quelques jours seulement après l'arrestation de Pamela Smart, je m'attaquai à l'écriture du roman qui allait devenir *Prête à tout*. Non pas parce que j'avais une parfaite compréhension de cette histoire. Mais justement parce que je ne la comprenais pas.

J'entrepris d'écrire ce livre car je voulais analyser comment une telle chose avait pu se produire. Surtout, je voulais m'expliquer – et à ce stade je n'y parvenais pas – ce qui avait poussé le jeune garçon qu'on trouvait au centre de cette affaire à tuer un homme, dans la peu plausible perspective de passer sa vie avec la veuve de celui-ci.

Parfois, un écrivain raconte une histoire qu'il connaît. Dans le cas de *Prête à tout*, j'ai commencé à raconter une histoire que je ne connaissais pas, avec l'espoir qu'en y pénétrant je découvrirais comment elle avait pu se dérouler. Je me disais que si je parvenais à donner vie au personnage imaginaire d'un garçon qui, poussé par une obsession sexuelle, tue un homme, je pourrais peut-être reconstituer comment une telle chose s'était produite.

Peut-être. Jamais durant l'écriture de ce roman je ne me suis vue en train de faire un livre sur l'affaire Pamela Smart. Je ne l'ai pas interviewée, ni aucune des autres personnes impliquées dans le crime. Au contraire, je me suis interdit d'effectuer des recherches sur cette affaire. Je ne voulais pas que la réalité façonne ce qui, pour moi, était devenu une œuvre de fiction.

Et de fait, indépendamment de la réalité, quelles qu'aient été les motivations de ce garçon et de ses trois complices pour mettre fin à la vie de Gregory Smart cette nuit-là, je finis par entrevoir ce qui avait poussé mon personnage de roman à commettre un meurtre. Sa maîtresse de vingt-cinq ans était motivée par l'ambition. Lui était obsédé par le sexe. La drogue de l'amour, ou ce qui y ressemble. « Je disais que j'étais prêt à mourir pour baiser avec elle », confie Jimmy Emmet, le garçon que j'ai fait naître dans les pages de ce roman. Finalement, il a tué pour ça.

Quand débuta le procès de Pamela Smart, mon roman était quasi terminé, mais, d'une manière à la fois fascinante et effrayante, le procès mit au jour un grand nombre des thèmes que j'avais imaginés en construisant mon histoire : la fidélité, l'amour, l'obsession sexuelle, l'ambition, la violence, et comment notre vision des choses est façonnée et manipulée par la télévision, le cinéma, la musique et les magazines. (Aujourd'hui, j'ajouterais une force puissante qui n'existait pas à l'époque où j'ai écrit ce livre : Internet.) J'avais créé le personnage d'une femme obsédée par la célébrité et le désir de passer à la télé : le produit d'une société de plus en plus obnubilée par la célébrité en tant que telle, la célébrité fondée non sur l'accomplissement ou le talent, mais sur le simple fait d'apparaître à la télévision. À l'époque, cette idée ressemblait à une farce.

Le véritable procès Smart possède le privilège douteux d'avoir été le premier procès pour meurtre diffusé à la télé dans tout le pays, précédant celui d'O.J. Simpson de plusieurs années, mais, comme celui-ci, il a transformé les participants en héros populaires de seconde zone. Un des moments les plus tristement célèbres de ce procès – quand le juge suggéra que son rôle soit incarné par Clint Eastwood dans l'adaptation cinématographique – était trop parfait pour que je ne l'inclue pas dans ce roman. Et donc, en effectuant d'ultimes corrections et ajouts au manuscrit, j'ai introduit cet élément.

Néanmoins, je le répète, mon livre ne parle pas d'un crime précis ni d'un groupe de personnages réels. Il évoque avant tout certains aspects de la culture américaine et, de plus en plus sans doute, de la culture européenne : l'obsession de l'image aux dépens du contenu.

Prête à tout a été écrit bien des années avant que le phénomène de la téléréalité ne débarque sur les ondes, bien des années avant que tout le monde connaisse le nom de Kardashian. (Il est intéressant de noter, cependant, que le père des filles Kardashian, Robert, a atteint lui aussi un certain niveau de célébrité en tant que défenseur d'O.J. Simpson dans cet autre procès très médiatisé). À l'époque où j'ai écrit ce roman, les réseaux sociaux n'existaient pas. Les gens n'avaient pas d'ordinateurs portables, ni de caméras permettant de poster des images de soi-même susceptibles de se transformer en vidéos virales. Nous ne savions même pas ce que cela voulait dire.

C'est donc pour moi une source de fascination et d'étonnement. En 1990, il y a un quart de siècle maintenant, j'ai écrit une réplique qui n'a plus le parfum de la comédie ou de la satire – comme je l'avais projeté initialement –, mais qui semble, au contraire, trop familière en tant que fidèle représentation d'une opinion, bien vivace en 2015 :

> *S'il y avait des caméras de télévision dans toutes les maisons, tout le temps, comme celles qu'ils ont dans les banques et dans les boutiques pour surveiller les voleurs, croyez-vous que les mères continueraient à crier après leurs enfants et à les frapper ? [...] Tant que vous êtes à la télé, il y a toujours quelqu'un qui vous regarde. Si les gens pouvaient passer à la télé tout le temps, nul doute que la race humaine dans son ensemble s'en porterait beaucoup mieux. Cela pose un problème : si tout le monde passait à la télé, il n'y aurait plus personne pour la regarder.*

Une dernière remarque, et une pointe d'ironie supplémentaire. Si les hommes qui ont commis ce crime (âgés aujourd'hui d'une quarantaine d'années) ont été libérés ou le seront sans doute bientôt, en tout cas l'un d'eux, Pamela Smart, elle, est incarcérée dans une prison pour femmes depuis maintenant vingt-quatre ans, soit plus de la moitié de sa vie. Bien qu'elle ait été condamnée à « la perpétuité réelle », un recours a été déposé, non au motif de son innocence supposée, mais pour une tout autre raison. Ses avocats font aujourd'hui valoir que ce sont sa célébrité et sa notoriété qui ont déterminé son sort devant le tribunal et qui expliquent la sévérité de la sentence. Si Pamela Smart n'avait pas été célèbre, le jury se serait peut-être montré plus clément.

Ses partisans soulèvent là un point pertinent. Car si la célébrité est le rêve étincelant de la culture américaine, elle en est peut-être également le fléau. Nous aimons voir nos vedettes se hisser vers les sommets, pendant quelque temps du moins. Ensuite, avec quel plaisir, plus grand encore, nous les regardons tomber.

Et puis, évidemment, quand elles sont au fond du trou, elles peuvent le raconter dans un livre, et renaître de leurs cendres.

Mars 2015

Remerciements

Je suis extrêmement reconnaissante, aujourd'hui et pour toujours, envers toute l'équipe des Éditions Philippe Rey, et plus particulièrement Philippe Rey, Christiane Besse, Benoit Arnould, Lily Guillard, sans oublier mes traducteurs Françoise Adelstain, Pascale Haas, Simone Arous et Jean Esch. Sans ce groupe extraordinaire, mon nom et mon travail n'auraient jamais été connus en France. Et je serais passée à côté de ce merveilleux cadeau : découvrir un pays et un monde de lecteurs que j'ai appris à aimer.

Par ailleurs, je me réjouis d'avoir eu à mes côtés, au cours de ces trois ans et demi de séjours heureux en France, mon mari Jim Barringer. Paris ne serait pas Paris sans Jim à mes côtés. Jim et une bonne bouteille de vin.

Cet ouvrage a été achevé d'imprimer
en avril 2015 dans les ateliers de
Normandie Roto Impression sas
61250 Lonrai

N° d'imprimeur : 1501624
Dépôt légal : mai 2015
ISBN : 978-2-84876-463-4
Imprimé en France